读客悬疑文库

认准读客读悬疑，本本都是大师级。

WHEN THE SACRED GINMILL CLOSES

[美] 劳伦斯·布洛克 著

姚向辉 译

LAWRENCE
BLOCK

图书在版编目（CIP）数据

酒吧关门之后 /（美）劳伦斯 · 布洛克 (Lawrence Block) 著；姚向辉译 . -- 南京 : 江苏凤凰文艺出版社 , 2022.7
书名原文 : When the Sacred Ginmill Closes
ISBN 978-7-5594-6051-6

Ⅰ . ①酒… Ⅱ . ①劳… ②姚… Ⅲ . ①推理小说 - 美国 - 现代 Ⅳ . ① I712.45

中国版本图书馆 CIP 数据核字 (2021) 第 124147 号

酒吧关门之后

［美］劳伦斯 · 布洛克　著　　姚向辉　译

责任编辑　王昕宁
特约编辑　窦维佳　　武姗姗
装帧设计　陈绮清
责任印制　刘　巍
出版发行　江苏凤凰文艺出版社
　　　　　南京市中央路 165 号，邮编：210009
网　　址　http://www.jswenyi.com
印　　刷　河北鹏润印刷有限公司
开　　本　889 毫米 ×1270 毫米　1/32
印　　张　9
字　　数　201 千字
版　　次　2022 年 7 月第 1 版
印　　次　2022 年 7 月第 1 次印刷
标准书号　ISBN 978 - 7 - 5594 - 6051 - 6
定　　价　45.00 元

献给肯尼斯·雷切尔

于是我们又享受了一夜的

诗歌与姿态

而每个人都知道他终会孤独

待到神圣的酒馆打烊之后

——戴维·范·洛克[①]

① Dave Van Ronk，美国知名民谣歌手，电影《醉乡民谣》男主角的原型。本段出自他的民谣作品《最后的招待》（*Last Call*）。——编者注

第1章

莫里西酒吧的窗户被涂成了黑色。爆炸声足够响也足够近，震得玻璃哗哗响，打断了说到一半的话头，凝固了迈到一半的步子。侍者化作雕像，把盛着几个酒杯的托盘举过肩膀，一只脚悬在半空中。砰然巨响如尘埃落定般渐渐平息，店堂里好一会儿都悄无声息，像是在向它致敬。

有个人说了句：“我的天！”很多人才吐出了他们屏着的一口气。我们这张酒桌上，博比·罗斯兰德伸手去拿香烟，说：“听着像炸弹。”

斯基普·德沃说：“樱桃炸弹。”

“只是樱桃炸弹？”

“足够了，”斯基普说，“樱桃炸弹和军火没多大区别。同样的炸药，纸卷换成金属外壳，玩具就变成了武器。要是你点上这么一个小杂种，但忘了扔出去，就只能学习用左手过日子了。”

“但这听着比爆竹还厉害，”博比坚持道，“更像炸药或手雷之类的。要我说，听着就像他妈的第三次世界大战。”

“看看这个演员，”斯基普怜爱地说，“谁能不喜欢这家伙？在战壕里浴血奋战，冲锋跑下狂风呼啸的山坡，艰难地蹚过烂泥塘。博比·罗斯兰德，伤痕累累的老兵，身经百战。”

“你说的是‘身经百醉’吧？”有人说。

“真好笑，”斯基普说，伸手揉乱博比的头发，“‘哎，我听见了大炮的咆哮。’听过这个笑话吗？”

“是我说给你听的。”

“‘哎，我听见了大炮的咆哮。’你听到过在愤怒中打响的枪声吗？上次打仗的时候，”他说，“博比拿来了心理医生开的条子。‘亲爱的山姆大叔[①]，请原谅博比无法报到，子弹会让他发疯的。’”

“那是我老爸的主意。”博比说。

“当然你也试过说服他放弃。‘给我一把枪，’你说，‘我要去保家卫国。’”

博比大笑。他用一条胳膊搂住女朋友，另一只手拿起酒杯。他说：“我只不过说了一句那声音听着像炸药。”

斯基普摇摇头。“炸药的声音不一样。各种爆炸的声音都不一样，都是轰隆一声，但有区别。炸药像个响亮的音符，但比樱桃炸弹平稳，它们发出的声音各有特点。手雷就完全不同了，它像个和弦。”

“要命的和弦。”有人说。另一个人说：“听听他说的，还挺有诗意。”

“我本来打算给酒吧起名叫‘马蹄铁与手榴弹’，”斯基普说，

① 指代美国，是美国的绰号和拟人化形象。——编者注

"知道俗话怎么说吧?'快进来,躲开外面的马蹄铁与手榴弹'!"

"是个好名字。"比利·基根说。

"但我搭档不喜欢,"斯基普说,"卡萨比安说听着不像酒吧,而是像什么娘娘腔精品店,就是苏活区卖小玩意儿给私校崽子的那种店。但我不觉得。马蹄铁与手榴弹,念起来多顺口。"

"马粪蛋与打手枪。"有人说。

"也许卡萨比安说得对,搞不好到最后人人都会这么叫它。"他对博比说,"你不是说爆炸声各有特点吗?那你该听听迫击炮的响动。改天让卡萨比安给你讲讲迫击炮,是个绝好的故事。"

"我记住了。"

"马蹄铁与手榴弹,"斯基普说,"我们就该给酒吧起这个名字。"

但他和搭档给酒吧起的名字是凯蒂小姐[①]。很多人以为这是引用了《硝烟》[②]中的名字,然而他们的灵感其实来自西贡的一家妓院。大多数时候我在吉米·阿姆斯特朗那儿喝酒,那家店在第九大道上,57街与58街之间。凯蒂小姐也在第九大道上,56街向南走几步就到。就我的口味而言,这里稍微大了点,也吵了点。周末我对它敬而远之,但到了工作日的深夜,等客人渐渐稀少,噪声等级也随之降低的时候,来这儿坐一坐倒也不坏。

那天晚上我到得比平时早。我先去了阿姆斯特朗酒吧,两点半左右,店堂里只剩下了我们四个——比利·基根在吧台里,我在吧台

① 为不影响阅读体验,本书的酒和酒吧名不加双引号。——编者注

② *Gunsmoke*,美国1950—1970年间著名广播剧与电视剧,剧中的酒吧女老板名叫凯蒂·拉塞尔小姐。——译者注(若无特别标注,本书注释均为译者注)

前，两个护士喝黑俄罗斯[1]已经相当上头了。比利锁上门，两个护士踉踉跄跄地走进黑夜，我俩溜达着去了凯蒂小姐，快到凌晨四点的时候，斯基普也打烊了，于是我们几个转战莫里西酒吧。

莫里西这儿要到上午九十点才休息。纽约市酒吧的法定打烊时间是凌晨四点，星期六夜间提前一小时，但莫里西是个非法营业场所，因此不受这种规矩的束缚。莫里西在51街上，十一和十二大道之间，这个街区全都是四层楼的砖砌房屋，莫里西占据了其中一幢，从街面爬上一段台阶就到。这个街区有三分之一的房屋空置，窗户不是碎了就是被木板钉死，有些房子的大门用水泥块封死了。

酒吧所在的建筑物归莫里西兄弟所有。他们肯定没花多少钱。最顶上两层是他们的住所，底层租给了一个爱尔兰业余剧团，二楼在政府规定的打烊时间之后继续销售啤酒和威士忌。他们拆掉了二楼的全部隔墙，腾出一大片开阔空间。他们把一面承重墙拆得露出砖块，把宽幅的松木地板磨平抛光后涂上聚氨酯，安上柔光灯，用带框的爱尔兰航空公司海报和一幅皮尔斯于1916年在爱尔兰起草的《共和国宣言》（“爱尔兰的每一位男士和女士，以上帝及先烈之名……”）的复制品装饰墙面。一面墙边有个小吧台，店堂里有二三十张案板台面的小方桌。

我们把两张酒桌拼在一起。斯基普·德沃在座，阿姆斯特朗的夜班酒保比利·基根也在；还有博比·罗斯兰德和博比今晚的女朋友，睡眼惺忪的红发姑娘海伦；以及一个叫艾迪·格里罗的家伙，他在西40街的一家意大利餐馆看酒吧；另外一个叫文斯的家伙是

① 伏特加和甘露咖啡利口酒调制而成的鸡尾酒。

CBS[1]电视台的音响师还是别的什么。

我在喝波本威士忌，不是杰克·丹尼就是早年时光，因为莫里西酒吧只储备这两个牌子的波本威士忌。他们还有三四种苏格兰威士忌、加拿大俱乐部，以及金酒和伏特加各一个牌子；两种啤酒，百威和喜力；一种干邑白兰地和两种杂牌利口酒，我猜是咖啡利口酒，因为那年喝黑俄罗斯的人特别多；三个牌子的爱尔兰威士忌——布什米尔、尊美醇和一个叫波厄斯的，最后这个牌子似乎从来没人点，但莫里西兄弟就是喜欢。你肯定认为他们会供应爱尔兰啤酒，至少离不了健力士，但蒂姆·帕特·莫里西曾经告诉我，他不待见瓶装的健力士，那东西糟糕透顶，他只中意桶装的生啤，而且这些生啤只能来自大西洋的另一头。

莫里西兄弟块头很大，额头又高又阔，满脸红锈色的大胡子。他们穿着黑色长裤和擦得锃亮的劳动靴，白衬衫一直挽到胳膊肘，围着长到膝盖的屠夫白围裙。侍者是个瘦削的年轻人，脸刮得干干净净，虽然穿同样的行头，但他穿上这套就像是戏服了。我猜他也许是莫里西兄弟的表亲。我猜必须和他们有血缘关系才能在这儿工作。

他们每周开七天，从凌晨两点左右到上午九十点。他们一杯酒三美元，比一般酒吧贵，但就规定时间外营业的酒吧而言，这个价钱还算合理，而且他们倒酒很大方。啤酒两美元。他们会调大多数常见的鸡尾酒，但如果要点彩虹酒[2]，那你就来错了地方。

我猜警察没难为过莫里西兄弟。尽管门口没挂霓虹灯标牌，但这儿也不是左邻右舍保守得最好的秘密。警察知道它的存在，就在今

① 美国哥伦比亚广播公司。——编者注

② 几种比重不同的酒调的鸡尾酒，倒在杯子里形成不同的颜色层。

晚，我还看见了北中城分局的两名巡警和几年前我在布鲁克林分局认识的一名警探。店里有两个黑人，两个我都见过；我在许多场拳赛的绳圈旁见过其中一个，他的同伴是一名州议员。莫里西兄弟为了开店肯定交过保护费，但除了出钱，他们还掌握一些很带劲的关系，与当地政坛息息相关。

他们酒里不掺水，他们倒酒很大方。品行证明书上有这两点，你说你还要什么呢？

外面，又一颗樱桃炸弹轰然爆炸。这一次距离很远，足有一两个街区，爆炸声也没打断任何交谈。我们的酒桌旁，CBS工作人员抱怨说他们正在赶制节目。他说："星期五才4号，对吧？今天几号来着，1号？"

"2号都过两小时了。"

"所以还有两天呢。有什么好着急的？"

"他们搞到了这些该死的炮仗，而且手痒难耐，"博比·罗斯兰德说，"知道谁最可怕吗？该死的亚洲佬。我约过一个小妞，她住在南边。半夜三更你都能在她那儿买到罗马焰火筒，樱桃炸弹更是不在话下，什么都有。不仅7月，一年到头随便哪天都有。只要一说到炮仗，这些人打心底里都是小孩子。"

"我的合伙人想给酒吧起名叫小西贡，"斯基普说，"我对他说，约翰，老天啊，别人会以为这儿是中餐馆的，会有一家老小从雷哥公园[①]进来，点蘑菇鸡片和B栏的两道菜。他说中国和西贡有什么

① 在20世纪80年代，约有15%的华侨聚居在雷哥公园，还有大批移民来自亚非各国。

关系？我告诉他，我说，约翰，你知道，我知道，但对从雷哥公园来的人来说，所有斜坡都是坡，加起来只等于一个蘑菇鸡片。”

比利说：“公园坡[①]的人怎么你了？”

“公园坡的人怎么我了？”斯基普皱起眉头，思考了一会儿。“公园坡的人，”他说，“公园坡的人都是浑蛋。”

博比·罗斯兰德的女朋友海伦非常严肃地说她有个姨妈就住在公园坡，斯基普盯着她。我拿起酒杯。酒杯是空的，我左顾右盼找那个没胡子的侍者或两兄弟中的一个。

因此，门被撞开的那一刻我刚好正盯着门。楼下守门的一个兄弟踉踉跄跄地跌进酒吧，摔在一张酒桌上。酒洒了一地，还打翻了一把椅子。

两个男人随后冲进房间。一个身高大约五英尺九[②]，另一个比他矮几英寸[③]。两人都很瘦，且都穿蓝色牛仔裤和网球鞋。比较高的穿棒球衫，比较矮的穿海军蓝的尼龙防风上衣。两人都戴着棒球帽，包脸的血红色方头巾在后脑勺上打了结，三角形的头巾遮住了嘴巴和面颊。

两人都拿着枪。一个拿着短管左轮手枪，另一个拿着长管自动手枪。拿自动手枪的那个举起枪，朝包着印花铁皮的天花板开了两枪。枪声不像樱桃炸弹，也不像手雷。

他们来得快，去得也快。其中一人跑到吧台里面，拿出了蒂姆·帕特存放当晚营业额的“加西亚与维加”雪茄盒。吧台上有个

---

① 纽约市布鲁克林西北部的一个社区，分为北中南三个坡。

② 约1.79米。——编者注

③ 1英寸 = 2.54厘米。——编者注

玻璃瓶，瓶身上贴着一张手写的告示，呼吁大家为北爱尔兰被囚禁的爱尔兰共和军战士的家属捐款，他捞出瓶子里的纸币，没碰剩下的硬币。

他去拿钱的时候，高个子用枪指着莫里西兄弟，逼他们掏空口袋。他拿走了他们钱包里的现金和蒂姆·帕特身上的一卷纸币。矮个子放下雪茄盒，到房间最里面，从墙上取下爱尔兰航空的一张莫赫断崖海报，露出上锁的暗柜。他开枪打掉锁，抽出合金保险盒，没打开就夹在胳膊底下，然后回来拿起雪茄盒，夺门而出，跑下楼梯。他的搭档继续用枪指着莫里西兄弟，直到他离开这幢屋子。持枪人的枪口指着蒂姆·帕特的胸口，有一瞬间我以为他会开枪。他拿的是长管自动手枪，还好他是朝铁皮天花板开了两枪，要是他朝蒂姆·帕特开枪，恐怕不太可能打不中。

对此我无能为力。

那一刻转瞬即逝。枪手从嘴里吐出一口气，吹得红头巾起伏不定。他退到门口，转身出去，跑下楼梯。

没人动弹。

然后蒂姆·帕特压低声音和他的一个兄弟聊了几句，就是在楼下守门的那个兄弟。过了一会儿，这个兄弟点点头，走向房间最里面洞开的暗柜。他关上柜门，把莫赫断崖的海报挂回墙上。

蒂姆·帕特和他的另一个兄弟说了两句话，然后清清喉咙。“先生们，”他说，用他粗大的右手捋了捋胡须，“先生们，请允许我花上几分钟解释一下你们刚刚目睹的戏码。我们的两个好朋友来借点钱，而我们愉快地借给了他们。我们没认出他们，也没记住他们的长相，假如上帝开眼，我们还能遇到他们，相信在座的各位也都不会有机会认识他们了。”他的指尖碰了碰他宽阔的额头，然后继续梳理胡须。“先生们，”他说，“希望大家给我和我的兄弟们一个面子，陪我们喝一杯。”

于是莫里西兄弟请大家喝了一杯。我要了波本威士忌。比利·基根要了尊美醇，斯基普要了苏格兰威士忌，博比要了白兰地，他女朋友要了苏格兰酸鸡尾酒。CBS工作人员喝啤酒，酒保艾迪喝白兰地。所有人都满上了，包括警察，包括黑人政客，以及一屋子的侍者、招待和夜猫子。没人起身离开，老板请客，两个蒙面持枪歹徒横行无忌算得了什么。

脸刮得干干净净的表亲和三兄弟里的两个给大家倒酒。蒂姆·帕特站在一旁，抱着的手臂压在白围裙上，一张脸毫无表情。等所有人都有酒了，他的一个兄弟过去对蒂姆·帕特小声说了些什么，然后给他看里面只剩下一把硬币的玻璃瓶。蒂姆·帕特的脸色变得阴沉。

“先生们，”他说，店堂里安静下来，“先生们，在混乱之中，有人拿走了捐献给基金会的钱，那些钱是用来接济北爱尔兰政治犯的不幸妻儿的。我们的损失算我们自己的，我和我的兄弟们会承担，不会有半句怨言，但北爱尔兰的同胞没钱买吃的了……”他停下喘了口气，声音变得更加低沉。“瓶子在大家手里传一圈，”他说，“要是有人愿意捐点，上帝一定会保佑他的。”

我又待了大概半小时，顶多半小时。我喝了蒂姆·帕特请客的那一杯，然后又喝了一杯，这就够了。我走的时候，比利和斯基普也走了。博比和他女朋友打算再待一会儿，文斯已经走了，艾迪加入了另一桌，企图勾搭在奥尼尔酒吧当女招待的一个高个子姑娘。

天空已经亮了，街道还空荡荡的，黎明时分，万籁俱寂。斯基普说：“好吧，至少基金会挣了几美元。弗兰克和杰西没从瓶子里掏走多少，客人挤出来的票子倒是快把瓶子填满了。”

“弗兰克和杰西？”

“老天在上，就是那俩红头巾。你知道的，弗兰克与杰西·詹姆斯[①]。他们从瓶子里掏走的都是一美元五美元的，但放回去的可都是十美元二十美元的，北爱尔兰可怜的妻子们和哭泣的孩子们这下有饭吃了。”

比利说：“你猜莫里西兄弟丢了什么？”

“天哪，我可猜不出来。保险盒里有可能装满了保单和他们的圣母像，但真要是那样倒也挺惊喜，对吧？我猜他们抢走的东西足够武装德里和贝尔法斯特许多英勇的小子了。”

“你认为劫匪是爱尔兰共和军？”

“妈的，”他说，把烟头扔进阴沟，“我认为莫里西兄弟是。我认为他们的钱都去了那儿。我猜——”

“哎，哥们儿！等一等。”

我们转过身。一个叫汤米·蒂拉里的男人在莫里西家的门廊上招呼我们。他是一条魁梧的壮汉，面颊和下巴肥厚，胸膛宽阔，大腹便便。他穿着一件夏天穿的酒红色运动上衣和白色长裤。他还打着领带。他几乎永远打着领带。

他身边的女人个子不高，很苗条，浅棕色的头发里有红色的挑

① 美国19世纪著名的匪徒兄弟。

染，穿着褪色的紧身牛仔裤和粉色的系扣衬衫，袖管高高卷起。她看上去很疲惫，还有点醉。

他说："你们认识卡罗琳吧？你们当然认识。"我们和她打了个招呼。他说："我的车就停在路口那头，装得下所有人。我送你们一程。"

"早晨挺舒服的，"比利说，"汤米，我想散散步。"

"哦，是吗？"

斯基普和我也这么说。"走一走，解解酒，"斯基普说，"放松一下，准备睡觉。"

"你们确定？我送你们回家一点也不麻烦。"我们确定。"那好吧，介意陪我们走到我停车的地方吗？刚才那出戏演得，我这会儿还心惊肉跳呢。"

"没问题，汤姆。"

"早晨挺舒服的，是吧？今天肯定很热，但这会儿确实不错。我发誓我以为他要开枪打死那个谁了——蒂姆·帕特。你们看见最后他脸上的表情了吗？"

"有一个瞬间，"比利说，"弄出什么结果都不奇怪。"

"我当时在想，肯定要开火了，有来有往，我四处看，想找张桌子躲到底下去。桌子居然都那么小，根本遮不住人，对吧？"

"确实没什么用处。"

"而我目标这么大，对吧？斯基普，你抽的什么烟，骆驼？介意我尝一根吗？我抽过带滤嘴的，过了这么一夜，什么味道都品不出来了。谢谢。是我的错觉还是店里真的坐着两个警察？"

"没错，确实有几个。"

“他们当不当班都必须随身带枪，对吧？”

他在问我，我说确实有这么一条规定。

“你觉得他们中的哪个会试着做点什么吗？”

“你是说拔枪干掉劫匪？”

“差不多吧。”

“这么做很容易害死人，”我说，“店里坐着很多人，乱开枪会出事的。”

“哦，我猜跳弹确实很危险。”

“你为什么说这个？”

他望向我，被我的厉声发问吓了一跳。“怎么了？可能是因为砖墙吧，”他说，“即便像他那样朝铁皮屋顶开枪，子弹都有可能反弹，造成什么损伤。不对吗？”

“我想也是。”我说。一辆出租车驶过，亮着下班提示灯，一名乘客坐在司机旁边的前排座位上。我说：“无论当不当班，警察在这种形势下都不能先开枪，除非其他人已经开始射击。店里有两个刑警到最后多半都已经抓着枪了，要是那家伙真敢向蒂姆·帕特开枪，他很可能要边躲子弹边朝门口跑。当然，前提是射击视野开阔。”

“还有他们得足够清醒，眼神不会拐弯。”斯基普插嘴道。

“有道理，”汤米说，“马特[①]，你几年前不是阻止过一次酒吧抢劫吗？有人这么说过。”

“情况不太一样，”我说，“我动手前，他们已经开枪打死了酒保。而且我也没往店里开枪，我跟着他们跑到了外面的街上。”想

① Matt，主人公马修·斯卡德（Matthew Scudder）的昵称。——编者注

到当时的情形，我没听见汤米接下来说的几句话。等我回过神来，汤米正在说他以为他也会被抢。

“今晚店里人很多，”他说，“上夜班的，还有关了自己的店来喝酒的，身上都带着现金。你以为劫匪肯定要翻大家的口袋，对吧？”

“我猜他们急着逃跑。”

“我身上只有几百块，但我更愿意留着，而不是给一个用头巾蒙面的家伙。你觉得松了一口气，因为你没有被抢，所以他们让大家传瓶子，给那个什么基金会捐款的时候，你会特别大方。我连想也没想就塞了二十美元给孤儿寡母。”

“全都是演戏，”比利·基根揣测道，“蒙头巾的歹徒是他们家的朋友，每隔几个星期就演这么一场，为了刺激大家捐钱给基金会。”

“我的天，”汤米说，嘲笑这个想法，“那也太夸张了吧？看，我的车，里维埃拉。很宽敞，装得下所有人，确定不改主意让我送你们回家吗？”

我们全都坚持要自己走一走。他的车是一辆栗红色的别克-里维埃拉，白色皮革内饰。他先开门让卡罗琳上车，然后绕到另一侧去开驾驶座的车门，她想从座位上探身给他开门，却没能把门打开，对此他做了个鬼脸。

他们开车离开后，比利说：“他们在阿姆斯特朗那儿待到了一点还是一点半，我没想到今晚还会见到他们。希望他别是要一直开回布鲁克林去。”

“他们住在布鲁克林？”

“他住在布鲁克林，”他对斯基普说，“他女朋友就住在这附近。他已经结婚了。没看见他戴着婚戒吗？”

“没注意过。”

“来自加罗林岛的卡罗琳，”比利说，“他就是这么介绍她的。她今晚脸色很难看，对吧？之前他走的时候，我心想他肯定是要送她回家了——现在想起来，我猜确实是这样。今晚早些时候她穿的是裙子，对吧，马特？”

“我不记得了。”

“我发誓她就是。总之是上班的打扮，不是她刚才这身牛仔裤和布鲁克斯衬衫。他送她回家，打了一炮，然后他们渴了，那时候店铺都已经打烊，所以他们去了附近的那家深夜酒吧，老板是蒂姆·帕特·莫里西的那一家。你觉得怎么样，马特？我的本事够不够当侦探？”

“绰绰有余。”

“他穿着原先的衣服，但她换了一身。现在只需要看他是会回家找老婆，还是会在卡罗琳家过夜，然后明天穿同一套衣服去上班。不过唯一的问题是，谁在乎呢？”

“我正要问这个呢。”斯基普说。

“是啊。不过他提的那个问题，我也问过自己。他们为什么没抢今晚店里的客人？身上有几百美元的客人肯定不少，有几个人估计还不止这个数呢。”

“不值得。”

“我们说的可是几千美元。”

“我知道，”斯基普说，“但想好好抢一遍，至少要花二十分钟，而且店里全都是醉鬼，天晓得有多少人随身带枪。我打赌房间里有十五把枪。”

“你说真的？”

“我不但是说真的，而且还是往少里说了。首先，我们有三四个警察。我们还有艾迪·格里罗，他就在咱们身边。”

“艾迪随身带家伙？”

“艾迪和几个重量级的家伙混世，这还没算上他工作那地方的老板呢。有个叫查克的家伙，我和他不熟，他在波莉笼子做事——”

“我明白你的意思。他带着枪到处跑？”

“假如带的不是枪，那就是他自己‘天赋异禀’。相信我，有很多人带着枪到处跑。你叫这一屋子人掏出钱包，有些人就会去掏枪。而且，他们进来出去一共花了多久？顶多五分钟？从门被撞开，子弹打进天花板，到他们出去，蒂姆·帕特抱着胳膊阴沉着脸站在那儿，从头到尾我估计都不到五分钟。”

“有见地。”

“另外，他们能从客人钱包里拿走的只是个小数目。”

“你真觉得那个保险盒里有那么多？你觉得有多少？”

斯基普耸耸肩。“两万。”

“你认真的？”

“两万，五万，随便你猜。”

“那可是爱尔兰共和军的钱，你前面才说过。”

“对，比尔，否则你觉得他们的钱去哪儿了？我不知道他们究竟能挣多少，但他们一周开七天，每天都生意兴隆，日常开销能有多少？他们买那幢楼多半还有退税，一半楼层留给自己住，所以他们不需要付房租，也没多少薪水要发。我确定他们既不报税也不缴税，顶多给底层的剧团做点利润，象征性地缴几个小钱。他们每周能从那地方挤出一两万来，你说这些钱都花在哪儿了？”

“为了能开门营业，他们要付保护费。”我插嘴道。

“对，当然要付保护费和政治性捐款，但不可能到每周一两万的地步。他们不开豪车，也从不出门去其他人店里花钱。我不觉得蒂姆·帕特会买绿宝石给年轻美貌的情人，他的兄弟们也不会把可卡因塞进他们的爱尔兰大鼻子。”

“滚你的爱尔兰大鼻子。”比利·基根说。

“我喜欢蒂姆·帕特的小小演讲，然后他还请大家喝了一杯。要是我没记错，这是莫里西兄弟第一次请客。”

“去他的爱尔兰佬。”比利说。

“天哪，基根，你又喝醉了。”

“赞美上帝，你说对了。”

“马特，你觉得呢？蒂姆·帕特认出了弗兰克和杰西吗？”

我想了想。“不确定。他那番话的言下之意就是‘你们别插手，我们自己会解决的’。也许和政治有关。”

“太他妈对了，”比利说，“背后是民主党改革派在搞鬼。”

“也有可能是新教徒。”斯基普说。

“好笑，”比利说，“他们看着可不像新教徒。”

“也可能是爱尔兰共和军的另一个派系。他们有好几个派系，对吧？”

“当然了，你很少会看见新教徒用方巾包脸，”比利说，“他们一般把方巾插在胸口，不对，是胸袋里——”

“天哪，基根。”

“去他的新教徒。”比利说。

“去他妈的比利·基根，”斯基普说，“马特，咱们还是送这个白痴回家吧。”

“去他妈的枪，”比利说，然后又忽然回到了正轨上，“我就出来喝杯睡前小酒，结果身边全是枪。马特，你带枪吗？”

“比利，我不带。”

“真的？”他扶住我的肩膀，“但你是警察啊。”

“曾经是。”

“现在是私家警察了。但就连保安、书店的警卫、在门口叫你去存包的家伙，他们都有枪。”

“主要是为了给人看的。”

“你是说我直接拿走一本现代图书馆版的《红字》，他们不会朝我开枪？你怎么不早说，那我就不用去付钱了。你真的不带枪吗？”

“又一个幻觉破灭了。”斯基普说。

“你那个演员朋友呢？”比利逼问他，“小博比是枪手吗？”

“谁？罗斯兰德？”

“他会在你背后放冷枪。”比利说。

“就算罗斯兰德带着枪，”斯基普说，“也肯定是道具，只会射出空弹。”

“在你背后放冷枪，”比利坚持道，“就像那个谁，博比小子。”

“你说的是比利小子[①]。”

---

① Billy the Kid，19世纪美国知名罪犯、枪手。——编者注

“你算老几，凭什么告诉我我在说谁？他到底有没有？”

“有没有什么？”

“当然是枪了，我的天。咱们不是一直在说这个吗？”

“天哪，基根，别问我咱们一直在说什么。”

“你是说你也根本没在听？老天。”

比利·基根住在56街靠近第八大道的一幢高层住宅楼里。快走到那儿的时候，他挺直腰杆；和门童打招呼的时候，他像是清醒了过来。“马特，斯基普，”他说，“回头见了。”

“基根没事。”斯基普对我说。

“他为人不错。”

“他也不像装出来的那么醉。他只是借酒装疯，享受这个乐趣。”

“是啊。”

“知道吗？我们在凯蒂小姐的吧台里面藏了一把枪。约翰和我一起开店前，我工作的那个地方被抢过。那家店开在第二大道八十几街上，我在看吧台，一个白人男子走进来，枪口指着我的脸，然后掏空了收银机。他还抢了客人。当时店里只有五六个人，但他抢走了他们的钱包。要是我没记错，他好像还抢走了他们的手表。标准程序。”

“听着像。”

“我在越南打过仗，还是特种部队，从来没站在那儿被人用枪指过。事情发生时我没什么感觉，但之后我非常生气，你懂我的意思吗？我当时暴跳如雷。我出去买了一把枪，后来只要我在做事，这把枪就一直陪着我。以前是在那家酒吧，如今在凯蒂小姐。我还是觉得我们应该叫它马蹄铁与手榴弹。”

“你有执照吗？”

“枪？”他摇摇头，“没登记过。开酒吧的人费不了多少力气就能知道去哪儿买枪。我花了两天打听，第三天我口袋里少了一百块。我们开业后被抢过一次。那天是约翰当班，他没去拿枪，乖乖奉上收银机里的钱。劫匪没抢客人。约翰估计那人是个毒虫，说劫匪出去以后他才想到还有枪。也可能——也可能他想到了，但决定不用枪。换了我多半也会这么做，但很难说。不到事情临头，你就不可能真的知道，对吧？”

“对。”

“你离开警队后真的一直不用枪吗？据说一个人只要养成带枪的习惯，没了枪就跟没穿衣服似的。”

“我不是的。我觉得像是卸下了负担。”

“噢，我知道，终于卸下了负担，就好像减了些体重，对不对？”

“差不多吧。”

“好吧。对了，他不是存心的，他就是偶然提到跳弹。”

“嗯？哦，汤米啊。”

“硬汉汤米·蒂拉里，有时候挺混账，但人并不坏。‘硬汉汤米’，听起来就像管大个子叫‘小可爱’一样。我确定他没别的意思。”

“我确定你说得对。”

“硬汉汤米，他还有另一个外号。”

“‘电话汤米’。”

“对，或者反过来，‘汤米电话’。他在电话里卖各种烂玩意儿。我觉得成年男人不该做这种活儿。那是家庭主妇挣零钱用的，服务一个小时给你三毛五。”

“我看也有可能挣大钱。”

“显而易见。你看见他的车了。咱们都看见他的车了。咱们没能看见她给他开车门，但确实看见他的车了。马特，要不要上楼再喝一杯，算是给今天画个句号？我有苏格兰威士忌和波本，冰箱里好像还有吃的。”

“我看我还是直接回家吧，但还是多谢了。”

“不怪你。”他吸了一口香烟。他住旺多姆公园大楼，街对面往东去几个门牌号就是我住的旅馆。他扔掉烟头，我们握手告别，一个多街区外传来五六声枪响。

“我的天，”他说，“那是枪还是半打小炮仗？你能确定吗？”

“不能。”

“我也不能。考虑到今天是什么日子，多半是炮仗。也可能是莫里西兄弟逮住了弗兰克和杰西，或者天晓得什么东西。今天2号，对吧？7月2号[①]。”

“应该是。”

“今年夏天肯定够瞧的。”他说。

① 7月4日是美国独立日。

第2章

这一切都发生在很久以前。

那是1975年夏天，就更广阔的背景而言，记忆中那年夏天似乎没发生什么特别重要的事情。尼克松辞职是一年前，一年后是两党集会、各种运动、奥运会和两百年国庆。

彼时主宰白宫的是福特，他的政绩不能说特别耀眼，但至少还算令人心安。格雷西大厦的主人名叫亚伯·比姆，尽管我从没觉得他真心相信自己是纽约市长，正如杰里·福特从没相信过自己是美利坚合众国的总统[①]。

在这段时间里，福特拒绝帮纽约度过财政危机，《每日新闻》的标题是："福特对市政府说：去死吧！"

我记得这个标题，但不记得它出现在那年夏天之前、之中还是之

① 1974年尼克松辞职后，副总统杰拉德·福特担任总统到1976年。杰里是杰拉德的昵称。

后。我读过这篇文章。我很少会错过《每日新闻》，不是在半夜回旅馆的路上买一份晨间版，就是在吃早饭时扫一眼午间版。我时不时也读《纽约时报》，要是有我关心的事件，我往往还会在下午买一份《邮报》。我几乎不关注国际新闻和政治消息，或者说除了体育新闻和当地犯罪版，其他我都不怎么看，不过我对世界大事也算略知一二，说来好笑，我对这些事的记忆消失得还真是彻底。

我到底记得什么呢？哦，莫里西酒吧被抢后三个月，辛辛那提队要和红袜队打七场系列赛了。这个我记得，菲斯克在第六场打出本垒打，彼得·罗斯从头到尾表现得好像全人类的命运都取决于他投出的每一个球。纽约的两支球队都没能打进季后赛，但除此之外我也没法告诉你具体战况了，我只知道我去看了五六场比赛。我带我的孩子们去了两次谢亚球场，另外几次是和朋友们去的。那年纽约体育场在翻修，因此，大都会队和扬基队都在谢亚打比赛。我记得我和比利·基根去看扬基队打某个球队时，比赛中途暂停，因为有几个白痴朝场内扔垃圾。

雷吉·杰克逊那年为扬基队打球吗？1973年他还在奥克兰为查理·芬利效力，我记得那年的系列赛，大都会队输得一塌糊涂。但斯泰因布里纳是哪年把他买到扬基队的来着？

还有什么？拳击？

那年夏天阿里打比赛了吗？我在闭路电视上看过他和诺顿打的第二场，阿里离场时下腭骨折，不战而胜，但那至少是一年前的事了，对吧？后来我近距离见过阿里，在麦迪逊花园的拳台边。厄尼·谢弗斯对吉米·埃利斯，谢弗斯第一回合刚开始就打得对手不省人事。老天在上，打昏埃利斯的那一拳我记得太清楚了，他老婆和我隔着两排座位，我记得她脸上的表情，但那是什么时候来着？

不是1975年，这个我敢确定。那年夏天我肯定去看了拳击，但到底看了谁的比赛呢？

重要吗？我觉得并不重要。假如重要，我可以去图书馆查《时报索引》，或者直接找一本那年的《世界年鉴》。不过那些一定要记住的事情，我反正都记得挺清楚。

斯基普·德沃和汤米·蒂拉里。想到1975年夏天，浮现在我眼前的就是他们的脸。我和他俩厮混了那一整个季节。

他们是我的朋友吗？

是，但程度有限。他们是我的酒友。我很少会见到他们，除了去陌生人扎堆喝烈酒的那种地方——不过那段日子我本来也不怎么见人。当然了，那会儿我还在喝酒，而且酒精对我的坏处（至少看起来）还没超过对我的帮助。

几年前，我的世界像是有了自己的意志，一天天越缩越小，最后只剩下了哥伦布圆环以南和以西的几个街区。我抛弃了十二年的婚姻和两个孩子，从长岛的赛奥西特搬进我现在住的旅馆，它在西57街上，位于第八和第九大道之间。差不多同一时期，我离开了纽约市警察局，我在那儿尽心尽力的年份和混吃等死的日子几乎一样多。我能养活自己，不定期地寄支票去赛奥西特，靠的是替人办事。我不是私家侦探——私家侦探要有执照、提交报告和按时报税。我只是给朋友帮忙，他们用钱报答我，我总能交上房租，也总有钱买醉，隔三岔五还可以寄张支票给安妮塔和儿子们。

如我所说，我的世界从地理上变得狭小，那个区域也主要局限于我睡觉的房间和我醒着时度过大部分时光的酒吧。这些酒吧也包括莫里西那儿，但我去的并不频繁。我通常一两点上床睡觉，有时候混到酒吧关门才回家，去深夜酒吧熬通宵的次数屈指可数。

这些酒吧之中还有凯蒂小姐，也就是斯基普·德沃那儿；还有波莉笼子，它和我住的旅馆在同一个街区，贴着红色植绒墙布，常客以下班后的人群为主，到晚上十点或十点半就开始散场了；还有麦戈文酒吧，狭窄的店堂毫无生气，顶灯不装灯罩，客人连一个字都不说——我上午心情不好时，偶尔会进去飞快地喝一杯，酒保斟酒的手常常抖个不停。

同一个街区还有两家靠在一起的法国餐厅。一家叫圣米歇尔山，座位永远空着四分之三。几年来我请不同的女人去那儿吃过几次饭，偶尔也会进吧台喝杯酒。他们隔壁的餐厅名声很好，生意也更兴隆，但我从来没进去过。

第十大道有个叫斯雷特餐厅的地方，那儿有很多中城北区和约翰·杰伊大学分局的警察，我有时候情绪上来，想和这种人打打交道，就去那儿吃饭。他们的牛排非常好，环境也很舒适。百老汇大街60街路口有一家马丁酒吧，酒卖得便宜，保温熟食台上的腌牛肉和汉堡也很好；他们的吧台顶上有一台大彩电，是个看球赛的好去处。

林肯中心对面有一家奥尼尔吧龙——那时候有一条古老的法律还没作废，法律规定禁止给营业场所起名叫“沙龙”，奥尼尔家定做霓虹灯时不知道这个规定，于是他们改掉了一个字，说去他的就叫这个了。下午我偶尔会去晃一圈，但他们到夜里就太时髦也太欢腾了。还有安塔列斯与斯派罗酒吧，这个希腊人待的地方开在第九大道57街路口。它算不上我喜欢去的那种地方，许多胡须茂密的男人都在痛饮茴香酒，不过我每天夜里回家时都会经过那儿，有时候也会进去飞快地喝一杯。

第八大道57街路口有个不打烊的报刊亭。我通常在那儿买报纸，400熟食店门口的人行道上有个流浪女人叫卖报纸，我有时候也会买她的。她以每份两毛五的价钱从报刊亭买报（那年所有报纸似乎都卖两毛五，除了《新闻报》卖两毛），然后以相同的价钱出售，真是一条艰难的谋生之路。有时候我会给她一块钱，说不用找了。她叫玛丽·爱丽丝·雷德菲尔德，但直到几年后她被人捅死时，我才知道这个名字。

有一家咖啡馆叫红色火焰，当然还有400熟食店。有两家过得去的比萨小店，还有一家店卖芝士牛排，从来没有回头客。

有一家意大利面馆叫拉尔夫餐厅，还有两家中餐馆。有一家泰国馆子让斯基普·德沃痴迷不已。58街上有一家乔伊·法雷尔餐厅，他们去年冬天刚开业。哦，还有，那附近有的是能喝酒的去处。

大多数时候我在阿姆斯特朗酒吧。

我的天，我就住在那儿。我回旅馆睡觉，也会去其他的酒吧和餐馆，但那几年，吉米·阿姆斯特朗酒吧就是我的家。要找我的人都知道该去那儿找我，有时候他们会先打电话到阿姆斯特朗，然后再打到旅馆。那地方上午十一点左右开门，白天是个叫丹尼斯的菲律宾小子守吧台。晚上七点，比利·基根来接班，两点、三点甚至四点打烊，具体几点取决于客人的数量和他的心情。（这是工作日的排班。周末白天和晚上是另外几个酒保，他们的营业额要高得多。）

女招待来来去去。她们找到演出的工作，和男朋友分手，找到新男友，搬家去洛杉矶或者回苏福尔斯城的家，和厨房的多尼米加小子干架，因为偷窃被开除或者自己辞职，或者怀孕。那年夏天吉米本人很少出现。我记得那一年他正在北卡罗来纳州物色地产。

我该怎么形容这个地方呢？你从大门进来，右手边是个长吧台，左手边摆着桌子，桌上铺着蓝色格子桌布。深色的护墙板上挂着照片，还有镶了框的旧杂志里的广告。最里面的墙上挂着一个与环境格格不入的鹿头，我最喜欢的桌子就在那东西底下，因为坐在那里我就看不见它了。

客人五花八门。有街对面罗斯福医院的医生和护士，有福特汉姆大学的教授和学生，有电视台人员——CBS在一个街区外，ABC也没几步路，还有附近居民和左邻右舍的店主。有几位古典音乐人，一名作家，还有一对黎巴嫩兄弟，他们刚开了一家鞋店。

年轻人不多。我刚搬到这附近时，阿姆斯特朗店里有一台点唱机，爵士乐和乡村布鲁斯的曲目相当可心，但吉米很快就撤掉了点唱机，换成立体声音响，放起了古典乐磁带。这样能赶走比较年轻的顾客群体，女招待也很高兴，她们讨厌年轻人，因为他们待得晚、点单少而且几乎不给小费。这样还能降低噪声，让店里更适合长时间慢慢喝酒。

我去那儿就是为了这个。我想保持微醺的感觉，但不想喝醉，只是偶尔酩酊一场。大多数时候我用咖啡兑波本威士忌，晚上行将结束时换成纯烈酒。我在那儿能读报，能点汉堡包，也能点全套大餐，要是有兴趣聊天，无论是长篇大论还是搭两句话也都有人聊。我不是每天都从早待到晚，但很少会有一天连一次门都不进，有时候丹尼斯开门才几分钟我就来了，到比利准备打烊时我还没走。每个人都得有个去处嘛。

酒友。

我在阿姆斯特朗那儿认识了汤米·蒂拉里。他是常客，一般七天里会出现三四天。我不记得我第一次是怎么注意到他的了，但和他待在同一个房间里，你很难不注意到他的存在。他块头很大，嗓门也不太能压得住。他不算很吵，但几杯酒下肚，他的声音就会充满店堂。

他很能吃牛肉，很能喝芝华士威士忌，两者都体现在他那张脸上。他应该快四十五岁了，下巴堆了一层又一层，面颊上坏死的毛细血管纵横交错。

我一直不知道大家为什么叫他“硬汉汤米”。也许斯基普说得对，也许这个绰号就是为了讽刺他。大家叫他“汤米电话”是因为他的工作。他做电话销售，在华尔街附近的一家野鸡交易所通过电话推销投资机会。我知道混那一行的人换工作就像换衣服。能够通过电话哄骗陌生人拿出真金白银投资是一项非常特殊的天赋，其拥有者不费吹灰之力就能找到工作，可以随心所欲地更换雇主。

那年夏天，汤米在一家名叫坦纳希尔公司的机构工作，销售房地产联合企业的有限合伙人股份。按照我的理解，买这东西在税务上有好处，而且有望得到资本收益。我是根据推理得出这个结论的，因为汤米从不向我和酒吧里的任何人兜售任何东西。有一次罗斯福医院的一名产科住院医生向他询问他销售的东西，汤米东拉西扯打发了他。

“不，我是认真的，”医生坚持道，“我总算挣了点钱，应该考虑这种事情了。”

汤米耸耸肩。“有名片吗？”医生说没有，“那就找张纸写下你的号码，还有什么时候打给你比较好。你想被灌迷魂汤，我就打给你，仔仔细细说给你听。不过我先警告你一声，我在电话里那叫一个所向披靡。”

两周后，他们又遇上了，住院医生埋怨汤米怎么不打电话给他。

“天哪，我一直想打来着，”汤米说，“让我记一下，回头就打。”

他是个过得去的伙伴。他喜欢说方言笑话，而且说得相当好，该笑的时候我会捧场。里面有些笑话很下作，但一般来说没有恶意。当我情绪上来了，想缅怀一下我的警察生涯时，他也是个不错的倾听者，要是我讲个有趣的故事，他会笑得分外响亮。

他嘛，总的来说，有点太吵，也有点太欢乐。他的话有点太多，而且会惹得你坐立不安。如我所说，他每周会有三四个晚上出现在阿姆斯特朗店里，差不多一半时间里，她会陪着他。卡罗琳·齐特汉姆，加罗林岛的那个卡罗琳，说话带着柔和的南方口音，就像某些烹饪用的香草，但泡在酒精里就会变得劲头十足。有时候她挽着他走进店里；有时候他先到，她后来。她住在附近，和汤米是同一间办公室的同事，我猜——要是我愿意费神去想的话——是办公室恋情把汤米带进了阿姆斯特朗酒吧的门。

他关注运动项目。他会向一名赌注登记人下注——以球类比赛为主，有时也赌马——要是赢钱了，他保证会让你知道。他有点太友好，有点太自来熟，但他眼睛里偶尔会闪过寒光，这会抵消声音里的友好。他有一双冰冷的小眼睛，嘴唇四周有一团软肉，那是个弱点，但这些都不会影响他的声音。

你明白他为什么擅长打电话了吧。

斯基普·德沃的本名是亚瑟，但我只听见过博比·罗斯兰德这么称呼他。博比可以叫他亚瑟。他们从四年级起就是朋友了，他们在杰克逊高地的同一个街区长大。斯基普的教名是小亚瑟，他很早就有了“斯基普”这个绰号。“因为他那时候总是逃学[1]。”博比说，但斯基普的说法不一样。

“我有个舅舅当过海军，一直放不下这个身份，”斯基普有一次对我说，“他是我母亲的兄弟，给我买水手服、玩具船。我有一整个舰队，他叫我船长[2]，很快其他人也跟着叫了。这还不算倒霉呢。我们班上有个小子，人人都叫他虫仔。别问我为什么。估计现在别人还这么叫他。”

他三十四五岁，和我差不多高，但比我瘦，也比我壮。他前臂和手背上青筋明显，脸上没有一丝多余的肉，皮肤随着骨头高低起伏，让他的面颊深邃得像是雕刻出来的。他有个鹰钩鼻，蓝眼睛目光灼灼，在合适的光线下，蓝中稍微带点绿。所有这些，再加上自信和满不在乎的举止，都让他很受女性的欢迎，只要他想要女人，他费不了什么事就能找个姑娘带回家。但他一个人住，不和任何人保持稳定的关系，而且似乎更愿意和男人混在一起。他曾经和某个女人同居过，甚至有可能结了婚，但他几年前结束了那段关系，从此就不愿再和其他人牵涉太深了。

汤米·蒂拉里的绰号叫“硬汉汤米”，他的举止里确实带点硬汉气质。斯基普·德沃则确实是条硬汉，但你必须看透表面才能觉察到。他的硬不是摆给你看的。

---

① Skip School，包含斯基普（Skip）。

② 俚语Skipper，去掉词尾就成了Skip（斯基普）。

他参过军，不是你以为的海军，尽管他舅舅应该会这样培养他，他参加的是陆军特种部队，就是戴绿色贝雷帽的那个。他高中毕业就应征入伍，在肯尼迪执政期间被派往东南亚。他在20世纪60年代末的某一天退伍，去念大学，但中途退学，然后去了上东区的一家单身汉酒吧守吧台。几年后，他和约翰·卡萨比安把积蓄加起来，盘下一家歇业的五金店，签了个长期租约，用剩下的钱重新装修，开了他们的凯蒂小姐。

我偶尔会在他自己的地方见到他，但更多时候是在阿姆斯特朗酒吧，他只要不当班就经常来这儿坐坐。他是个令人愉快的好伙伴，很好相处，也没多少事情能让他皱眉头。

但他有点特别之处，我认为可能是某种冷静而无所不能的气质。你会觉得他有能力处理他遇到的任何问题，而且连一滴汗都不会出。你会觉得他是个能办事的人，而且能在行动中快速做出决定。也许是因为他戴着绿色贝雷帽去过越南，因此得到了这种气质，也可能是我知道他有过这段经历，因此赋予了他这个光环。

这种气质往往出现在我见过的罪犯身上。我知道几个重量级劫匪有这种气质，他们专门抢银行和武装押运车。还有个给运输公司开长途车的司机也是这个德行。他提前从西海岸回到家里，发现老婆和情人正在床上，于是徒手杀掉了这两个人。

第3章

报纸只字不提莫里西酒吧的抢劫案，但接下来的几天，你会在那附近听到许多传闻。蒂姆·帕特和他的兄弟们的损失数字节节攀升，我听说的数字从一万到十万不等。只有莫里西兄弟和枪手知道真实数字，但双方都不怎么乐意透露，因此随便说多少都有人相信。

“我猜他们劫走了五万左右，”4号夜里，比利·基根对我说，“这个数字出现得最频繁。当然了，每个人和他兄弟都在现场，亲眼看见了。”

“这话什么意思？”

“意思是目前至少有三个人信誓旦旦地说事情发生时他们就在现场，但我真的在，我敢发誓他们不在。他们还添油加醋说了些不知为何我没看见的东西。你知道有个枪手扇得一个女人满地乱转吗？”

“真的哦。”

“他们是这么说的。哦，对了，莫里西兄弟之一吃了一枪，不过只是皮肉伤。亲身经历已经足够带劲了，但我觉得要是不在场反而会更精彩。这么说吧，据说1916年起义往后数十年，你在都柏林都找不到一个没参与过起义的男人。那个光荣的星期一上午，三十名勇士走进邮局，走出来的却是一万个英雄。马特，你觉得呢？你觉得五万块这个数字怎么样？”

汤米·蒂拉里也在，我猜他大概会拿这事儿当饭吃。也许他就是这么做的。接下来几天我没见过他，等我再见到他时，他甚至连提都没提过那场劫案。他对身边的每个人宣称他发现了赌棒球的秘诀，你就压大都会队和扬基队的对手好了，他们保准不会让你失望。

第二个星期靠前的某一天，下午三点来钟，斯基普踱进阿姆斯特朗酒吧，在最里面那张桌子前找到我。他在吧台要了一瓶黑啤，拿着酒瓶走过来，在我对面坐下，说他前一天夜里去了莫里西酒吧。

“自从那天和你分开，我就再没去过他们家。”我对他说。

“嗯，昨晚也是我最近第一次去。他们补好了天花板。蒂姆·帕特还问起你呢。”

“我？”

“嗯哼，”他点了支烟，“要是你肯去一趟，他会不胜感激的。”

“去干什么？”

“他没说。你是侦探，对吧？也许他想请你找东西。你猜他丢了什么？”

“我可不想掺和那种事。”

“别对我说。”

“什么爱尔兰战争，我连个边儿都不想沾。”

他耸耸肩。“你不是非得去。他说今晚八点后随时欢迎你去坐一坐。”

“他们大概睡到那会儿才起床吧。”

“前提是他们还会睡觉。”

他喝了几口啤酒，用手背擦擦上嘴唇。我说：“昨晚你去他们家了？情况怎么样？”

“和平时一样。我说过他们补好了天花板，反正在我看来补得很漂亮。蒂姆·帕特和他的兄弟们还是平时那个迷人的模样。我只说我下次碰见你一定把话带到，去不去由你。”

“我看我还是别去了。”我说。

但第二天夜里十点还是十点半，我心想去他妈的，于是就去了。剧团在底层排练布兰登·贝汉的《非凡狱友》，这部剧定于周四晚上开演。我按了楼上的门铃，然后等着，直到莫里西兄弟中的一个下楼，把门打开一条缝。他说他们打烊了，两点以前不开门。我说我叫马修·斯卡德，蒂姆·帕特说他想见我。

“哦，对，这种光线下，我没认出你来，”他说，“快请进，我去告诉他你来了。”

我在二楼的宽敞店堂里等着。我正端详着天花板，寻找修补好的弹孔，这时蒂姆·帕特进来了，又打开了几盏灯。他穿着平时的行头，但缺了屠夫的白围裙。

“很高兴你能来。”他说，“陪我喝一杯？你喝波本威士忌，对吧？”

他倒了酒，我们找了张酒桌坐下。也许就是他兄弟踉跄进门摔在上面的那张酒桌。蒂姆·帕特端起酒杯对着灯光看，然后仰脖一口喝光。

他说："出事那天夜里你也在。"

"对。"

"有个好小伙落下了他的帽子，但很可惜，他老妈忘记绣上姓名牌了，所以我没法把帽子还给他。"

"我明白了。"

"要是我知道他是谁、人在哪儿，我就能把他丢掉的东西还给他了。"

那还用说。我心想。

"你以前是警察。"

"现在不是了。"

"你也许会听说点儿什么。天下没有不透风的墙，不是吗？一个人睁开眼睛多看看、竖起耳朵多听听，也许就能给自己捞点好处。"

我没吭声。

他用指尖梳理胡须。"我和我的兄弟们，"他说，眼睛盯着我背后的某一点，"会非常乐意付出一万块，换取那天夜里拜访我们的那两个小伙子的姓名和下落。"

"只是为了还一顶帽子。"

"哎呀，这是我们的职责嘛，"他说，"你们的乔治·华盛顿不是也在风雪中走了好几英里[①]，就为了还一分钱给一位客人吗？"

"那好像是亚伯拉罕·林肯。"

"当然当然。乔治·华盛顿是另外一位，砍樱桃树的。'父亲，我不能撒谎。'这个国家的英雄都是诚实至上的伟人。"

---

① 1英里≈1.6千米。——编者注

“曾经是。”

“结果后来的那位呢，对所有人说他不是骗子[①]。我的天。”他摇了摇他的大脑袋。“好了，继续，”他说，“你觉得你能不能帮我们这个忙？”

“我不知道我能怎么帮你们。”

“你在场，你看见他们了。”

“他们蒙着脸，戴着帽子。老实说，我敢发誓他们走的时候都戴着帽子。你找到的不会是其他人的帽子吧？”

“也许那小子把帽子掉在楼梯上了。要是你听到什么消息，马特，你肯定会告诉我们的吧？”

“为什么不呢？”

“马特，你祖上是爱尔兰人吗？”

“不是。”

“我寻思你的某位祖先说不定来自凯里郡。凯里人出了名的喜欢用问题回答问题。”

“蒂姆·帕特，我不知道他们是谁。”

“要是你知道的话……”

“要是我知道的话。”

“你对价钱没什么意见吧？这个价钱合理吧？”

“没意见，”我说，“非常合理。”

合不合理另当别论，这个价钱确实很不错。下一次见到斯基普的

---

① 尼克松在接受访问时曾说：“我不是骗子。”

时候，我就是这么对他说的。

“他不想雇我，”我说，“他想发悬赏。只要能告诉他那两个人是谁、去哪儿能找到他们，你就可以得到一万块。”

“你接吗？”

“接什么？去搜捕他们？那天我说过了，我不会为了钱接这个活儿。我缺钱还没缺到要去掺和这种事的地步。”

他摇摇头。“假如你毫不费力就查到了呢？你去买报纸，然后拐个弯就撞见了他们。”

“我倒是怎么认出他们来？”

“你见过几次两个人用红头巾蒙面？不，我说真的，你就说你认出了他们，或者就说你得到了消息，风声传出来，你以前的某个联系人就会给你捎来消息。你肯定安插过线人，对吧？”

“内线，”我说，“每个警察都有线人，离了他们你寸步难行。但我——”

“先别管你是怎么知道的，”他说，“就当你已经知道了，行不行？”

“那我——”

“卖掉他们，收一万块。”

“我对那两个人一无所知。”

“好吧，就当你不知道他们是混球还是圣徒。有什么区别呢？反正都是带血的钱，对吧？莫里西兄弟找到他们，他们就死定了，对吧？”

“蒂姆·帕特恐怕不打算发请帖请他们参加洗礼仪式。”

“或者邀请他们加入圣名会。你会告发他们吗？”

我摇摇头。“我没法回答这个问题，”我说，“这取决于他们是谁以及我有多缺钱。”

“我认为你不会这么做。”

“我也这么认为。”

“我他妈确定你不会，”他说，弹了弹烟灰，“但有很多人做得出来。”

“有人会为了比这个少的数字杀人。”

“我也想到这个了。”

“那天夜里，店里有几个警察，”我说，“你想不想打赌？他们很快就会知道赏金的事情。”

“不赌。”

“假如某个警察查到了劫匪的身份，他连一块钱都挣不到。案件根本不存在，对吧？没人报警，没有目击证人，什么都没有。但他把两个人渣交给蒂姆·帕特，就能挣到大半年的薪水。”

“明知自己是在协助和教唆杀人。”

“我没说每个人都会这么做。但你自己也知道劫匪是人渣，他们当时很可能会杀人，他们迟早会杀人，再说你也没法确定莫里西兄弟是不是肯定会宰了他们，也许只是打断几根骨头吓唬吓唬他们，想办法把钱弄回来之类的。你可以这么劝自己。”

“你会相信吗？”

“大多数人会相信他们愿意相信的话。”

“是啊，”他说，“这一点没得说。”

你在心里做出一个决定，但你的身体会自己做出另一个决定。我不打算和蒂姆·帕特的难题扯上任何关系，但我还是不由自主地闻来闻去，就像一条狗来到了路灯柱下。向斯基普保证我不会参与的那天夜里，我来到72街一个叫普根夜总会的地方，我坐在靠墙的一张酒桌旁，请一个叫“丹尼男孩”的小个子白化病黑人喝冰镇红牌伏特加。丹尼男孩一向是个好酒伴，但他也是个一等一的线人、一位消息掮客，认识所有人，知道所有事。

他当然听说了莫里西酒吧的劫案。他听说的损失数字千奇百怪，什么都有。按照他本人的猜测，正确答案应该在五万到十万。

“无论是谁干的，”他说，“都没有花在酒吧里。马修，我的直觉告诉我这是爱尔兰人的恩怨。真正的爱尔兰人，不是本地的爱尔兰移民。你知道的，莫西里兄弟那儿就在西区帮的领地正中央，但我不认为西区帮会像那样打劫蒂姆·帕特。”

西区帮是个松散的黑帮组织，由硬汉和杀手组成，其中大多数是爱尔兰人，从世纪之交开始就在地狱厨房[①]一带活动了。也许还更久，也许能追溯到马铃薯饥荒[②]那会儿。

“我不确定，”我说，“牵涉到如此大的金额——”

“假如那两个人是西区帮的，假如他们就来自酒吧附近，秘密连八个小时都守不住。第十大道上的每个人都会知道。”

“有道理。”

“应该是爱尔兰人的恩怨，这是我的猜测。你在现场，你应该知道。蒙脸布是红色的对吧？”

---

① 西中城因犯罪率高而获得的别称。

② 1845年，爱尔兰的主粮马铃薯遭受严重病虫害，导致全国性的饥荒，促使爱尔兰人大量移民美国。

“红色方巾。”

“可惜。要是绿色或橙色，他们就肯定会讲些什么政治宣言了。马修，我听说莫里西兄弟许了一大笔赏金，是那笔赏金把你带到我这儿来的？”

“哦，不是，”我说，“绝对不是。”

“不是为了投机来做点小小的调查工作？”

“绝对不是。”我说。

星期五下午，我在阿姆斯特朗那儿喝酒，和隔壁桌的两名护士聊上了。她们有当天晚上的先锋百老汇[①]剧目的戏票。德洛丽丝没法去，弗兰很想去，但她不确定自己愿不愿意一个人去，另外她们多了一张票。

当然了，剧目不是别的，正是《非凡狱友》。这部剧和莫里西酒吧被劫没有一丝一缕的关系，只是它刚好在那家深夜酒吧楼下上演而已，而且看戏也根本不是我的主意，但我到底为什么要来呢？我坐在简陋的木头折叠椅上，看着贝汉这部关于都柏林囚犯的话剧，心想我他妈怎么会坐在观众席上。

散场后，弗兰和我跟着一伙人去了凯蒂小姐，这伙人里有两名剧组成员。其中一位是个苗条的红发姑娘，一双绿眼睛特别大，她是弗兰的朋友，名叫玛丽·玛格丽特，弗兰为什么特别想来看演出，她就是原因。弗兰的原因我知道了，但我自己的呢？

酒桌上有人谈起劫案。我没有挑起话题，也没有贡献什么内容，

① off-off-Broadway，一种反专业戏剧舞台商业化的实验性戏剧，通常在100座以下的小剧场里表演。——编者注

但我无法置身事外，因为弗兰告诉这伙人我曾经是一名警探，他们请我这个专业人士发表对这起案件看法。我尽量回答得模棱两可，也没提到当时我在场。

斯基普在店里，忙着在吧台里应付周五晚上的人潮，所以我只是挥挥手和他打了个招呼。店里人满为患，闹哄哄的，和平时的周末没什么区别，但其他人都想来这儿，我也就跟着来了。

弗兰住在哥伦布大道和阿姆斯特丹大道之间的68街。我走路送她回家，到了大门口，她说："马特，你人真好，愿意陪我。剧演得还行，对吧？"

"挺好的。"

"反正我觉得玛丽·玛格丽特演得很好。马特，要是我不请你上楼，你会很介意吗？我累垮了，明天还要上早班。"

"没问题，"我说，"既然你说到这个，我也要早起。"

"去当侦探？"

我摇摇头。"去当父亲。"

第二天清晨，安妮塔送孩子们坐上长岛铁路的列车，我去科罗娜站接他们，然后带他们去谢亚球场，看大都会队输给休斯敦太空人队。孩子们8月要去夏令营待四周，他们对此非常激动。我们吃了热狗、花生和爆米花。他们喝可乐，我喝了两罐啤酒。那天有个什么特别促销，孩子们拿到了免费的棒球帽还是花生，我忘记具体是哪个了。

看完比赛，我带他们坐地铁回城，在洛伊83街剧院看电影。电影散场后，我们在百老汇大街吃比萨，然后坐出租车回我住的旅馆，我为他们在我楼下一层开了个两人间。他们上床休息，我上楼回房间。过了一个小时，我去查看他们。他们睡得很香。我重新锁好门，下楼拐过路口去阿姆斯特朗酒吧。我没待太久，顶多一个小时。然后我回到旅馆，再次查看两个孩子，再上楼睡觉。

第二天早上，我们出去吃了一顿丰盛的早餐，松饼、培根和香肠。我带他们去华盛顿高地参观美洲印第安人博物馆。纽约市有二三十家博物馆，一个人要是和妻子分开了，就有机会去一一发掘了。

来到华盛顿高地的感觉很奇怪。几年前，我下班后在这儿附近喝几杯小酒，结果两个歹徒进来抢酒吧，出去时开枪打死了酒保。

我跟着他们跑到街上。华盛顿高地有很多小丘。他们跑向其中一座，我只好朝下坡方向开枪。我放倒了他们两个，但有一颗子弹打飞了，反弹回来害死了一个名叫爱斯特丽塔·里维埃拉的小女孩。

意外时常发生。局里召开了听证会，只要杀了人就会有听证会，他们判定我应对得当，没有过错。

没过多久，我提交辞呈，离开了警察局。

我没法说是一件事导致了另一件，我只能说一件事引出了另一件。一个孩子死了，我是未写明的杀害她的工具，从那以后，一切在我眼里就都不一样了。我无怨无悔过着的生活似乎不再适合我。我觉得在此之前它就已经开始不适合了，我觉得那个孩子的死促成了早该发生的人生剧变，但是不是真的我也说不清。总之就是一件事引出了另一件事吧。

我们乘轻轨去宾州车站。我对孩子们说能和他们共度一段时间真是太快乐了，他们告诉我他们玩得很开心。我送他们上火车，打电话把车次告诉他们的母亲。她向我保证她会去接他们，然后犹豫片刻，说要是我能尽快寄点钱来就更好了。快了，我向她保证。

挂断电话，我想到蒂姆·帕特放出的一万块悬赏。我摇摇头，觉得这个念头很可笑。

但那天夜里，我坐立不安，最后来到格林尼治村，逛了一连串酒吧，每家酒吧喝一杯。我坐A线去西4街，从麦克贝尔酒吧开始，一路往西走。吉米·戴、55号、狮头、乔治·赫尔茨、拐角小酒馆。我告诉自己我只是想喝两杯，疏解我和儿子们共度周末的压力，让自己平静下来，因为重访华盛顿高地唤醒了我久远的记忆。

但我知道实际上并非如此。我开始了半心半意、漫无目标的调查，寻找能查出突袭莫里西酒吧的两名歹徒的线索。

我最终走进了一家名叫罪西娅的同性酒吧。店主叫肯尼，他正好在看店，为穿李维斯牛仔裤和紧身背心的男人倒酒。肯尼很苗条，身形修长，头发染成金色，一张脸拉过皮去过皱，看上去顶多二十八，但他在这颗星球上待过的年头至少要多一倍。

“马修呀！”他喊道，“姑娘们，你们全都可以放心了。法律和秩序来到了格罗夫街。”

他对莫里西酒吧的劫案当然一无所知。他连莫里西酒吧是什么都不知道。同性恋男性想在酒吧打烊后找个地方喝酒，根本不需要离开村子。但劫匪当然也有可能是同性恋，假如他们不在其他地方花赃款，说不定就会来克里斯托弗大街附近的窝点买醉。总之，办案无非就是这样，你到处闻来闻去，你询问所有的情报来源，你放出风声，等着看会不会有什么收获。

但我为什么要做这些呢？我为什么要浪费我的时间呢？

我不知道到底会发生什么——我会坚持跟下去还是会放手，我会查到些什么还是到最后撞上南墙不得不回头。案子似乎没有任何进展，但调查案件往往如此，你按部就班地一步一步往前走，看不出任何推进的迹象，直到你红运当头，有了突破。这样的事情也许会发生，也许不会。

然而随后发生了另外几件事，将我的注意力从蒂姆·帕特·莫里西和他的复仇欲望上引开。

首先，有人杀害了汤米·蒂拉里的妻子。

第4章

星期二晚上，我带弗兰去吃斯基普·德沃痴迷的泰国饭馆。饭后我送她回家，路上在乔伊·法雷尔那儿喝了两杯餐后酒。到了她住的楼底下，她又说明天要早起，我和她在大门口告别，然后走向阿姆斯特朗酒吧，路上停了一站或两站。我心情不好，装了一肚子异域食物更是雪上加霜。我对波本威士忌发起的攻势似乎比平时更猛烈，一两点的时候晃晃悠悠走出餐厅。我走远路回家，买了《每日新闻》，穿着内裤坐在床沿上，飞快地扫了一眼几篇报道。

我在内页读到的一篇报道说，布鲁克林有一位女士在家里遭到入室盗窃时遇害。我很累，喝了很多酒，没注意到她的名字。

但第二天早上我醒来时，有什么东西在脑袋里嗡嗡叫，一半是残留的梦境，一半是昨晚的记忆。我坐起来，拿起报纸，找到那篇报道。

玛格丽特·蒂拉里，四十七岁，家住布鲁克林湾脊区的殖民路，她在楼上的卧室里被刀刺死，证据表明她是在小偷入室行窃的过程中被惊醒的。她丈夫名叫托马斯·J.蒂拉里，是一名证券销售员，星期二下午因为妻子总不接电话而担忧，于是打电话给住在附近的亲戚，后者前去查看，发现他家遭到洗劫，妻子已经身亡。

“这是个好社区，”记者引用一名邻居的原话，“这种事从没在这儿发生过。”但警方的一名消息人士称，当地的入室窃案在过去几个月内明显增加，另一名邻居隐晦地指出，这个社区存在某些“坏分子”。

这个姓氏并不常见。布鲁克林有条蒂拉里街，离布鲁克林大桥的入口不远，我不知道用来命名的这个“蒂拉里”是战争英雄还是政坛走狗，也不知道他是不是汤米的亲戚。曼哈顿黄页里倒有好些个“蒂勒里”，写法稍有区别。托马斯·蒂拉里，证券销售员，家住布鲁克林——似乎只可能是我们的电话汤米。

我洗澡刮脸，出门去吃早饭。我想着我读到的消息，试图厘清我对此的感受。我觉得很没真实感。我和他不怎么熟，根本不认识他妻子，连她叫什么都不知道，只知道她存在于布鲁克林的某处。

我看了眼我的左手无名指。没戴戒指，没有戒痕。我戴过几年婚戒，从赛奥西特搬到曼哈顿时摘掉了它。当时戴戒指的地方留下了一道戒痕，但几个月后的一天，我忽然注意到戒痕已经不见了。

汤米戴婚戒。那是一个黄金的环戒，大概宽八分之三英寸。他右手小拇指上还有一枚戒指，我猜应该是高中毕业纪念戒。我记得很清楚，我在红色火焰喝咖啡时见过它。汤米右手小拇指上是镶蓝色宝石的班级戒指，左手无名指上是黄金的环戒。

我说不出我有什么感受。

那天下午我去了圣保罗教堂，为玛格丽特·蒂拉里点了支蜡烛。不做警察后我投奔了教堂，虽说我既不祈祷也不参加仪式，但我偶尔会走进教堂，在暗沉沉的寂静中坐一坐。有时候我会点支蜡烛，为刚去世的逝者，或者为早已死去但我总是忘不掉的人。我不知道为什么我会认为自己该这么做，更不知道为什么我觉得有义务从我的每笔收入中分出一成，在下次走进随便哪座教堂时塞进募捐箱。

我坐在后排的长椅上，想了一会儿突如其来的死亡。走出教堂时，外面下起了小雨。我穿过第九大道，钻进阿姆斯特朗酒吧。丹尼斯在守吧台。我点了一杯纯波本，一口喝掉，示意再来一杯，这次再给我一杯咖啡。

在我把波本倒进咖啡里时，他问我有没有听说蒂拉里的事情，我说我看见《每日新闻》的报道了。

“今天下午的《邮报》里也有篇文章，内容差不多。按照警察的看法，案件发生在前天夜里。他显然没回家，上午直接去了办公室，然后打了几个电话回家想道歉，结果一直没人接，他就着急了。”

“报纸上这么说？”

“差不多吧。肯定是前天夜里的事。我在的时候他没来。你见到他了吗？”

我努力回忆。“好像见到了。前天夜里，对，见到了，我记得他是和卡罗琳一起来的。”

“南方美人。”

“就是她。”

“不知道她有什么感觉。”他用大拇指和食指捋了捋小胡子的尖，“也许会有负罪感，因为她的愿望成真了。”

“你认为她希望他妻子死？”

“谁知道呢。一个女人和一个已婚男人厮混时，不就会做这种白日梦吗？听着，我没结婚，我怎么可能知道这些事？”

接下来的两天，这个消息逐渐从报纸上消失。周四的《每日新闻》有一篇讣告。玛格丽特·威兰德·蒂拉里，托马斯·蒂拉里挚爱的妻子，已故詹姆斯·艾伦·蒂拉里的母亲，理查德·鲍尔森夫人的姨妈。当天晚上有一场追悼会，第二天下午在沃尔特·B.库克殡仪馆举行葬礼，殡仪馆在布鲁克林，位于第四大道和湾脊大道的路口。

那天晚上，比利·基根说：“事情发生后我就没见过蒂拉里。不知道以后还能不能见到他。”他给自己倒了一杯JJ&S，一种从来没人点的十二年陈的尊美醇，“我打赌咱们不会再见到他和她一起了。”

“你说他女朋友？”

他点点头。“他们两个人都不可能忘记，他妻子在布鲁克林被人刺死的时候，他正在和她厮混。要是他能按时正常回家，那就什么事也没有了。要是你在外面鬼混，想飞快地打一炮，过点快活日子，那你最不需要的，就是被人提醒你的妻子是如何因为你在外面鬼混而被人害死的。”

我想了想，点点头。“追悼会在今晚。”我说。

“是吗？你要去？”

我摇摇头。“去的人我都不认识。”

我在打烊前离开，去波莉笼子喝了一杯，去凯蒂小姐喝了另一杯，斯基普精神紧张，拒人千里，我坐在吧台前，尽量对站在我身旁的人视而不见，同时又不表现出明显的敌意。他想告诉我这座城市的所有问题全是前任市长的错。我不是非得反对，但也不想听他唠叨。

我喝完酒，走向店门。走到一半时，斯基普叫我的名字。我转过身，他朝我招招手。

我走回吧台前。他说："现在时候不对，但我想尽快和你谈谈。"

"嗯？"

"问一问你的意见，也许还会请你办点小事。明天下午你会去吉米那儿吗？"

"应该吧，"我说，"只要我不去参加葬礼。"

"谁死了？"

"蒂拉里的妻子。"

"哦，葬礼是明天？你打算去？我不知道你和那家伙关系那么铁。"

"也没有。"

"那你为什么想去？算了，和我没关系。我两点或者两点半去阿姆斯特朗那儿找你。要是你不在，那就回头再约你。"

第二天下午两点半左右，他进来的时候我在店里。我刚吃完午饭，正在慢慢品咖啡，这时斯基普走进来，在门口扫视店堂。他看见了我，走过来坐下。

"你没去，"他说，"唉，今天也不是举行葬礼的好日子。我刚去了健身房，练完后坐在桑拿间里觉得傻乎乎的。整座城市就是个桑拿间。你在喝什么？著名的肯塔基州咖啡？"

“就是普通的咖啡。”

“那有什么好喝的。”他扭头招呼女招待，“给我一瓶普赖尔黑啤，”他对她说，“再给咱们老爹来点东西加在咖啡里。”

她给我倒了一注波本，给他拿来啤酒。他沿着杯沿慢慢倒啤酒，细细端详半英寸高的啤酒沫，尝了一口，然后放下杯子。

他说：“我可能要有麻烦了。”

我没说话。

“替我保密，行吗？”

“当然。”

“你对酒吧行业知道多少？”

“就是一个消费者该知道的。”

“答得好。你知道我们全都是现金交易。”

“当然。”

“很多地方都接受刷卡，但我们不。我们只收现金，假如认识你，也会收支票，或者让你记账，怎么都行。但大体而言这是一门现金生意。我估计我们有九成五的营业额是现金。事实上，可能还不止这个比例。”

“所以？”

他掏出一支烟，在大拇指的指甲盖上磕了磕。“真不想说这些。”他说。

“那就别说。”

他点烟。“每个人都揩油，”他说，“营业额有一定百分比在记账前就被揩掉了。不会体现在账本里，不会进收银机，它们根本就不会存在。不申报的一美元比申报的两美元还值钱，因为不申报就不用缴税。听得懂吗？”

“斯基普，这没那么难听懂。”

“马特，所有人都这么做。糖果店，报刊亭，收现金的每一个商户都这么做。老天在上，美国人就是这么做事的——要是总统能蒙混过关，他也会在缴税上作假。”

“比方说上一任。”

“别跟我提他。那个浑蛋抹黑了税务欺诈的名声。”他使劲吸了一口香烟，“几年前我们刚开门的时候，约翰负责记账。我朝人们吆五喝六，招聘人，开除人，他负责采购和记账。配合得还挺好。”

“然后？”

“直说重点，对吧？我们从一开始就记两本账，一本给自己，一本给山姆大叔。”他脸色变得阴沉，然后摇了摇头，“我一直觉得没道理。我说做一本假账就行了，但他说咱们自己要有一本真的，用来了解真实的经营状况。你觉得他说的有道理吗？你只要数一数你有多少钱，就知道是个什么情况，根本不需要两本账来告诉你，但他比我更有商业头脑，他懂这些东西，所以我说行啊，那就记吧。”

他拿起杯子，喝了两口啤酒。“不见了。”他说。

“账本？”

“星期六上午，约翰去店里做一周的账。周六一切正常。前天他想起来要查点什么东西，就去找账本，账本不见了。”

“两本都不见了？”

“只丢了黑账本，就是真的那本。”他又喝了两口啤酒，用手背擦嘴，“他花了一天吃安定，自己跟自己发疯，然后昨天才告诉我。然后我也发疯了，一直到现在。”

“斯基普，情况有多糟糕？”

“唉，”他说，“非常糟。我们有可能会坐牢。”

“真的？”

他点点头。“那个账本上有从开业那天起的所有记录，而我们从第一周开始就在挣钱。我不知道为什么，这只是一家普普通通的酒吧，但我们就是财源滚滚。另外我们左右手都在偷钱。要是政府拿到账本，我们就会被扔进监狱，明白吗？你没法说是记错账了，因为白纸黑字全都写在上面，一整套数字清清楚楚，但每年报的税完全是另一套数字。你连编故事都没法编，只能问他们哪儿缺人，是亚特兰大还是莱文沃思[①]。”

我们默默地坐了几分钟。我喝了几口咖啡，他又点了一支烟，朝天花板喷云吐雾。磁带机在播放音乐，木管乐器演奏着不知道哪支复调曲子。

我说：“你要我做什么？”

“找到是谁偷走了账本，把账本拿回来。”

“也许是约翰犯糊涂，放错了地方。他有可能——”

他已经开始摇头了。“昨天下午我把办公室翻了个底儿朝天。真的不见了。”

“就那么消失了？没有破门而入的痕迹？你们把账本放在哪儿的？没有需要钥匙开的锁吗？”

“应该要锁起来的。但他有时候会忘记，把账本留在外面，塞在办公桌抽屉里。是个人就会疏忽大意，你明白我的意思吧？你从没

① 两地都建有大型联邦监狱。

出过事，就总觉得一切都会顺风顺水，要是忽然有急事，就不会费工夫把东西放回原先的地方。他说星期六他锁好了，但喘口气的工夫，他就承认也许没锁，那是例行工作，每周六他都会去做相同的事情，所以怎么可能记得清这个星期到底有没有锁呢？再说又有什么区别呢？反正账本是铁定不见了。”

“所以有人拿走了它。”

“对。”

“要是他们交给税务局——”

“那我们就死了。玩儿完。他们可以把我们葬在那个谁的老婆旁边，对，蒂拉里。你没去参加葬礼，别担心。我能理解。”

“斯基普，还丢其他东西了吗？”

“应该没有。”

“所以这是一次有计划的窃取。有人进去，拿到账本，然后离开。”

“没错。”

我在脑子里过了一遍：“会不会是什么人怨恨你们，比方说你们开除的员工——”

“对，我想到这一层了。”

“假如他们去找政府人员，你肯定会知道，因为会有几个穿正装的人走进来，向你出示证件。他们会拿走你们所有的记录，冻结你们的银行账户，总之就是他们所有能搞的那一套。”

“继续说，马特。你说得我这叫一个心花怒放。”

“假如不是对你们怀恨在心的人，那就是有人想挣点钱了。”

“卖账本。”

“嗯哼。”

“给我们。”

“你们是最理想的客户。”

“我想到过。卡萨比安也想到了。他让我按兵不动。按兵不动，等着拿走账本的人联系我们，到时候咱们再担心好了，反正现在先按兵不动。按兵当然没问题，但不动我就做不到了。偷税能取保候审吗？”

“当然。”

“那我觉得我能凑到保费，然后一走了之。出国，去尼泊尔度过余生，卖药给嬉皮士。”

“那是很后面的事情了。”

“应该吧。”他若有所思地盯着香烟，把烟头扔进喝到底的酒杯里，“我最讨厌别人这么做，”他若有所思地说，“收回来的酒杯里漂着烟头。恶心。”他望向我，用视线探寻我的想法，“能帮我做点儿什么吗？我指的是收钱做。”

“我想不出能做什么。至少目前想不到。”

“反正现在我也只能干等。对我来说，等待永远是最难熬的，一向如此。高中时我跑步，四百米。那个时候我体重比现在更轻。我烟抽得很凶，从十三岁就开始抽了，但那个年纪你就是能为所欲为，抽烟对你毫无影响。什么都影响不了年轻人，所以他们才都觉得自己能长生不老。”他又从烟盒里抽出一支烟，拿到一半时塞了回去，“我喜欢比赛，但讨厌等待比赛开始。有人会紧张得呕吐。我没吐过，但有过这种感觉。我会去撒尿，然后过了五分钟又想尿。”想到往事，他摇了摇头，“在海外等待上战场的时候也一样。我从来不在乎战斗，那时候要考虑的东西太多了。那些事现在回想起来确实让我心烦，但正在经历的时候就是另一码事了。”

“我能理解。”

“但等待这种东西，那是杀人。”他推开椅子，“马特，我欠你多少？”

“欠什么？我什么都没做呢。”

“你给了我建议。”

我挥挥手表示没什么。“你可以请我喝那杯酒，”我说，“咱们就扯平了。”

“没问题，”他说，站起身，“再往下我也许会需要你帮忙。”

“一句话。”我说。

出去的路上，他停下和丹尼斯聊了几句。我啜饮着我的咖啡。等我喝完，两张桌子外的一个女人付账离开，没带走她的报纸。我拿过来读，又要了一杯咖啡，用一注波本给咖啡添点滋味。

我招呼女招待过来的时候，下午的客人开始涌进店堂。我给了她一美元，说今天的账单先挂着。

“没账，”她说，“那位先生付掉了。”

她是新来的，不知道斯基普叫什么。“他不该这么做的，”我说，“他走后我又喝了一杯。挂在我账上，可以吗？”

“你去和丹尼斯说。”她说。

其他顾客要点单，我还没来得及开口她就走了。我走到吧台前，朝丹尼斯勾勾手指。“她说我的台子没账。”我说。

“她没说错。”丹尼斯在微笑。他总是笑眯眯的，像是眼前的一切都让他高兴。“德沃付过了。”

“他不该这么做的。不过，他走后我又喝了一杯，我叫她挂在我账上，她叫我来找你。有什么新规矩吗？我不能挂账？”

他笑得更灿烂了。“你想挂随时都能挂，但今天不用挂。德沃先生付过了。账都平了。”

“加起来有多少？”

“八十美元多点儿。要是你想知道，我可以算个准数给你。需要吗？”

“不用了。”

“他给我一百块给你销账，用来付今天的账单，还有莱迪的小费，剩下的用来安慰我疲惫的心灵。有人会说你后来点的那一杯没算在里面，但我不容置疑的正义感说已经算进去了。”又一个灿烂的微笑，“所以你什么都不欠我们的。”他说。

我没和他争论。要是说我在纽约市警察局学到了什么，那就是要学会接受别人的好意。

第5章

我回到我住的旅馆，问有没有信件和留言。两者都没有。前台是个体态舒展的黑人，他来自安提瓜，他说他不介意炎热，但怀念轻柔的海风。

我上楼洗了个澡。屋里很热。我的房间里有空调，但制冷出了问题，吸进去的是热风，吹出来的还是热风，还加上了某种化学物质的怪味，而炎热和潮湿依然如故。我可以关掉空调，从顶上打开窗户，但外面的空气也不比里面更好。我伸展四肢躺平，打了一个小时左右的瞌睡，醒来时就需要再洗个澡了。

洗完澡，我打电话给弗兰。她的室友接了，我报上名字，等了很久，弗兰才拿起听筒。

我提议共进晚餐，之后要还有兴致就去看电影。“哦，马特，今晚恐怕不行，”她说，“我有其他安排了。改天吧。”

我放下听筒，后悔自己打了这个电话。我去照了照镜子，确认还不需要刮脸，然后穿上衣服出门。

街上很热，但过两个小时就会凉下来。还有，这附近到处都是酒吧，他们的空调都比我房间里的管用。

说来奇怪，我并没有大喝特喝。我心情很差，粗鲁又暴躁，这种情绪通常会扯着我一杯接一杯地喝个不停。但我坐立不安，因此一直在走动。甚至有几家酒吧，我进去后什么都没点就出来了。

路上我险些和别人打起来。第十大道的一家酒馆里，一个缺了几颗牙的干瘦醉鬼和我撞了个满怀，洒了半杯酒在我身上，他不太喜欢我接受他道歉的态度。其实纯属无事生非——他在找架打，而我几乎就要遂他的意了。结果他的一个朋友从背后抓住他的胳膊，另一个插到我和他之间。我恢复理智，离开了那儿。

我在57街上向东走。两个女人在假日酒店门口站街。我比平时多看了她们几眼。她们中有一个的脸像乌木面具，她用眼神挑衅我。我不禁怒从心起，但不知道到底在为了谁或什么生气。

我拐上第九大道，走了半个街区来到阿姆斯特朗酒吧。见到弗兰在店里，我一点也不吃惊。就好像我料到她会在店里，坐在靠北面墙根的一张桌子上。她背对着我，没注意到我进来。

她的桌子是张双人桌，她身边的人我不认识，他的头发和眉毛都是金色，有一张坦诚而年轻的脸，穿带肩饰的灰蓝色短袖衬衫。这个款式好像叫狩猎衫。他抽着烟斗，喝着啤酒。她的酒则装在特大号的高脚杯里，看上去红彤彤的。

也许是特基拉日出[①]。那年特别流行。

① 用龙舌兰、橙汁和石榴糖浆调制而成。

我走向吧台，发现卡罗琳在吧台前。桌子被占满了，但吧台空着一半，星期五晚上的这个时间点，没几个人会去坐吧台。她的右边，朝门的方向，两个喝啤酒的人站在那儿聊棒球。她左边有一排三个空座位。

我坐上中间一个高脚凳，点了波本威士忌，两注，另要了一杯水。比利给我倒酒，说了两句天气如何如何。我尝了一口酒，飞快地瞥了一眼卡罗琳。

她似乎没在等汤米或其他人，看样子也不是几分钟前才来的。她穿着黄色的六分裤和酸橙绿的短袖衫，浅棕色的头发梳向两边，衬托着狐狸般的一张小脸。她拿着一个老式平底杯，在喝某种黑乎乎的酒。

至少不是特基拉日出。

我喝了几口波本，忍不住扭头看弗兰，我本来就在生的气惹得我更为生气。我和她约会过两次，彼此之间没什么吸引力，毫无化学反应，两个晚上都只送她到家门口。今晚我打电话约她，晚了一步，她说她有其他安排了，结果她和她的“其他安排”来了这儿，正在喝特基拉日出。

我到底有什么好生气的呢？

我心想，我敢打赌她不会对他说明天要早起。我敢打赌那位白人猎手不会在楼下和她道晚安。

我右边传来一个声音，带着点南方高原的柔和口音，说：“我忘记你叫什么了。”

我抬起头。

“咱们应该介绍认识过，”她说，“但我没记住你的名字。”

“马修·斯卡德，”我说，“没错，汤米介绍咱们认识过。你是卡罗琳。”

“卡罗琳·齐特汉姆。你见过他吗？”

“你说汤米？出事后就没再见过。”

“我也没有。你去参加葬礼了吗？”

“没。我想去的，但没能去成。”

“你为什么要去？你根本不认识她，对吧？”

“对。”

“我也是。”她哈哈一笑，笑声里没几分喜悦，“吃惊吧？我居然没见过他妻子。下午我本来想去的，但还是没去。”她咬住下嘴唇，“马特。能请我喝一杯吗？要么我请你喝一杯，你坐到我旁边来，免得我扯着嗓子嚷嚷。求你了。”

她在喝阿玛雷托，一种杏仁味的甜酒，她还加了冰块。这种酒的味道像甜点，但和威士忌一样烈。

“他叫我别去，”她说，“别去参加葬礼。葬礼在布鲁克林的某个地方举行，布鲁克林，对我来说完全就是外国，但办公室里很多人去了。我不需要去了解该怎么去，搭个顺风车就行，我可以混在办公室同事里，和其他人一起去悼念她。但他叫我别去，说感觉不对。”

她的手臂裸露在外，隐约能看见金色的汗毛。她喷了香水，花香调中夹杂着劣等麝香的味道。

“他说感觉不对，”她说，“他说那是尊不尊重死者的问题。”她拿起酒杯，盯着里面看。

她说：“尊重。这个男人难道还在乎尊重？不管是对死者还是活人，他知道什么叫尊重吗？我可以假装只是办公室的普通同事。我们都在坦纳希尔工作，其他人只知道我们是朋友。老天在上，我们从头到尾也仅仅是朋友。”

“随你怎么说。”

“唉，浑蛋，”她说，调门拖得很长，给这个词加了一两个音节，“我不是说我没和他睡过觉。我绝对不是这个意思。但从头到尾我们只是在寻欢作乐。他结过婚，差不多每天晚上都要回去找老婆。”她喝了一口阿玛雷托，“我不介意的，相信我，因为哪个精神正常的女人会想在黎明的光线中见到汤米·蒂拉里？山顶上的基督啊，马修，这一杯我是弄洒了还是已经喝掉了？”

我们都觉得她喝得有点快了。我们彼此赞同，甜酒就是有这个本事，让你悄悄上头。都怪这个时髦的纽约阿玛雷托狗屁玩意儿，她说。和她从小喝到大的波本威士忌不一样。喝波本，你永远知道自己喝到几分醉。

我提醒她说我本人就是个喝波本的，得知这个，她很高兴。比这更微不足道的小事也有可能促成联盟，她喝了一口我的酒，正式缔结盟约。我把酒杯端给她，她用小手扶住我的手，稳住酒杯，优雅地抿了一口。

“波本格调比较低，”她说，“明白我的意思吗？”

“在这儿好像是绅士喝的。”

“是给喜欢放浪形骸的那种绅士喝的。苏格兰威士忌是马甲，是领带，是预科学校。波本是个老小子，准备好放猛兽出笼，露出他下流的一面。波本最适合炎热的夜晚，你不会介意自己汗流浃背。”

没人在流汗。我们在她的公寓里，坐在她的沙发上，下沉式的客厅比厨房和门厅低一英尺左右。这是一幢装饰派风格的公寓楼，在57街上，从第九大道路口往西走几个门牌号就到。一瓶美格威士忌放在玻璃与熟铁铸成的咖啡桌上，酒是在拐角的酒铺子买的。她的空调开着，比我房间里的安静，效果也更好。我们用岩石杯喝酒，但懒得弄冰块。

“你曾经是警察，”她说，“好像是他告诉我的？”

“很有可能。”

“现在你是侦探？”

“这么说也行。”

“只要不是劫匪就行。要是今晚我也被窃贼捅死，那岂不是很可笑？他和我在一起，他老婆死了，然后他和她在一起，结果我死了。不过我猜这会儿他不可能和她在一起，对吧？这会儿她已经入土为安了。”

她的公寓不大，但很舒服。家具线条明快，砖墙上挂着波普艺术画，装的是简单的铝合金框。你从窗口能看见路口对面旺多姆公园大楼的铜绿色屋顶。

“要是有窃贼溜进来，”她说，“我活命的机会比她大。”

“因为这儿有我保护你？”

“嗯，”她说，“我的英雄。”

于是我们接吻。我挑起她的下巴，亲吻她，再换个姿势，舒舒服服地拥吻。我呼吸她的香水味，感受她柔软的身体。我们搂了一会儿，然后松开彼此，几乎同步地一起伸手去拿酒杯。

“就算我一个人，”她说，随口挑起话题，轻松得就像在拿起她的酒，“我也能保护自己。”

“你是空手道黑带？”

“我是串珠腰带，宝贝儿，配我的手包正合适。不，我能保护自己是因为我有这东西，给我一分钟，我拿给你看。”

沙发两侧有一对现代艺术风格的哑光黑高低桌。她趴在我身上，去拿我这边小桌抽屉里的什么东西。她脸朝下趴在我大腿上。黄色六分裤的裤腰和绿色无袖衫的下摆之间露出了一英寸的金色皮肤。我抬起手放在她腰上。

“马修，给我停下！我都忘记我要找什么了。”

“那也没关系。”

“不，有关系。有了。你看。”

她坐起来，手里拿着一把枪。枪和矮桌一样，也是哑光黑的。一把左轮，似乎是点32口径。枪不大，通体漆黑，枪管只有一英寸。

“你还是收起来比较好。”我说。

“我知道该怎么拿枪，”她说，“我在一个全是枪的屋子里长大，步枪、霰弹枪、手枪。我老爸和我两个哥哥都打猎，打鹌鹑还有野鸡，也打野鸭。我懂枪。”

“你这把上膛了吗？”

“不上膛还有什么用，你说呢？总不能指着窃贼喊‘砰砰’吧。他上好子弹才给我的。”

“汤米给你的？”

“嗯哼。”她把枪举在一臂之外，瞄准房间另一头想象中的窃贼。“砰，”她说，“他没给我备用的子弹，就给我一把上膛的枪。所以要是我打死一个窃贼，第二天还得问他要子弹。”

“他为什么给你一把枪？”

“当然不是为了打野鸭。”她哈哈一笑。“为了自卫，”她说，“我说我一个单身姑娘住在这座城市里，偶尔也会精神紧张，然后有一天，他带着枪来了我这儿。他说枪是买给他妻子的，给她自卫，但她不愿意和枪扯上关系，甚至都不肯拿在手里。”她忽然停下，咯咯笑了起来。

“什么这么好笑？”

“哦，男人就喜欢这么说。‘我老婆甚至都不肯把它拿在手里。’马修，我思想很下流。”

“这没什么。”

“我说过了，波本格调不高，会引出一个人心中的兽性。你可以吻我了。”

“你可以先把枪放下。”

“你对亲吻拿着枪的女人有意见？”她向左一滚，把枪放进矮桌的抽屉里，关上了抽屉。“我总是把它放在床头柜里，”她解释道，“这样有急用的时候随手就能拿到。这儿嘛，当床也没问题。”

“我不信。”

“你不信？要我证明给你看？”

“最好证明一下。”

于是我们做了成年人觉得孤独时会在一起做的事情。沙发打开，变成一张能凑合用的床，我们关了灯躺在沙发床上，用两根插在包着稻草的酒瓶里的蜡烛照亮房间，电台播放着音乐。她有着可人的身躯、饥渴的嘴唇和完美的皮肤。她发出许多狂野的叫声，做了些很需要技巧的动作，事后她哭了一会儿。

然后我们聊天，又喝了些波本，没多久，她坠入梦乡。我给她盖上被单和棉毯。我睡不着，于是穿上衣服，自己开门回家了。因为哪个精神正常的女人会想在黎明的光线中见到马修·斯卡德呢？

回家路上，我拐进一家叙利亚熟食小店，请店员开了两瓶摩森啤酒。我上楼回到房间里坐下，两只脚跷在窗台上，拿着一个酒瓶慢慢喝了起来。

我想到蒂拉里。这会儿他在什么地方？他妻子遇害的屋子里？和朋友或亲戚待在一起？

我想到窃贼杀死他妻子的时候，他不是在酒吧买醉就是在卡罗琳的床上，真不知道他想到这个是什么心情，或者他会不会想到这个。

我的思绪突然转向安妮塔，她远在赛奥西特，和孩子们在一起。我有一瞬间非常担心她，仿佛看见她正受到威胁，面对着什么未知的危险，在惊恐中步步后退。我知道这种担忧是非理性的，片刻过后我看清了它的本来面目，那是被我带回家的某种东西，它和卡罗琳·齐特汉姆的香水味一起紧紧缠绕着我。我通过她沾上了汤米·蒂拉里的负罪感。

唉，去他的吧。我不需要他的负罪感。我自己的负罪感就已经够多的了。

第6章

周末风平浪静。我和儿子们打了通电话，但他们没过来。星期六下午，我陪了会儿阿姆斯特朗酒吧一个街区外一家古董店的一位合伙人，挣了一百美元。我和他坐出租车到东74街，去他旧情人的公寓里收拾衣服和其他东西。他的旧情人超重三四十磅，尖酸又刻薄。

“杰拉德，我真是不敢相信，”他说，“你居然带保镖来，还是说这是你今年夏天的临时情人？不管是哪个，我都不知道该觉得受宠若惊还是受到了侮辱。”

“哦，你肯定能想出来的。”杰拉德对他说。

在回西区的出租车上，杰拉德说：“马修，我真的爱那个烂人，要是我能想通为什么，那才叫见鬼了呢。马修，谢谢你陪我。我可以一小时五块钱雇个schlepper[①]，但有你站在我旁边，情况就完全不一样了。他说韩德尔灯是他的，你看见他说得有多理直气壮了吧？去他

① 意第绪语，闲汉。下文的hondle同样为意第绪语。

的是他的。我刚认识他那会儿，他根本不知道韩德尔，不管是做灯的还是作曲的[①]。他只知道hondle。知道这个词吗？意思是讨价还价，比方说咱们说好了一百美元，但现在我只想只给你五十。好兄弟，我开玩笑的。我百分之百乐意付你一百美元，我觉得付你的每一分钱都值得。”

星期天晚上，博比·罗斯兰德来阿姆斯特朗酒吧找我。他说斯基普在找我。斯基普在凯蒂小姐，要是我有空，能不能屈尊去一趟？我确实有空，于是博比陪我走向凯蒂小姐。

外面凉快一点儿了。热浪在周六过了最高峰，下雨使得街道凉爽了一点儿。我们等红灯的时候，一辆救火车疾驰而过。警笛声逐渐远去后，博比说：“全都疯了。”

“嗯？”

“他会告诉你的。”

过街时他说：“我没见过他这个样子，知道我在说什么吗？亚瑟这个人，总是特别冷静。”

“除了你，没人叫他亚瑟。”

“从来没人这么叫他。我们还是小孩子的时候就没人叫他亚瑟，感觉对不上他这个人，明白吗？所有人都叫他斯基普，我是他最好的朋友，只有我叫他的本名。”

我们来到店里，斯基普把擦吧台的抹布扔给博比，请博比替他一会儿。“他是个差劲的酒保，”他大声说，“但他手脚还算干净。”

---

① 德国作曲家亨德尔（Handel）与韩德尔灯同名。——编者注

“那是你以为的。”博比说。

我们走进里屋，斯基普关上门。房间里有两张旧写字台、两把旋转椅加一把直背椅、一个衣帽架、一口文件柜和一个又大又旧而且比我都高的莫斯勒保险箱。“账本应该放在那里面，”他指着保险箱说，“但我和约翰，我们太精明了，所以没那么做。假如有人来查账，他们要看的第一个地方就是保险箱，对吧？所以保险箱里只有一千块现金和一些文件——这地方的租约、合伙协议、他的离婚文件，诸如此类的。了不起吧？我们保护好了这些狗屁东西，然后让人轻易拿走了这家店。”

他点了支烟。“我们买下这地方的时候，保险箱就安装好了，”他说，“是以前那家五金店留下来的，搬这东西的费用比它本身还贵，所以我们就拿来用了。大得夸张，对吧？放一具尸体进去都绰绰有余。所以没人会偷它。偷账本的人，他打过电话了。”

“嗯？”

他点点头。“来投石问路的。‘你们的东西在我手上，我可以还给你们。’”

“他说价钱了吗？”

“没。他说他会联系我们。”

“你认识那个声音吗？”

“不认识。听着很假。”

“什么意思？”

“感觉我听见的不是他的真实声音。不过我没认出来。”他一拍巴掌，伸展手臂，按响指节，“我应该坐着等他再打电话来。”

“你什么时候接到电话的？”

“两小时前。我在做事时他打过来的。我跟你说，这个夜晚开始得真叫美妙。”

“至少他来找你了，而不是把东西直接送给税务局。”

“对，我想到这个了。这么一来，我们就有机会做点儿事情了。要是他直接跑去告发我们，我们就只能低头等死了。”

“你告诉你搭档了吗？”

“还没有。我打到他家里，他不在。”

“所以你就坐着等电话。”

“对。也算换个心情吧。我到底一直在干什么？悠闲度日？”他桌上有个水杯，装了三分之一的棕色液体。他抽了最后一口烟，把烟头扔进杯子。“恶心，”他说，“马特，我绝对不想看见你这么做。你不抽烟，对吧？”

“偶尔抽一根。”

“是吗？你时不时抽一根，但就是不上瘾？我认识一个人，他也这么嗑药。说起来，你也认识他。但这些小杂种，”他拍了拍烟盒，“我觉得它很容易上瘾。来一根？”

“免了，谢谢。”

他站起来。“我只对一些东西不会上瘾，”他说，“那就是我从一开始就不喜欢的东西。哎，多谢你跑一趟。现在除了干等也没事可做，但我觉得应该让你了解一下进展，让你知道正在发生什么。”

“挺好，”我说，“但我想告诉你，你什么都不欠我的。”

“什么意思？”

“意思是你别替我去清挂账。”

“你生气了？”

"没。"

"我只是觉得应该这么做。"

"非常感谢，但没必要。"

"好吧，随你便，"他耸耸肩，"你要是藏了营业额，手头的现金就会很宽裕。你会花在别人看不出来的地方。但我还是能请你喝一杯的吧？就在我自己的店里？"

"这个当然没问题。"

"那就来吧，"他说，"免得该死的罗斯兰德把整家店都送给客人。"

每次我走进阿姆斯特朗的店里，就会琢磨会不会遇到卡罗琳，每次没看见她，我与其说是失望，不如说是松了一口气。我可以打电话找她，但我觉得不打给她反而更合适。星期五晚上显然是我和她两个人都想要的，对她对我似乎都是个完美的句号，对此我很高兴。另外还有一点附加福利，弗兰给我带来的坏心情随之烟消云散，回想起来，那并不比普普通通的性饥渴复杂到哪儿去。我猜找个站街女郎共度半小时应该也能产生同样的效果，只是没那么愉快而已。

我也没遇到汤米，这同样让我松了一口气，失望就更加无从谈起了。

星期一上午，我拿起《每日新闻》，发现警察在日落公园抓了一对西班牙裔年轻人，指控他们犯下了蒂拉里家的入室盗窃和凶杀案。报纸照例登出照片——两个皮包骨头的年轻人，头发蓬乱，一个企图在镜头前挡住脸，另一个得意扬扬地冷笑，两个人都和一个宽肩膀、板着脸、穿正装的爱尔兰人铐在一起。底下的说明告诉你谁是好人，但其实多此一举。

那天下午我在阿姆斯特朗酒吧，电话响了。丹尼斯放下他正在擦的酒杯，接起电话。“他一分钟前还在，”他说，“我去看看他走了没有。”他用手遮住听筒，用眼神询问我，“你还在吗？”他问，“还是我刚刚一走神你就出去了？”

“谁想知道？”

“汤米·蒂拉里。”

你永远猜不到女人会决定告诉男人什么，或者男人会做出什么反应。我不怎么想知道答案，但与其面对面听他说，似乎还是从电话里知道比较好。我点点头，丹尼斯把电话从吧台上递给我。

我说：“汤米，是我，马特·斯卡德。听说你妻子的事情了，我感到很抱歉。”

“多谢，马特。天哪，我感觉像是一年前发生的事了。才多久，刚过一个星期？”

“至少警察逮住那两个浑蛋了。”

电话那头停顿片刻，然后他说：“天哪，你没看报纸，对吧？”

“当然看了。两个西班牙裔年轻人，还有照片呢。”

“你看的肯定是《每日新闻》的晨报。”

“一向如此。怎么了？”

“而不是下午的《邮报》。”

“对。怎么了，发生什么了？结果他们是清白的？”

“清白？”他说，嗤之以鼻。然后他说：“还以为你知道了呢。今天一大早警察就来了，我都还没看见《每日新闻》的报道，所以我根本不知道他们逮捕了人。唉，要是已经知道了倒还容易接受一点儿。”

“汤米，我没听懂。”

“那对拉丁情人。清白？哼，时报广场地铁站的男厕所，他们就有那么清白。警察搜查他们的住处，发现我家里的东西被扔得到处都是。我跟警察描述过的珠宝、我给过他们序列号的音响、带我们姓名缩写的东西，什么都在。我是说他们就有这么清白！老天在上。”

“所以？”

“所以他们承认了入室盗窃，但不认谋杀。”

“汤米，骗子们都是这个德行。”

“听我说完。他们承认了入室盗窃，但按照他们的说法，这根本不是入室盗窃。东西都是我送给他们的。”

“而他们专门选了半夜三更去拿。”

“差不离吧。不，他们的说法是他们应该把现场布置得像是入室盗窃，这样我就可以拿到保险赔偿了。除了他们真的拿走的东西，我还可以申请其他赔偿，这么一来岂不是皆大欢喜。”

“实际损失具体有多少？”

“我不知道。在他们住处翻出来的赃物比我列出的清单多一倍。有些东西是我列完清单后过了几天才发现丢了的，还有一些东西我根本不知道丢了，直到警察在他们那儿找到。他们还拿走了没上过保险的东西。有一件佩格①的皮草，我们打算去上流动财产保险的，

① 玛格丽特的昵称。

但一直没去成。还有她的几件珠宝也一样。我有标准的家庭财产保险，但赔偿金和他们拿走的东西差得远着呢。还有一整套银器，是她姑妈传给我们的，我发誓我都忘记我们还有那东西了，也没上过保险。”

“听上去不可能是保险欺诈。”

“不是，当然不是了。他妈的怎么可能是？总而言之，重点是如果按照他们的说法，他们来偷东西的时候，家里没人。佩格不在家。”

“所以？”

“所以他们的说法是我陷害了他们。他们来偷我家，拿走了所有东西，然后我和佩格回家，我捅了她六刀还是八刀，扔下尸体，让它看起来像是在入室盗窃的过程中发生的。”

“两个窃贼怎么能做证是你刺死了妻子？”

“他们不能。他们只说他们没杀人，他们偷东西的时候她不在家，偷东西是我安排他们去的，其他的就是警察拼凑出来的了。”

“警察要干什么，逮捕你？”

“没有。他们来到我住的旅馆，当时还很早呢，我刚洗完澡。我这才知道有两个西班牙小子被捕，更别说警察是想来诱供的了。他们只想和我聊聊——那些警察——刚开始我和他们聊，但后来我觉得不对劲，猜到了他们是想把什么栽给我。于是我说除非律师在场，否则我一个字都不说了。我打电话给律师，他扔下吃到一半的早餐急急忙忙跑过来，他叫我一个字也别说。”

“他们没带你回去，也没对你提出指控？”

“没有。”

“但也不完全相信你的说法？”

“根本不信。再说我也没给他们任何说法，因为卡普兰不许我开口。他们没带我回去是因为还没立案，但按照卡普兰的看法，只要他们能做到，就一定会立案。他们叫我别离开本市。你能相信吗？我妻子死了，《邮报》的标题是“窃案凶杀又起波澜，受害者丈夫受到怀疑”，他们倒是觉得我能怎么着？去蒙大拿州钓鲑鱼？‘别离开本市’，你只会在电视上见过这种狗屁情节，现实生活中不会有人这么说话。也许他们就是从电视里学来的。”

我在等他说他想要我做什么。我没等多久。

“我打电话给你，”他说，“是因为卡普兰认为我们应该雇个侦探。他认为那两个家伙也许在住处附近说过什么，也许向朋友吹过牛，也许有办法证明人确实是他们杀的。他说警察忙着钉死我的棺材盖，懒得在那方面花费精力。”

我解释说我没有任何官方认可的立场，我没有执照，无法提交报告。

“没关系，”他坚持道，“我对卡普兰说要找一个我信得过的人，能帮我好好办事的人。我不认为警察能立出任何案子来，因为我能说清楚案发时我在哪儿，就算我想做他们说我做了的那种事，我也不可能出现在家里。但这些烂事拖得越久，对我就越不利。我想要澄清事实，我要报纸说是那两个西班牙小浑蛋干的，我和任何犯罪行为都没有关系。这是为了我自己，也是为了和我做生意的那些人，还有我的亲戚和佩格的亲戚，还有所有支持我的好人。记得老剧《业余一小时》吧？‘我想感谢妈妈、爸爸和伊迪斯姨妈，感谢我的钢琴教师佩尔顿夫人和支持我的所有好人。’这样吧，你来卡普兰的办公室见我们，听听他怎么说。帮我这个大忙，顺便给自己挣点钱，马特，你说如何？”

他要找一个他信得过的人。加罗林岛的那个卡罗琳没告诉他我有几分值得信任吗？

我能说什么？我说行啊。

第7章

我坐了一站轻轨，来到布鲁克林，在德鲁·卡普兰的办公室和汤米·蒂拉里碰头，这间办公室在法院街上，离布鲁克林的区政府只有几个街区。隔壁是一家黎巴嫩餐馆。路口拐角的杂货店主营中东进口食品，它隔壁的古董店里堆满了光面橡木家具、黄铜灯具和床架。卡普兰那幢楼门口有个没腿的黑人趴在小轮平车上。他手边放着个打开的雪茄盒，里面有几张一元纸币和许多硬币。他戴着角质框的墨镜，面前的人行道上有块手写的牌子：“别被墨镜骗了。我没瞎，只是没腿。”

卡普兰办公室里的木墙板、皮椅和橡木文件柜也许就来自拐角那家商店。他和两个合伙人的名字用黑金二色的老式字体写在走廊门的毛玻璃窗上。他私人办公室的墙上挂着带框的文凭，他在阿德菲大学拿到文学学士，在布鲁克林法学院拿到法学学士。维多利亚风的橡木桌上有个透明树脂方块，里面封着他妻子和年幼孩子们的照片。一枚镀青铜的道钉被用作镇纸。写字台旁的墙上，摆钟嘀嗒嘀嗒地数着下午的分秒。

卡普兰身穿灰色竖条纹的夏季薄款正装，打一条黄色圆点领带，像个新时代的守旧人。他看上去三十出头，完全符合文凭上的日期。他比我矮，当然比汤米矮得多，他瘦削健壮，脸刮得干干净净，黑头发黑眼睛，笑起来嘴稍微有点歪。他握手力度中等，眼神直率，但也在衡量，在算计。

汤米穿酒红色运动上衣、灰色法兰绒长裤和白色懒汉鞋。他的眼角和嘴角显出了紧张的皱纹。他的脸色也不对劲，就好像焦虑导致血液流向身体内部，让皮肤变成了病黄色。

“我们只想请你办一件事，”德鲁·卡普兰说，“就是在埃雷拉或科鲁兹的裤子口袋里找到一把钥匙，然后根据钥匙找到宾州车站的一个储物柜，储物柜里有一把一英尺长的匕首，上面有他们两人的指纹和她的血迹。”

“你们要我办的就是这个？”

他微笑道：“你能办到那当然最好。我们的情况实际上没那么糟糕。警方只有两个拉丁佬靠不住的证词，他们自从在热带美洲断奶以来就麻烦不断了。但他们咬定了一个关键问题，那就是在他们看来，汤米有明显的犯罪动机。”

“什么动机？”

我问话时看着汤米，他转开了视线。卡普兰说：“婚外恋，手头紧，以及强烈的求财动机。玛格丽特·蒂拉里今年春天有一位姨妈过世，留下了一笔钱。遗嘱还没完成验证，但金额超过了五十万美元。”

“政府收完遗产税就没那么多了，”汤米说，“会少得多。”

“另外还有保险赔偿。汤米和妻子都有终身寿险，各把对方列为受益人，都有双重赔偿条款，金额有——”他看了看桌上的一张纸，“十五万美元，意外身故加倍，也就是三十万美元。两者加起来，就有了个七八十万美元的杀人动机。”

“这是我律师说的。”汤米说。

“另一方面，汤米刚好有点缺钱。他这一年赌运不佳，向簿记借了钱，他们也许开始对他施压了。”

“一共也没几个钱。”汤米插嘴道。

“我是在从警方的角度说话，明白吗？他在城里到处都有欠账，别克车的贷款漏了两期。另外，他还和办公室的一个姑娘勾勾搭搭，和她一起泡酒吧，有时候甚至夜不归宿——”

“几乎没发生过，德鲁。我差不多每天都回家，就算我在家里睡的时间太短，至少也会洗澡换衣服，和佩格一起吃早饭。”

“吃什么当早饭？德塞美[①]？”

“有时候吧。我要去办公室，要工作。”

卡普兰坐在办公桌的一角上，一条腿搭在另一条腿上。“这些当动机足够了，”他说，“有几个问题警察懒得关注。第一，他爱他妻子，再说，有多少丈夫在外偷吃？那句话怎么说来着？九成男人承认他们偷情，另外一成会撒谎。第二，他欠债不假，但手头并不紧。他一年到头能挣很多钱，但业绩时好时坏，这些年来，他一直一个月宽裕，一个月拮据。”

“你会习惯的。”汤米说。

① 安非他明和巴比妥类的混合药物。

“再说那些钱听上去像是发了财，但还没多到夸张的地步。五十万美元算是不少，但正如汤米说的，缴完遗产税就没那么多了，其中一大部分还是他居住的那幢屋子的所有权。养家糊口的男人上十五万美元保险根本不算多，给妻子上同样的数字也不稀奇，很多保险经纪人还巴不得这么做保单呢。他们会让你觉得既合理又平衡，于是你会忽略一个事实，那就是假如一家人不依靠这个人的收入过日子，也就不需要给她保那么高的保额。”他摊开双手，“而且保险是十年前签约的，又不是他上个星期才跑去办的。”

他起身走到窗口。汤米从桌上捡起道钉把玩，拿着它一下一下拍打掌心，有意无意地对上摆钟的嘀嗒节拍。

卡普兰说：“凶手之一，安吉尔·埃雷拉——不过西班牙语发音应该是‘昂-海尔’——去年三四月他在蒂拉里家做过些零活儿。春天大扫除，他从地下室和阁楼把东西搬出来，按小时算，挣点辛苦钱。按照埃雷拉的说法，所以汤米才会去找他伪造入室盗窃。然而按照常识，埃雷拉和同伙科鲁兹就是这样了解的那幢屋子，知道家里有什么以及怎么进去。”

“他们是怎么进去的？”

“打破了边门上的一小块玻璃，伸手进去开锁。他们说汤米给他们留了门，事后才打破了玻璃。他们还声称他们离开时家里算是挺干净的。”

“看上去像是被龙卷风袭击过，”汤米说，“但我不得不去。光是看一眼就觉得恶心。”

“他们的说法是，汤米不仅杀了妻子，还把家里弄成那样。但只要你仔细想一想，就知道根本说不通。时间完全对不上。他们在午夜前后进去，法医认为死亡时间是晚上十点到凌晨四点。那天晚上汤米在办公室，没回家。他工作到五点多，和朋友见面吃晚饭，整晚都在和她一起去各种各样的公共场所。”他望向他的客户，“我们运气不错，他不怎么在乎被人看见。要是他一直待在她的公寓里，还拉上了窗帘，那不在场证明就要薄弱得多了。”

“在佩格关心的范围内，我还是很在乎的，”汤米说，“回到布鲁克林，我就是个爱家的好男人。我在城里做的事情不会影响到她。”

“午夜过后，他的行踪就没那么容易说清了，”卡普兰继续道，“有几个小时只有他的女朋友能做证，因为他们在她的公寓里待了一阵，而且拉上了窗帘。”

没必要拉窗帘，我心想。没人能看见屋里的情形。

“另外还有一段时间，连她也无法做证。”

“她睡着了，我睡不着，”汤米说，“于是我穿上衣服，出去喝了两瓶汽水。但我没离开太久，我回去的时候她已经醒了。要是我有直升机，在那段时间里也许能跑一趟湾脊，但开别克真的做不到。”

“重点在于，”卡普兰说，“就算这段时间说不清，就算完全去掉女朋友的证词，只接受无利害关系的证人提供的时间证据，他又怎么可能做得到呢？假如他在那两个小子登门和凌晨四点之间的某个时候溜回家——凌晨四点是谋杀案有可能发生的最晚时间。这段时间他妻子待在哪儿呢？根据科鲁兹和埃雷拉的说法，家里没人。很好，那他去了哪儿找到她并杀了她呢？他怎么着？把她关在行李箱里转悠了一个晚上？”

“也许他在他们来之前就杀了她？”我提出一个可能性。

“亏我还想雇这家伙呢，”汤米说，“我有个直觉，明白我什么意思吗？”

“说不通。”卡普兰说，“首先，时间还是对不上。从晚上八点以前到午夜之后，他的不在场证明牢不可破，因为他和那姑娘一直在公共场所。法医说她晚上十点钟肯定还活着，十点是她遇害的最早时间。另外，先别管时间对不对得上。他们进屋，洗劫一遍，怎么可能没看见卧室有具尸体？他们去过那个房间，他们持有来自那个房间的赃物，我认为警方甚至在卧室找到了他们的指纹。警方就是在那个房间发现了玛格丽特·蒂拉里的尸体，他们不可能看漏这种东西。”

“也许尸体被盖起来了，”我想到斯基普的莫斯勒大保险箱，“锁在一口柜子里，他们没打开看。”

他摇头道：“死亡原因是刺伤。流了很多血，到处都是。床被浸透了，还有卧室的地毯。”我和他都不敢看汤米。“所以她不可能是在其他地方遇害的，”他得出结论，“她就死在卧室里，凶手不是埃雷拉就是科鲁兹，反正不是汤米。”

我在其中寻找漏洞，但找不到。“那我就不明白你们要我干什么了，”我说，“汤米犯案的证据听上去很薄弱。”

“薄弱得都不可能立案。”

“那么——”

“问题在于，”他说，“你因为这种事情上法庭，就算赢了也还是个输，这辈子人们对你的印象都会是你因为谋杀妻子被审判过。法庭是不是判你无罪根本不重要，所有人都会认为是犹太律师在搞鬼，买通了法官或者串通了陪审团。”

“要是我去找个意大利佬律师，”汤米说，“他们就会认为是他威胁了法官，打服了陪审团。”

“再者说，”卡普兰说，“你永远不可能猜到陪审团会偏向哪一方。要记住，汤米的不在场证明是，窃案发生时他和另一个女人在一起。这个女人是他的同事，他们有可能认为她的话靠得住，但你也看见《邮报》上的文章了对吧？陪审团会怎么选择呢？他们会决定不采信这个不在场证明，因为你的女朋友会替你撒谎，另一方面他们还会给你贴上人渣的标签，因为你妻子遇害的时候你正在和别的女人鬼混。”

“接着来，”汤米说，“听你这么说下去，我都要判决我自己有罪了。”

“另外，他很难让陪审团同情他。他是个高大英俊的男人，穿着入时，你在酒吧里会很喜欢他，但你在法庭上还会喜欢他吗？他打电话卖债券，真是一份可敬的工作，一个电话打给你，建议你该怎么投资。非常好。这意味着任何一个白痴，只要因为小道消息在股市上赔过一百块，或者在电话上被推销过杂志，走进法院时都会对他怀恨在心。告诉你吧，我根本不想上法庭。打官司我肯定能赢，我很清楚，就算出了最糟糕的情况，我靠上诉也能赢，但谁需要这种胜利呢？这个案子从一开始就不该存在，我希望能尽早澄清，连召集大陪审团的机会都不给他们。”

“所以你要我做的是——”

“你能找到的一切东西，马特，只要能推翻科鲁兹和埃雷拉的证词就行。我不知道有什么能找来用的。要是你能找到血迹就好了，比方说他们的衣服上沾着血，就是这种东西。重点在于，我不知道有什么能找来用的，但你当过警察，现在是侦探，你可以去街头和酒吧里打听消息。你熟悉布鲁克林吗？”

“部分区域吧。我在这儿做过事，断断续续的。”

“所以你能找到方向。”

“应该可以。但你们请个会说西班牙语的岂不是更好？我的西班牙语在酒馆里买杯啤酒没问题，但离流利还差得远。”

“汤米说他要找个他信得过的人，他坚持要请你。我认为他做得对。个人关系比‘Me llamo Matteo y como está usted?（西班牙语：我叫马特奥，你好吗？）’有用多了。”

“这话说得对，”汤米·蒂拉里附和道，“马特，我知道我能指望你，这就比什么都强了。”

我想告诉他，你能指望的只有自己的手指，但我何必要推掉送上门的顾问费呢？他的钱和别人的钱一样，都是钱。我不确定我喜不喜欢他，但我一向不觉得讨厌客户是个问题。要是不喜欢他们，我不使出浑身力气反而还没内疚感了呢。

然而，我不认为我能为他查到什么。他的案子听上去漏洞百出，不需要我帮忙似乎也立不起来。我猜卡普兰只是想搞点动静，证明他高昂的收费有根有据，免得整件事不到一个星期就自己烟消云散了。有这个可能性，但那同样不是我要担心的问题。

我说我很乐意帮忙。我说我希望能找到一些有用的东西。

汤米说他相信我肯定能做到。

德鲁·卡普兰说：“应该给你一笔聘金吧。除了每天的费用外加开销，肯定还有一笔预付款，还是说你按小时收费？你为什么在摇头？”

“我没执照，”我说，“我没有任何官方立场。”

“没问题。我们可以在账本里把你记成顾问。”

“我根本不想被记进账本，”我说，“我不记录时间和开销，自掏腰包付我的费用，收现金。”

“你怎么收费呢？”

“我会给你一个数字。要是我办完案子觉得收少了，我会告诉你的。要是你不同意，也不是非得给我。我不会把任何人告上法庭。”

“这么做生意也太随便了。”卡普兰说。

“不是生意。我帮朋友们的忙。”

“然后收他们的钱。”

“帮人做事收点钱有什么不对吗？”

“好像没什么。”他沉思片刻，“那这个忙你觉得应该收多少？”

“我不知道事情牵扯到什么，”我说，“今天你不妨给我一千五。要是查得太久，我觉得我有资格多收一些，我会告诉你的。”

“一千五。当然了，汤米并不知道这笔钱到底能换来什么。”

“不知道，”我说，“我也不知道。”

卡普兰皱起眉头。“就聘金而言似乎太高了，”他说，“我觉得这个数的三分之一就够当预付款了。”

我想到我的古董商朋友。我知道什么是hondle吗？卡普兰显然知道。

“没那么多，”我说，“只是保险赔偿金的百分之一，雇侦探有一部分原因也是为了那个，对吧？除非能证明汤米的清白，否则保险公司不会付钱。”

卡普兰似乎小小地吃了一惊。“确实如此，”他承认道，“但我不确定该不该为此雇你。公司迟早会赔付。我不是说你的费用太高了，只是预付这么大一笔似乎不太合适，另外——”

“别讨价还价了，”汤米插嘴道，“马特，我觉得这个费用没问题。唯一的问题是我现在手头有点紧，筹出一千五百美元现金——”

“也许你的律师可以替你垫付。”我建议道。

卡普兰觉得这么做不规范。我去外间办公室，让他们自己讨论。接待员在读《命运》杂志。墙上有两幅装在古董画框里的手工染色蚀刻画，上面是19世纪的布鲁克林街景。我正在看画的时候，卡普兰打开门，招呼我回去。

“由于汤米有望拿到保险赔偿金和妻子的遗产，因此他有能力借钱，”他说，“所以我可以给你一千五百美元。但你不反对签张收据吧？”

“一点儿也不。”我说。我数了一遍钞票，十二张一百块，六张五十块，全都是不连号的旧钞。每个人身边似乎都有现金，连律师也不例外。

他写了张收据，我在底下签字。他为围绕费用而起的所谓小小尴尬道歉。“律师被训练成了非常保守的人类，”他说，“在一些需要适应非正规程序的时候，我的反应就会变得很慢。希望你没生我的气。”

“一点儿也没有。”

“那就好。你不会提交书面报告，也不会详细描述一举一动，但你会向我汇报进展，有了发现就会告诉我，对吧？另外，细节说得多总比说得少好。我们很难猜到有什么东西能派上用场。”

“这个我很清楚。”

“相信你肯定明白。”他送我走到门口。“顺便说一句，”他说，“你的费用仅仅是保险赔偿金的百分之零点五。我好像说过保单有双重赔偿条款，而谋杀是一种意外身故。”

“我知道，”我说，“我一直想知道为什么。”

第8章

六十八分局在65街上，第三大道和第四大道之间，横跨湾脊和日落公园两个区的大致边界。街道南侧高耸着一幢廉租公寓楼；警察局在它对面，看上去像是来自毕加索的立体派时期，方方正正，有些伸出来的方块，也有些凹进去的区域。这个结构让我想起了东哈莱姆二十三分局所在的建筑物，后来我得知两者的设计师是同一个人。

根据大门口的标牌所述，那年这座建筑物落成已有六载，建筑师、警察局局长、市长和另外两位杰出人士都想让自己在市政史上留下不朽的名声。我站在门口读完了牌子上的所有文字，仿佛里面有给我的特殊消息。然后我走到前台，说我找卡尔文·纽曼警探。值班警员打了通电话，然后指点我去大开间。

建筑物内部干净而宽敞，灯光明亮。但它投入使用已经够久，久到让你开始觉得它确实是所警察局了。

大开间有一排灰色金属文件柜和一排绿色金属储物柜，两排五英尺长的金属桌推到最里面的墙边。一个墙角摆着一台没人看的电视机。办公桌有八张还是十张，一半坐着人。饮水机前有个穿正装的男人在和一个穿衬衫的男人交谈。拘留室里有个醉鬼在用西班牙语唱跑调的歌。

我认出了一名坐在办公桌前的警探，但想不起来他叫什么。他没抬头。房间另一头还有个男人似乎很眼熟。我走向一个我不认识的人，他把纽曼指给我，纽曼在隔着两张办公桌的对面一侧。

他正在填表格，我站在旁边等他打完字。打完后他抬起头，说："斯卡德？"他指了指一把椅子，转过来面对我，朝打字机挥挥手。

"他们不会告诉你，"他说，"你要花多少小时打这些狗屁。外面根本没人知道，这份工作有一大半就是当打字员。"

"这部分就很难让人留恋了。"

"我也不觉得我会有多怀念。"他夸张地打个哈欠，"艾迪·科勒对你评价很高，"他说，"我听你的话，打了个电话给他。他说可以相信你。"

"你认识艾迪？"

他摇摇头。"但我知道警督是干什么的，"他说，"我没多少东西能告诉你，但欢迎你加入。你去找布鲁克林凶杀科，他们就不会这么配合了。"

"为什么？"

"他们从一开始就在跟这个案子。报案先接到一〇四分局去了，其实不对，应该是我们的，但这种事经常发生。然后布鲁克林凶杀科和一〇四分局一起出警，他们从分局手里抢走了案子。"

"你是什么时候介入的？"

"有个线人和我关系不错，他说高架底下第三大道上的酒吧和面包店里有很多传闻。有件高级貂皮大衣，价钱非常合适，但你口风必须很紧，因为这东西十分烫手。哈，7月在日落公园卖皮草就有点可笑了。一个男人为他的女人买下大衣，希望她那天晚上就能穿上。于是我的线人来找我，说他感觉米盖里托·科鲁兹有一屋子好货在找卖家，但其中很多东西恐怕都没有发票。有了貂皮大衣和他提到的另外几件东西，我想到殖民路上的蒂拉里案，这就足以说服法官签发搜查令了。”

他用一只手捋了捋头发。他的头发有点蓬乱，是中等程度的棕色，阳光晒得多的地方比较浅。那时候的警察刚开始把头发留得比以前长，年轻警察更是留起了络腮胡或小胡子。但纽曼的脸刮得很干净，他五官端正，但鼻梁折断过，没有正回原位。

“东西在科鲁兹家里，”他说，“他住在51街上，格瓦纳斯快速路的另一侧。你需要的话，我有他的地址。那几个街区很荒凉，在布什枢纽站仓库旁边，你知道那是哪儿对吧？很多闲置的建筑空地，废弃建筑物有的用木板封死，有的都没人愿意去封，就算封上了也会被人撬开，毒虫在里面安营扎寨。不过科鲁兹住的地方还不赖。你自己去了就会看见的。”

“他一个人住？”

他摇摇头。“还有他的abuela，他祖母。一个小老太，不会说英语，她多半在家。也许警察会送她去玛丽安-海姆——就在附近。老太太从波多黎各来，还没学会英语就进了一个德国名字的养老院。这就是纽约，对吧？”

“你们在科鲁兹家发现了蒂拉里的财物？”

“对，确信无疑。我是说录音机上的序列号对上了。他想抵赖。能有什么新词儿呢？‘哎呀，那是我在街上买的，就是我在酒吧里遇见的一个人。我不知道他叫啥。’我们对他说，好的，米盖里托，但这些东西来自一幢屋子，那屋子里有个女人被捅死了，所以看起来你要因为一级谋杀进去了。一分钟后，他认了入室盗窃的罪，但坚持说他去的时候没见到一具女尸。”

“他肯定知道那儿有个女人被害。”

“当然，无论凶手是谁。报纸上登了，对吧？前一分钟他说他没读过报道，下一分钟他就不凑巧没认出那个地址了，你知道的，他们的说法总是变来变去。”

“埃雷拉是怎么被牵扯进来的？”

“他们是表兄弟还是什么亲戚。埃雷拉住在48街上一间带家具的出租房里，第五和第六大道之间，离公园只有两个街区。他之前住在那儿，不过这会儿他俩都住在布鲁克林拘留所里，而且要一直住到去州北蹲大牢为止。”

“他们都有前科吗？”

“没有才叫稀奇呢，是不是？”他咧嘴笑笑，“他们就是典型的完蛋货。青少年时期因为参与帮派活动被捕数次。一年半以前他们被控入室盗窃，但罪名被撤销，法官说缺乏搜身的正当理由。”他摇摇头，“那些该死的新法规，会绑住你的手脚。总之那次他们逃过去了，有一次，他们因为入室盗窃被抓，认罪求轻判，讨价还价成非法入侵，而且缓期执行。还有一次，也是入室盗窃，证据直接蒸发了。”

“蒸发？”

“遗失，错误归档，天晓得什么，我不知道。现如今在这座城市，还能有人去蹲大牢就算奇迹了。你必须有求死的决心才能进监狱。”

“所以他们没少入室盗窃。”

“似乎是的。进去出来，小偷小摸。踹开大门，抓起收音机，跑回街上卖掉，得个五块十块。科鲁兹比埃雷拉坏。埃雷拉偶尔还工作，在服装中心推车或者送外卖，干工资最低的那种零活儿。我看米盖里托根本就没工作过。”

“但两人都没杀过人。”

“科鲁兹杀过。”

“哦？”

他点点头。“酒吧斗殴，他和另一个浑蛋抢女人。”

“报纸没说。”

“因为没上法庭，没起诉他。有十几个证人说死者先用半截酒瓶袭击了科鲁兹。”

“科鲁兹用什么武器？”

“匕首。他说不是他的，几个证人愿意发誓说他们看见有人把刀扔给他。当然了，他们凑巧没注意到是谁扔的。我们证据不足，连非法持有武器罪都没法立，更别说谋杀了。”

“但科鲁兹随身带刀出门吗？”

“他就算不穿内裤出门，也不会不带刀出门。”

那是德鲁·卡普兰给我一千五百块的第二天，中午刚过不久。上午我买了张汇款单寄到赛奥西特。我提前付了8月的房租，平了一两家酒吧的挂账，然后坐BMT线来到日落公园。

这儿当然还是布鲁克林，它紧贴布鲁克林的西部边界，位于湾脊以北，格林伍德公墓的西南方。现如今日落公园建起了相当数量的褐砂石房屋，市区的年轻职业工作者为了逃离曼哈顿的房租，开始翻新古老的排屋，士绅化这片居住区。那会儿居无定所的上升期年轻人还没发现这个地方，此处的居民混杂着拉丁裔和北欧裔。前者以波多黎各人为主，后者以挪威人为主，平衡逐渐从欧陆向群岛、从浅肤色向深肤色倾斜，但这个过程已经不慌不忙地持续了几十年，没什么可着急的。

去68街之前，我在第四大道找了个街区走了一圈，这儿是日落公园主要的商业街，我时不时抬头看一眼圣米迦勒教堂，借此确认方向。超过三层楼的房屋寥寥无几，蛋壳状的教堂拱顶坐落在两百英尺高的塔楼上，隔得再远也能看见。

我在第三大道上向北走，我走在街道右侧，高架快速路为我遮阴。来到科鲁兹居住的街道附近，我在几家酒吧里稍做停留，主要是为了融入附近的气氛，而不是打听情况。我在一家酒吧喝了一小杯波本，在另一家酒吧只喝了啤酒。

米盖里托·科鲁兹和祖母住的街区十分符合纽曼的形容。有几大块闲置的建筑空地，其中之一围着铁丝网，其他的敞开着，地上铺着碎石。一块建筑空地上，一群小孩儿在一辆烧得只剩壳的大众甲壳虫里玩耍。街区北侧有一排四幢三层楼的建筑物，它们离第二大道比离第三大道更近，门面有扇形砖墙的外饰。它们左右两侧的建筑物都被推倒了，裸露在外的侧面砖墙显得光秃秃的，只有较低处被人用喷漆喷上了涂鸦。

科鲁兹住的那幢楼离第二大道最近，也离东河最近。前厅有许多瓷砖已经开裂和缺失，油漆也处处剥落。一面墙上嵌着六个信箱，锁坏过又修好，现在又坏了。没有门铃可以按，大门也没有上锁。我打开门，爬上两段楼梯。楼梯间里弥漫着做饭的香味、老鼠的臭味和一丝小便的氨味。穷人居住的老楼闻起来都是这个样。老鼠死在墙板里，孩子和醉鬼乱撒尿。科鲁兹的这幢楼不比另外几千座类似的建筑物更差劲。

祖母住在最顶层，狭长的公寓房间收拾得很整洁，到处都是圣像和被小蜡烛照亮的圣龛。就算她会说英语，也没有让我知道。

我敲了敲走廊对面的门，没人回应。

我在楼里一户一户地敲门。回到二楼，科鲁兹家底下的那套公寓里住着一个肤色很深的西班牙裔女人，身边有五个不到六岁的孩子。客厅里同时开着电视机和收音机，厨房里开着另一台收音机。孩子们闹个不停，至少有两个孩子一直在哭或号叫。她倒是挺愿意配合，但不怎么会说英语，而且你在她家不可能集中精神做任何事情。

走廊对面，敲门没人回应。我听见电视机在响，于是继续敲。门终于开了。开门的是个体型庞大的胖子，他只穿着内裤，一个字都没说就回去了，显然认为我会跟着他进屋。他领着我穿过几个满地旧报纸和空啤酒瓶的房间，最后来到客厅，他坐进弹簧扶手椅，继续看他的游戏节目。电视机色彩失真，参赛者的脸一会儿红一会儿绿。

他是白人，稀疏的头发曾经是金色，现在以灰色为主。你很难判断他的年龄，因为他太胖了，但应该在四十岁到六十岁。他好几天没刮脸了，也许几个月没洗澡和换床单了。他身上臭烘烘的，公寓也臭烘烘的，但我安之若素，向他提问。我没待多久，他就喝完了六听装一包的啤酒里剩下的三听，他一听接一听灌下肚，然后光着脚穿过公寓，从冰箱里取出另一包六听装啤酒回来。

他叫伊尔林，他说，保罗·伊尔林，对，他听说科鲁兹的事了，电视里播过，他认为很可怕，但并不吃惊，一点儿也不。他这辈子一直住在这儿，他对我说，这儿曾经是个很好的居民区，住的都是体面人，尊重自己也尊重邻居。但现在住的都是坏分子，你说你还指望什么呢？

“他们活得像禽兽，”他对我说，“你都没法相信。”

安海尔·埃雷拉住的廉租房是一座四层楼的红砖建筑物，底层开了一家投币洗衣房。两个二十大几快三十岁的男人坐在门廊上，用棕色纸袋包着啤酒罐灌黄汤。我问他们埃雷拉的房间号码，他们认为我是警察，他们的看法写在脸上和肩膀的架势上。其中一个说，你试试四楼。

走廊里，某种烟的气味盖过了其他怪味。一个矮小的女人站在三楼的拐角平台上，她皮肤黝黑，眼睛闪亮。她系着围裙，拿着一份折起来的*El Diario*，那是本地的一种西班牙语报纸。我问埃雷拉住哪个房间。

“22，”她说，指了指楼上，“但他不在家。”她盯着我的眼睛，“你知道他在哪儿吧？”

“知道。”

“那你肯定知道他不在。他的门锁着。”

“你有钥匙吗？”

她的目光变得凌厉。“你是警察？”

“曾经是。”

她的笑声响亮得出乎意料。“你怎么了？被炒了？坏蛋都进了监狱，所以警察没活儿干了？你想进安海尔的房间，来吧，我让你进去。”

22号房间的门上有一把便宜挂锁。她试了三把钥匙，终于找到正确的那把，她打开门，领着我走进去。天花板上有个光秃秃的灯泡，灯绳悬在半空中，底下是个狭窄的铸铁床架。她拉了一下灯绳，然后掀起百叶窗，让房间里变得更亮。

我望向窗外，然后在房间里走了一圈，查看壁橱和小五斗橱里的东西。五斗橱上有几张装着廉价相框的照片，还有五六张没装框的照片，画面上是两个女人和几个孩子。一张照片里，一男一女身穿泳装，眯眼看太阳，背后是海浪。我把照片给矮小女人看，她说男人就是埃雷拉。我在报纸上见过他的照片，照片里是他和科鲁兹，还有逮捕他们的两名警察，但这张照片里的他迥然不同。

照片里的女人是埃雷拉的女朋友。另外几张照片里和孩子一起出现的女人是埃雷拉在波多黎各的妻子。矮小女人向我保证，埃雷拉是个好孩子，真的是。他有礼貌，房间收拾得很干净，他酒喝得不多，不会在深夜大声放收音机。他爱他的孩子们，只要有钱就寄回波多黎各。

第四大道平均每个街区有一家教堂——挪威卫理公会、德国路德宗、西班牙基督复临安息日会，还有一家叫萨勒姆礼拜堂的。我去的时候它们都关门了，圣米迦勒也一样。我缴什一税算是一视同仁，但大部分钱都给了天主教教堂，原因仅仅是它们开门的时间比较长。但等我从埃雷拉的廉租公寓楼出来，在拐角的酒吧飞快地喝完一杯后，圣米迦勒和新教的同伴一样，也大门紧锁了。

我走了两个街区，在一家小酒馆和一家场外赌博点之间，隔着一所临街小教堂的窗户，我看见憔悴的基督在十字架上受苦。里面有两张没靠背的长椅，前面是个小小的圣坛，两个枯槁的黑衣女人缩在一张长椅上，悄无声息，一动不动。

我走进去，在另一张长椅上坐了一会儿。我准备好了一百五十块的什一税，我很乐意把钱交给这个寒碜的墙洞，这对我来说和交给一所气势恢宏、历史悠久的教堂没什么区别，但我想不出该怎么不起眼地完成这个任务。这儿找不到济贫箱，也没有用来接收捐款的容器。我不想去找负责人，直接把钱交给他，那样就太显眼了；我也不愿意把钱放在长椅上，因为任何人都能捡起来一走了之。

我走出去，钱包和我进去时一样鼓。

我在日落公园过了一晚上。

我不知道这算不算在工作，甚至不确定做这些对汤米·蒂拉里有没有好处。我走街串巷，在酒吧里打听消息，但我没在找任何人，也没提太多问题。

在第四大道60街路口东侧，我找到一家黑洞洞的啤酒屋，名叫峡湾酒馆。墙上挂着船员主题的装饰品，但似乎是多年以来东一榔头西一棒子积攒起来的，有一张渔网，一个救生圈，奇怪的是还有一面明尼苏达州维京人的三角旗。吧台一头摆着一台黑白电视机，音量调得很低。几个老人坐着抿烈酒、喝啤酒，不怎么交谈，让夜晚悄悄过去。

离开时我叫了辆无牌出租车，请司机送我去湾脊的殖民路。我想看看汤米·蒂拉里住过的屋子，他妻子死在里面的屋子，但我记不清地址了。殖民路的那一段以红砖公寓楼为主，我很确定汤米家是一幢独栋房屋。公寓楼之间隐藏着几幢这样的房屋，但我没抄门牌号，也不确定靠近哪个路口。我对司机说，我在找有个女人被刺死在里面的屋子，他不知道我他妈到底在说什么，似乎对我起了疑心，像是我随时都有可能做出难以预测的举动。

我猜我大概有点醉了。回曼哈顿的路上，我清醒过来。他不怎么想载我，报了个十块钱的价，我答应下来，躺在座位里休息。他走高架快速路，路上我看见了圣米迦勒教堂的塔楼，我对司机说这不对，教堂应该一天二十四小时敞开大门的。他没吭声，于是我闭上眼睛，等我再睁开眼时，出租车正好在我住的旅馆门前停下。

前台有两条留言。汤米·蒂拉里打过两次电话，要我打给他；斯基普·德沃打过一次电话。

现在打给汤米太晚了，打给斯基普多半也太晚了。反正也这么晚了，今晚就到此为止吧。

第9章

第二天我又坐地铁去布鲁克林。列车开过日落公园的几个车站，我在湾脊大道站下车。地铁出入口的街对面就是给玛格丽特·蒂拉里举行葬礼的殡仪馆。她葬在向北两英里外的格林伍德公墓。我扭头望向第四大道，像是在用视线重绘她的送葬路线。然后我向西沿着湾脊大道走向水边。

来到第三大道的路口，我望向左侧，远远地看见了韦拉札诺大桥，它横跨纳罗斯海峡，连接布鲁克林和斯塔滕岛。我继续向前走，身边的这个社区比我昨天去的那个好；来到殖民路，我向右转，又走了一段，终于找到蒂拉里家。离开旅馆前我查过地址，这次轻而易举就找到了。昨晚我端详过的几幢屋子里也许就有它。坐在出租车上的那段记忆已经有点模糊，朦朦胧胧的，像是隔着一层纱。

屋子是一座庞大的木框架红砖建筑物，高三层，街对面就是猫头鹰公园的东南角，左右两侧都是四层的红砖公寓楼。它有宽阔的门廊、铝合金的遮阳篷和陡峭的斜屋顶。我爬上门廊台阶，按门铃。屋里响起四音符的铃声。

没人应门。我试着开门，门锁着。锁看上去并不是特别结实，但我也没有理由要用蛮力。

一条车道从屋子左侧经过。车道旁有一扇同样锁着的边门，车道尽头的车库门上有个挂锁。窃贼打破了边门上的一块玻璃，窗洞现在被一块从瓦楞纸箱上裁下来的纸板堵上了，还用铝箔胶带贴住了。

我过街去公园里坐了一会儿，然后我走到能从街对面观察蒂拉里家的地方。我在尝试重建入室盗窃的过程。科鲁兹和埃雷拉有车，他们会把车停在哪儿呢？车道上，从街上看不见；靠近他们进屋的边门？还是在街上，更方便逃跑？车库当时有可能开着门，或许他们把车藏在了车库里，这样你在车道上也看不见，就不可能起疑心了。

午饭我吃了炖豆、米饭和辣香肠。下午三四点我去了圣米迦勒教堂。这次教堂门开着，我在墙边的长凳上坐了一会儿，然后点了两支蜡烛。我那一百五十块终于进了济贫箱。

我做了换你一样会做的事情。我以走访为主，挨家挨户敲门提问。我又去了一趟埃雷拉和科鲁兹的住处，和昨天不在家的科鲁兹的邻居谈了谈，又和埃雷拉的寄宿公寓的几个其他房客谈了谈。我去六十八分局找卡尔·纽曼。他不在，我和局里的另外两个警察谈了谈，请他们之中的一个出去喝了杯咖啡。

我打了几个电话，但我的行动以走访和面谈为主，我把点滴细节写在记事本里，按部就班地做事，尽量不去思考做这些有什么意义。我积累了相当数量的原始资料，但不知道加起来能不能得出什么结论。我不知道我到底在寻找什么，也不知道有什么能供我寻找。我猜我只是想卖足够多的力气，产出足够多的信息，向我自己也向汤米和他的律师证明，已经被我花得差不多的那笔费用不是在打水漂。

傍晚时分，我终于受够了。我搭地铁回家，前台有汤米·蒂拉里的留言，附带他的办公室号码。我把纸条塞进口袋，拐过路口去阿姆斯特朗酒吧，比利·基根说斯基普在找我。

“所有人都在找我。”我说。

“有人需要你不是挺好？”比利说，“我有个叔叔，四个州在通缉他。你还有个电话留言，放在哪儿了来着？”他找到纸条递给我。还是汤米，这次换了另一个号码。“马特，喝点什么吗？还是你只是来查有没有信件和留言的？”

我在布鲁克林没怎么喝，在面包房和杂货店里以咖啡为主，在酒吧里只喝一点啤酒。我请比利倒一杯双份波本给我，酒很快就下肚了。

“今天我也找过你，”比利说，“我们几个人去赌马了。想着你说不定也想去。”

“我有工作要忙，”我说，“再说我也不怎么懂马。”

“很好玩的，”他说，“只要你别太认真。”

汤米·蒂拉里留的号码是莫里山一家旅馆的前台。电话接通，他问我能不能来一趟旅馆。“知道地址吗？36街和莱克星顿大道路口。”

“应该能找到。”

“他们楼下有家酒吧，安静又舒服的小酒吧。全都是穿布克兄弟牌正装的日本商人。他们每过一会儿就会放下一阵酒杯，互相拍照，然后笑嘻嘻地再点一轮酒。你会喜欢的。”

我坐出租车去了那儿，他说得并不怎么夸张。鸡尾酒廊装饰奢华，灯光昏暗，那晚招待的主要是日本客人。汤米一个人坐在吧台前，我走进酒吧，他抓着我的手使劲儿摇，介绍我和酒保认识。

我们端着酒走向一张酒桌。“很疯的地方，”他说，“你看，看见了吗？你以为我说拍照是开玩笑的，对吧？真不知道他们要怎么处理那么多照片。按照他们按快门的速度，家里要有一整个房间放照片才行。”

“相机里没胶卷。”

“那才好玩呢，是不是？”他哈哈一笑，“相机里没胶卷。妈的，也许他们根本不是真正的日本人。一个街区外的公园大道上有家蓝图酒吧，那是我去得最多的地方，还有一家算是夜总会的，叫‘下流迪克’还是什么的。但我一直待在这儿，希望你能找到我。这儿可以吗？还是你想换个地方？”

“这儿挺好。”

“你确定？我没雇过侦探，我想把你伺候得舒舒服服的。”他咧嘴笑笑，表情随即变得严肃。“我只是在想，”他说，“那个什么，你明白的，有没有任何进展。得出了什么结论。”

我给他说了说我了解到的一些情况。听说科鲁兹在酒吧捅死过人，他顿时异常兴奋。

“好极了，”他说，“应该能送咱们这位小兄弟去蹲大牢了，对吧？”

“为什么这么说？”

“他爱动刀子，”他说，“已经杀过一个人，但逍遥法外了。天哪，马特，这可真是猛料。我知道请你帮忙算是做对了。你和卡普兰谈过了吗？”

“还没。”

“你应该和他谈一谈。他需要的就是这种材料。”

我有点怀疑。首先，我认为不雇私家侦探，德鲁·卡普兰应该也能查到米盖里托·科鲁兹曾杀人但逃过起诉。另外，我不认为这种往事在法庭上能有多大分量，甚至不确定你能不能在法庭上拿它当证据。再说，卡普兰说过，他寻求的是他和他的当事人根本不需要出庭，我看不出我能找到什么材料有这个威力。

“无论你发现了什么，都应该告诉德鲁，”汤米劝我道，“你提供给他的琐碎小事，在你看来也许毫无意义，但有可能合得上他手头上的什么材料，刚好就是他需要的东西，明白我的意思吗？哪怕事情本身看起来真的毫无意义。”

“这个道理我明白。”

“当然当然。每天打个电话给他，报告你掌握的情况。我知道你不提交书面报告，但隔段时间打个电话总不介意吧？”

“不介意，当然不介意。”

“好，”他说，“马特，好极了。我再去给咱们要两杯酒。”他走向吧台，端着新倒的两杯酒回来，“所以你去了我的那一小块世界？感觉怎么样？”

“比起科鲁兹和埃雷拉住的地方，我更喜欢你那儿。”

“妈的，我看也是。怎么，你去看了屋子？我家那幢？”

我点点头。“想找找感觉。汤米，你有钥匙吗？”

“钥匙？你说我家的钥匙？当然，我当然有我自己家的钥匙，那还用说？怎么了？马特，你要我家的钥匙吗？”

“只要你不介意。”

“天，是个人都进去过了，警察，保险公司，更别说那俩西班牙小子了。”他从口袋里掏出钥匙环，取下一把钥匙递给我，“这是大门的，”他说，“边门的要吗？他们是从边门进去的，打碎玻璃开门的地方现在贴了块硬纸板。”

“下午我注意到了。”

“那你还要钥匙干什么？扯开硬纸板，自己开门进去不就好了。说到这个，你不妨看看屋里还有什么值得偷的东西能塞在枕头套里拎走。”

“他们是这么干的？”

“谁知道他们是怎么干的？电视里是这么演的，不是吗？我的天，你看见了吧？他们互相拍照，然后交换相机再拍照。这家酒店住了很多日本人，所以他们才会来这儿。”他低头看自己的手，两只手无力地扣在一起，摆在面前的桌上。他小拇指上的戒指歪了，他抬起手扳正。“这家酒店很不赖，”他说，“但我不可能一直住下去。房费按天算，加起来也是一笔钱。”

“你打算搬回湾脊家里？”

他摇摇头。“我为什么需要那么一幢屋子？两个人住都嫌大，我一个人就太空了。我想忘记和它有关联的那些情绪。”

“汤米，你们一共才两个人，为什么会想到买这么大的屋子？”

“唉，不是给两个人住的。”他望向远方，陷入回忆，“那儿以前是佩格的姨妈家。她攒钱买下那屋子。几年前她丈夫过世后，给她留下了一笔保险赔偿金，而我们刚好想换个地方住，因为我们的孩子快出生了。你知道我们有过一个夭折的孩子吗？”

“报纸上好像提到了。”

“对，讣告里，是我加进去的。我们有过一个男孩，叫吉米。他身体不好，先天性心脏病，智力发育迟缓。他去世之后几天就是他的六岁生日。”

“太让人难过了，汤米。”

“她更难过。好在最初的几个月以后，吉米就没在家里待过，否则我猜肯定会更难过。医学问题，在自己家里实在没法处理，明白我的意思吧？医生把我拉到一旁说，你看，蒂拉里先生，你妻子越依恋这孩子，等不可避免的事情发生时，她的日子就会越难熬。因为大家知道他顶多只能活个几年。”

他默默地站起来，又去端了两杯酒回来。“所以屋子里住着我们三个人，”他继续说道，“我、佩格和她姨妈，她有自己的卧室和卫生间，都在三楼，那幢屋子住三个人还是很宽敞，而两个女人，你明白的，她们总是互相做伴。后来老太太去世了，唉，我们谈过要搬家，但佩格习惯了那幢屋子和左邻右舍。”他做了一次深呼吸，肩膀耷拉下去，“我需要什么呢？房子太大，上下班要开车，否则就得挤地铁，整个就是个大麻烦。这件事一结束我就会卖掉屋子，给自己在城里搞一套小公寓。”

“城里哪个地段？”

“说起来，我都还没想过。格拉梅西公园附近挺对我胃口。或者上东区。也许会找一幢体面的大楼，买一套合住公寓。我并不需要多宽敞的地方。”他从鼻孔里出气，“我可以搬到那个谁家里去。你知道的，卡罗琳。”

“嗯？”

“你知道我们在同一家公司上班，我每天都在那儿见到她。

‘我在办公室给过了’[1]。”他叹了口气，“我最近不想回我家附近，等事情澄清了再说吧。”

“能理解。”

我们聊来聊去，话题不知怎么转到了教堂上。大致是说酒吧营业的时间比教堂体贴人，教堂总是很早就关门。“唉，他们也是迫不得已，”他说，“因为犯罪问题。马特，咱们小时候，谁听说过会有人去偷教堂？”

“应该也有吧。”

“应该也有，但你什么时候听说过？现如今人的格调完全不一样了，他们不尊重任何东西。当然了，还有本森赫斯特的那家教堂，我猜他们愿意开到几点就开到几点。”

“什么意思？”

“好像是在本森赫斯特。很大的教堂，我忘记叫什么了。反正不是圣这个就是圣那个。”

“这倒是缩小范围了。”

“你不记得了？两年前，两个黑小子偷了圣坛上的什么东西，金烛台还是天晓得什么玩意儿，结果发现统治半个布鲁克林的黑帮头头多米尼克·图托的老妈每天一早都去那儿望弥撒。”

“哦，对。”

“风声放出去一周以后，烛台回到了圣坛上，还是天晓得什么玩意儿。我记得是烛台。”

“不重要。”

① 原文为双关，引申意为“我只能捐这么多了”，所以下文二人聊到了教堂。

“偷东西的两个小痞子，”他说，“人间蒸发了。按照我听说的——天晓得会不会只是个故事，因为我不在场，我忘记是谁告诉我的了，但他也不在场，明白吧？”

“你听说什么了？”

“我听说他们把两个黑人拖进图托家的地下室，”他说，“把他们挂在肉钩上。”两张桌子外，闪光灯忽然一闪，他说，“但谁知道呢？这种故事天天听说，你也不知道该相信什么。”

“下午你真该和我们一起去的，”斯基普对我说，“我、基根和罗斯兰德，开我的车出城去了大A[①]。”他拖着长音模仿W.C.菲尔兹[②]：“参与诸竞技之王的活动，为血统的改良贡献一份力量，是的，没错。”

“我有工作要做。”

“我也该去工作的。该死的基根，他装了一口袋的小瓶酒，一场比赛灌一瓶下肚，他口袋里塞得那叫一个满。他按马的名字下注。有一匹驽马叫女皇吉尔，从维多利亚登基那天起就没赢过，基根想起来有个姑娘叫吉尔，他上六年级的时候疯狂迷恋她。于是他当然就押了这匹马。”

“然后这匹马赢了。”

“当然赢了。赔率十二比一地赢了，基根买了它十块钱的马票，然后说他弄错了。哪儿错了？‘她叫丽塔，’他说，‘她姐姐叫

① 指Aqueduct赛马场。

② 美国著名男演员。

吉尔。我记错了。’”

“真不愧是比利。”

“唉，一整个下午都是这样，”斯基普说，“他押他以前的女朋友和她们的姐妹的名字，就着小酒瓶喝了半夸脱威士忌，罗斯兰德和我输了——天晓得——一百、一百五？走大运的比利·基根，就因为押姑娘们的名字，最后赢了六百块。”

“你和罗斯兰德是怎么选马的？”

“唉，你知道那个演员。他拱起肩膀，从嘴角说话，就像个卖马经的，他和几个看着很懂马的人咬耳朵，带着内幕消息回来。和他咬耳朵的那些人多半也是演员。”

“你和他都按他的内幕消息押注？”

“你疯了吗？我有科学方法。”

“你看统计表？”

“那东西我看不出个道道儿来。我看老手的钱压上去后，哪几匹的赔率下降，然后我到场边去看马踱步，观察哪匹马的大便拉得好。”

“够科学的。”

“那还用说。谁想把真金白银砸在该死的便秘马身上呢？谁要那些遭受肠胃不通畅折磨的赛马？我的马，”他垂下眼睛，假装害羞，“都拉得一把好屎。”

“而基根在发疯。”

“你说对了。那家伙把科学手段搞得一文不值。”他俯身碾熄烟头，“哎呀，老天，我爱这种生活，”他说，“我向上帝发誓，我天生就该这么过。我把一半人生花在自己的酒吧上，另一半花在别人的酒吧里，隔三岔五找个阳光灿烂的下午去亲近大自然，跟上帝的造物沟通沟通。”他盯着我的眼睛，“我爱这种生活，”他淡然道，“所以我要付钱给那些杂种。”

“你收到他们的消息了？”

“我们去赛马场之前。他们提出了条件，不容谈判。”

“多少？”

“足够让我赌的那点钱不值一提。谁还在乎百来块输赢呢？另外我赌得不凶，牵涉到大钱就不好玩了。但他们要的是一笔大钱。”

“你打算付？”

他拿起酒杯。“我们明天要见几个人，律师，会计师，只要卡萨比安能止住呕吐。”

“然后呢？”

“然后大概要想办法谈判不容谈判的条件，然后付他妈的钱。律师和会计师还能叫我们怎么办？拉一支军队？打一场游击战？律师和会计师可不会给你这种答案。”他又从烟盒里取出一支烟，在桌上轻轻敲了敲，拿起来看了看，又敲了敲，然后点燃。“我是一台抽烟喝酒的机器，”他喷云吐雾，然后说，“我跟你说，我不知道我他妈操这个心都是为了什么。”

“你刚刚才说你爱这种生活。”

“是我说的吗？有个段子说一个男人买了辆大众车，朋友问他喜不喜欢这辆车？‘哎呀，’他说，‘就像舔女人一样，我喜欢得要命，但一点也不自豪。’”

第10章

第二天上午去布鲁克林之前，我打电话给德鲁·卡普兰。他的秘书说他在开会，能留个号码让他打给我吗？我说我会再打给他的，四十分钟后，我在日落公园站下地铁，又打了个电话给他，这时候他已经出去吃午饭了。我对秘书说我会再打来的。

那天下午我想方设法找到了一个女人，她和安海尔·埃雷拉的女朋友关系很好。她的五官有着明显的殖民地土著特征，满脸坑坑洼洼的痘痕。她说埃雷拉要进监狱算他倒霉，但对她的好朋友来说是件好事，因为埃雷拉不可能娶她，甚至不会和她同居，因为他认为他在波多黎各的婚姻还没结束。“他老婆想和他离婚，但他不肯接受，”她说，“而我朋友，她想怀孕，但他不让她怀孕，也不会娶她。你说她和他能有什么结果呢？他消失一阵对她反而比较好，对所有人都好。”

我在路口的电话亭再次打给卡普兰，这次找到了他。我掏出记事本，把我掌握的情况告诉他。在我看来，这些消息没一条有意义，只有科鲁兹曾经因过失杀人被捕除外，但卡普兰应该已经知道了，他也立刻向我指出了这一点。“这种事用不着私家侦探去调查，”他说，“他们应该会摊在明面上。对，你没法把这个当证据用在法庭上，但总能找到办法利用它。你靠这点消息挣钱也太轻松了。倒不是说我不鼓励你继续挖掘下去。”

然而等挂上电话，我忽然没兴趣继续挖掘了。我走进峡湾酒馆，喝了两杯酒，然后有个瘦皮猴小子和我套近乎，他有一头茂密的黄发，留着金黄色的萨帕塔小胡子，他企图哄我上弹子保龄球机[①]打一场。我没兴趣，其他人也没兴趣，于是他一个人上去玩，借酒装疯闹腾，我猜他这是想骗人上钩。他闹出来的响动逼走了我，出来后我一路走到殖民路上的汤米家。

我用他的钥匙打开前门。我走进去，以为会见到发现玛格丽特·蒂拉里尸体时的景象，但鉴证人员和摄影师完成工作离开后，屋子自然早就清理干净，归拢整齐了。

我走了一遍底层的各个房间，发现边门通往厨房旁的前厅，我从边门穿过厨房和餐厅向回走，想象我是科鲁兹和埃雷拉，潜行穿过空屋的一个个房间。

但当时屋子不是空的。玛格丽特·蒂拉里在楼上的卧室里。她在干什么？睡觉？看电视？

我走上楼梯。几块木板在脚下嘎吱作响。入室盗窃的那天夜里也是这样吗？佩格·蒂拉里听见了吗，她做出反应了吗？也许她以为

---

① 一种游戏机，结合了弹珠机和保龄球的球瓶与球。

是汤米在上楼，于是下床去迎接他。也许她知道是其他人。有些人能通过脚步声认人，陌生人的脚步声不一样，有时候甚至会惊扰睡梦。

她是在卧室遇害的。一个人上楼，开门，发现有个女人蜷缩在房间里，然后捅死了她？也许她从卧室里出来，以为是汤米回来了，或者知道不是汤米，但一时间头脑发热，斥责窃贼。经常有人会这么做，因为别人侵入家中而暴怒，不假思索地采取行动，就好像义愤填膺能给他们披上甲胄。

然后她看见窃贼手里的刀，她退回房间里，也许想关上门，但窃贼追了进去，也许她大喊大叫，他想让她闭嘴，结果——

安妮塔被刀逼着步步后退的景象浮现在我眼前，犯罪现场一次又一次变成我们在赛奥西特的卧室。

真是犯傻。

我走向一个衣柜，拉开抽屉，看完后关上。她的衣柜长而矮。他的是个高脚柜，与床、床头柜和带镜子的梳妆台是一套，都是法国外省风格的。我打开他的衣柜抽屉，看完后关上。他留下了很多衣服，不过他的衣服肯定很多。

我打开壁橱门。她可以躲在壁橱里，只是不怎么舒服。壁橱很满，架子上有十几个鞋盒，挂杆被衣架上挂着的衣服塞得满满当当。他应该拿走了几身正装和休闲装，但留下的比我全部的衣服都多。

梳妆台上有好几瓶香水。我拔出一个瓶塞，拿起瓶子闻了闻，铃兰香味。

我在卧室里待了很久。有些人心理上比较敏感，会在凶杀现场觉察到不对劲的地方。也许每个人都能做到，也许敏感的人只是更擅长搞清楚他们觉察到的究竟是什么。我对我的能力不抱幻想，恐怕没法感知房间或衣物或家具的气场。与记忆最相关的感官是嗅觉，但她的香水只让我想起了我有个姨妈身上也带着那股花香味。

我不知道自己来这儿能干什么。

卧室里有一台电视机。我打开电视又关上。当时她有可能在看电视，甚至没听见窃贼的响动，直到他打开门。但窃贼岂不是也会听见电视的声音？既然他知道房间里有人，为什么非要开门进去，他明明可以不为人知地溜掉。

当然了，他有可能怀着强奸的念头。死者没有受到侵犯，尸检没找到任何迹象，但这无法证明不存在如此意图。他也许通过杀人释放了性欲，也许因为暴力打消了色欲，也许……

汤米在这个房间里睡过，他和带着铃兰香味的女人生活过。我只认识酒吧里的他，我认识的他搂着女朋友，手里拿着酒，笑声在墙板之间回荡。我不认识住在这么一个房间、这么一幢屋子里的他。

我进出二楼的其他房间。有个房间我估计是楼上的起居室，收音黑胶一体机的红木外壳上摆着几组装银框的照片。有一张正式的结婚证，汤米穿燕尾服，新娘穿白色婚纱，捧着粉色与白色的花束。照片里的汤米还很瘦，年轻得难以想象。他理着平头，这发型放在1975年显得很古怪，尤其是在正式礼服的衬托下。

玛格丽特·蒂拉里——拍照时大概还叫玛格丽特·威兰德——个子很高，五官线条分明。我看着她，想象她上了些年纪的模样。她多半增加了一些体重，绝大多数人都会这样。

我不认识其他照片里的大多数人。大概是亲戚吧。我没看见汤米提到过的早夭儿子。

一扇门通往放床上用品的壁橱，另一扇门通往卫生间。第三扇门通往一段楼梯，爬上去是三楼。三楼有一间卧室，从窗口看公园的景色很不错。我拉过一把扶手椅坐下，它的座位和靠背都铺着针织垫子，我望着殖民路上的车流和公园里的棒球赛。

我想象那位姨妈像这样坐在这儿，从她的窗口瞭望世界。就算我听见过她的名字，这会儿也想不起来了，我想到她时，浮现在脑海里的是个一般性的姨妈，楼下那些照片里的女性面容组合在一起变成了她，大概还加上了些我自己的姨妈的特征。这位无名的复合姨妈，她已经过世了，她的侄女也过世了，用不了多久，这幢屋子就会易手，其他人会住进来。

想去掉蒂拉里家留下的痕迹，那会是一项大工程。姨妈的卧室和卫生间占据了三楼的前三分之一；剩下的部分是一整块用来储物的开阔空间，皮箱和纸板箱码放在斜屋顶底下，与已经不再使用的家具做伴。有些家具上盖着布，还有一些没盖布。所有东西都蒙着薄薄的一层灰，你能闻到灰尘的气味。

我回到姨妈的卧室里。她的衣物还在衣柜和壁橱里，洗漱用具还在卫生间的药柜里。假如你不为空间发愁，所有东西就都会遗留下来。

我思考埃雷拉搬走了什么东西。姨妈死后清理杂物，因此他才得到机会进入这幢屋子。

我坐回扶手椅里。我闻着储藏室里灰尘和老妇人衣物的气味，但我脑海里依然记着铃兰的香味，它盖过了其他所有气味，已经浓烈得让人腻烦了，我希望我能忘记这股气味。我觉得我更像是闻到了气味的记忆，而不是气味本身。

街对面的公园里，两个少年在玩扔球，第三个少年傻乎乎地在他们之间跑来跑去，试图去抓他们扔来扔去的条纹球。我俯身用胳膊肘撑住暖气，望着他们玩耍。我比他们更早厌倦了这个游戏。我把椅子留在窗口，转身穿过开阔空间，走下两层楼的台阶。

我回到客厅里，思考汤米在家里喝什么酒以及他会把酒放在哪儿，这时我背后几码外有人清了清喉咙。

我僵住了。

第11章

“是啊，”一个声音说，“我猜就是你。马特，你还是坐下吧。你脸白得像只鬼。你看着像是见了鬼。”

我认识这个声音，但一时间想不起是谁了。我转过身，一口气还卡在嗓子眼里，我认出了说话的人。长房间的阴影最深处，他坐在一张扶手软椅里。他穿短袖衬衫，领口敞开着。他的正装上衣搭在椅子扶手上，领带在一个口袋里伸头探脑。

“杰克·戴博尔德。”我说。

“正是本人，”他说，“马特，近来可好？我想说你大概是全世界最差劲的蟊贼了。你在楼上叮叮当当弄得像个骑兵。”

“杰克，你吓得我都快尿裤子了。”

他轻轻一笑。“哎呀，马特，你说我还能怎么做？邻居打电话报警，说屋里有灯光之类的，既然我刚好有空，既然这刚好是我的案子，于是我亲自接警来看看。我猜多半是你。六十八分局的人昨天打过电话，提到你在为蒂拉里这个浑蛋办事。”

“纽曼打给你的？你调到布鲁克林凶杀科了？”

“嗯，有段时间了。我当上了一级警探，唉，都快两年了。”

“恭喜。”

“多谢。总之我就来了，但我不知道是不是你，也不想冲上楼梯，于是我想，就让你自己过来得了。我没想吓你一跳的。”

“没想才怪。”

“啊哈，你径直从我面前走过，老天在上，你走过去的样子太奇怪了。你到底在找什么？”

“这会儿？我在琢磨他会把酒放在哪儿。”

“嗯，别让我挡了你的路。既然已经在找了，顺便找两个杯子吧。”

餐厅的边柜上有两个刻花玻璃酒瓶。瓶颈上的银色小牌子说它们是苏格兰威士忌和黑麦威士忌。你需要钥匙才能打开瓶口的银质搭扣。边柜中间的抽屉里放的是桌布，右手边的抽屉里是玻璃器皿，左手边的抽屉里是威士忌和利口酒。我找到一瓶野火鸡和两个杯子，给戴博尔德看酒瓶。他点点头，我给我俩斟酒。

他体格魁梧，比我年长几岁。自从我上次见到他，他掉了不少头发，他很重，不过他一向很重。他盯着酒杯看了几秒钟，然后对我举了举，尝了一小口。

“好酒。”他说。

“不赖。”

“马特，你来这儿干什么？找线索？”最后两个字他拖得很长。

我摇摇头。“只是找找感觉。”

“你为蒂拉里做事？”

我点点头。“钥匙是他给我的。”

“就算你像圣诞老人似的从烟囱里下来，我也不在乎。他要你为他做什么？”

“给他个清白。”

“给他个清白？他妈的已经清白得能一眼看穿了。我们不可能给他安上罪名。”

“但你认为是他干的。”

他恶狠狠地白我一眼。“说到用刀捅人，”他说，“我不认为是他干的。我很愿意认为是他干的，可惜他的不在场证明比该死的黑手党老大还好。他和情人在公共场所，一百万个人见到了他，老天在上，他有一家餐厅的信用卡收据。”他喝完剩下的酒，“我认为是他安排的。”

“买凶杀人？”

“差不多。”

“他们不是能被雇佣的杀手吧，他们是吗？”

“妈的，当然不是了。科鲁兹和埃雷拉，日落公园帮派的枪手，杀人专家。”

“但你认为是他雇了他们。”

他走过来拿过我手里的酒瓶，给自己倒了半杯酒。“他们是他安排的。”他说。

“怎么个安排法？”

他摇摇头，被我问得不耐烦了。“真希望第一个盘问他们的人是我，”他说，“六十八分局的弟兄带着入室盗窃的搜查令去敲门，他们进门的时候不知道东西是从哪儿来的。因此没等我去撬开他们的嘴巴，他们就已经和嫌犯谈完了。”

“然后？”

“刚开始他们否认一切。‘我在街上买的’，你知道他们会怎么说。”

“当然。”

“然后他们根本不知道有个女人被杀，这就是胡扯了。他们编好了故事，然后再改口，也可能故事自己编不下去了，因为他们当然知道，报纸上登了，电视也播了。于是故事变成他们偷东西的时候家里没人，他们还声称自己一直在底下，没上楼。嗯哼，非常好，可惜他们的指纹出现在了卧室的镜子和衣柜上，还有另外几个地方。”

“指纹能证明他们进过卧室？我都不知道。”

“也许我不该告诉你的，但我看也没什么关系。对，我们找到了指纹。”

“谁的？埃雷拉还是科鲁兹？”

“怎么了？”

“因为我认为捅人的应该是科鲁兹。”

“为什么是他？”

“他有前科，另外他随身带刀。”

“折叠刀。捅那女人的不是那把刀。”

“嗯？”

“捅死她的刀长六英寸，宽两英寸到两英寸半，差不多吧。听着像一把厨房刀。”

“但你们没找到凶器。”

“没有。她的厨房里有一大堆乱七八糟的刀，好几套呢。一个家住了二十年，刀就会越来越多。蒂拉里说不清缺了哪一把。鉴证科拿走了我们发现的刀，但没在任何一把上发现血迹。”

“所以你认为——”

“认为他们中的一个人在厨房随手拿了把刀，上楼去杀死她，然后找了个地方把刀扔进阴沟，也可能是河里，天晓得到底在哪儿。”

“在厨房随手拿了把刀。”

“也可能是带去的。科鲁兹总是随身带一把折叠刀，但也许不想用自己的刀杀那个女人。”

“你认为他去的时候就计划好了要杀人。”

“否则你认为呢？”

“我认为只是入室盗窃，他们不知道她在家。”

“嗯，对，你希望这么认为，因为你想给那个浑蛋一个清白。他上楼，拿着一把刀。但为什么要拿刀呢？”

“防止楼上有人。”

“为什么要上楼？”

“找钱呗。很多人会在卧室里放现金。他开门，看见她，她慌了，他也慌了——”

“然后他杀了她。”

“不可能吗？”

“妈的，马特，听上去十分合理。”他把酒杯放在咖啡桌上，“再审他们一轮，”他说，“他们会乖乖开口的。”

“他们不是已经说了很多吗？”

“我知道。你知道带新人的时候最重要的是什么吗？怎么向嫌犯宣读米兰达和埃斯科韦多警告，语气里不能让那段话有任何意义。

‘你有权保持沉默。现在你给我说说究竟发生了什么。’再审一次，他们就会明白，想逃脱蒂拉里案子的指控，唯一的出路就是承认是他雇他们去杀她的。”

“那代表着他们必须承认是他们杀了人。”

“我知道，但他们本来每次就都在多承认一点点。谁知道呢。我认为能从他们嘴里多掏出些东西来。但辩护律师一出现在审讯现场，唉，我们快乐的小小交谈就到此为止了。”

“你为什么认为是蒂拉里？就因为他在外面鬼混？”

“是个人就会鬼混。”

“我正是这个意思。”

“杀老婆的总是不鬼混但想鬼混的男人。要么就是爱上了另一个年轻貌美的可人儿，想和对方结婚，永远厮守。他不爱任何人，除了他自己。要么就是医生。医生最喜欢杀老婆。”

“那么——”

“马特，他有一千、一万个动机。他欠钱，自己没钱。而她正准备甩了他。”

“他女朋友？”

“他老婆。”

“从没听说过。”

“你能从哪儿听说？他？她和邻居的一个女人谈过，她和律师谈过。姨妈的去世改变了一切。首先，她拥有财产了；其次，她没有老太太在身边陪着她了。唉，我的朋友，他有许许多多的动机。要是有动机就能吊死人，我们现在就可以去买绳子了。”

杰克·戴博尔德说："他是你的朋友？所以你才会卷进来？"

我们在接近傍晚的某个时候离开了蒂拉里家。我记得天还没黑，但那是7月，天色到了傍晚也还是亮的。我关掉灯，收好那瓶野火鸡。瓶里没剩下多少酒了。戴博尔德开玩笑说我应该擦掉酒瓶上的指纹，还有我们用过的酒杯。

他开他自己的车，一辆锈迹斑斑的福特费尔莱恩。地方是他选的，一家豪华的牛排海鲜馆，不远处就是韦拉扎诺大桥的入口。餐厅的工作人员认识他，我预感到他在这儿不需要买单。大多数警察都能在一定数量的餐厅享用一定次数的免费大餐。有些人会因此烦恼，我一直不太明白为什么。

我们吃得很好——鸡尾冷虾、西冷牛排、热裸麦面包卷，还有焗酿马铃薯。"我们从小到大，"戴博尔德说，"一个人要是能这么吃饭就是好好对待自己，没人说他妈的什么胆固醇。现在你听见的全是这个。"

"我知道。"

"我有过一个搭档。不知道你认不认识他。盖里·奥班农。认识他吗？"

"应该不认识。"

"哈，他就是这种健康狂。最开始是戒烟。他从不抽烟，所以也不用戒烟，但他戒烟了，然后就是一步接一步。他减了很多体重，改变食谱，开始慢跑。他看上去很糟糕，憔悴得一塌糊涂。你知道人那么活会变成什么样吧？但他很快乐，他真的过得很开心。他也不去喝酒，只点一杯啤酒，慢吞吞地喝这一杯，要么喝完啤酒就换成苏打水，法国货，叫什么巴黎水？"

“嗯哼。”

“忽然间到处都是，其实就是普普通通的苏打水，但比啤酒还贵。哪天你想明白了为什么，记得来说给我听听。然后他开枪自杀了。”

“奥班农？”

“对。减肥、喝苏打水和自杀，我不是说这些事情有联系。我跟你说，警察过的生活，成天见到的东西，迟早会逼你自杀，我觉得这不需要什么解释，明白我的意思吗？”

“明白。”

他看着我。“唉，”他说，“你当然明白。”话题随即换了个方向，没过多久，戴博尔德面前摆上了一大块热苹果馅饼浇切达奶酪，侍者给我和他都倒了咖啡，他又开始说汤米·蒂拉里了，问他是不是我的朋友。

“算是有交情吧，”我说，“我在酒吧里认识他的。”

“对了，她就住在你那附近，对吧？他的女朋友，我忘记叫什么了。”

“卡罗琳·齐特汉姆。”

“真希望她就是他的全部不在场证明。但就算他从她身边溜走了几个小时，他妻子在入室盗窃期间都在干什么呢？等汤米回家来杀她？我是说，退一万步讲，就算她躲在床底下，他们劫掠卧室，把指纹印得到处都是，等他们走了，她肯定会报警，对吧？”

“所以他不可能杀她。”

“我知道，所以我想得快发疯了。你喜欢他这个人吗？”

“他人不坏。另外，杰克，我做事有钱拿。我在帮他的忙，但帮这个忙有钱拿。但这其实只是在浪费我的时间和他的钱，因为你没法对他立案。”

“唉。”

“没法立案，对吧？”

“连个边儿都摸不着。”他吃了些馅饼，喝了些咖啡，“很高兴你有钱拿。不仅因为我喜欢看见别人挣钱，主要是我不想看见你免费为他流血流汗。”

“我什么都没流。”

“你明白我的意思。”

“杰克，我是不是漏掉了什么？”

“嗯？”

“他干了什么？偷了警察大联盟的棒球？你为什么这么讨厌他？”

他想来想去。他咬牙切齿。他皱起眉头。

“唉，告诉你吧，”他最后说，“他是个骗子。”

“他在电话上卖股票和狗屁玩意儿。他当然是骗子了。”

“不止这个。我不知道该怎么解释才说得通，但是，你当过警察。你知道直觉是怎么一回事。”

“当然。”

“嗯，我就是对那家伙有种直觉。他有什么地方不对劲，和她的死有关的什么地方。”

“我告诉你是什么吧，”我说，“他很高兴她死了，但假装他不高兴。她的死能帮他脱离困境，他当然高兴，但他表现得像个虚情假意的王八蛋，让你产生反应的就是这个。”

“也许有一部分是这个。”

“我认为整个儿就是这个。你感觉到他有负罪感，对，他有。他觉得愧疚。他很高兴他妻子死了，但另一方面，他和这个女人生活了许多年——具体多少我不记得了——他和她有共同的生活，半个他扮演丈夫的角色，另外半个瞒着她偷腥——”

“好了，好了，我听懂了。”

“所以？”

“没这么简单。”

“为什么非要更复杂？你看，也许他确实安排了科鲁兹和那个谁——”

“埃尔南德斯。”

“不，不是埃尔南德斯。他叫什么来着？”

“安吉尔。天使的眼睛。”

“埃雷拉。也许他安排他们进去偷东西，也许他脑海深处知道她也许会碍事。”

“继续说。”

“但偶然性太大了，对吧？我认为他有负罪感只是因为他希望妻子被杀，或者在妻子被杀后觉得很高兴，你捕捉到他的负罪感，因此想要他为凶杀案负责。”

“不对。”

“你确定？”

“我不确定我有什么能确定的。知道吗？我很高兴你有钱拿。希望你能狠狠宰他一笔。”

“没那么多。”

“那就尽可能多榨一点吧。因为至少你让他付出了金钱的代价，哪怕他只需要付出这个代价，而他根本没必要花这个钱。因为我们没法搞他。就算那两个家伙改变证词，承认杀人，指认是他唆使他们干的，也还是不足以把他关起来。而他们不可能改变证词，再说谁会雇这么一对儿去杀人，他们也不可能接下这样的委托。我知道他们做不到。科鲁兹是个凶残的小浑蛋，但埃雷拉只是个笨蛋，而且——唉，妈的。”

“怎么了？”

“没什么，只是看他逍遥法外，我气得要死。”

“但是，杰克，他真的没杀人。”

“他肯定逃脱了什么罪名，”他说，“我不愿意眼看着这种事发生。知道我希望看到什么吗？我希望他哪天闯个红灯，开着他那辆该死的大车。他开什么车来着，一辆别克？”

“好像是的。”

“我希望他闯红灯，然后我就能起诉他了，我希望的就是这个。”

“布鲁克林凶杀科如今也管这个？鸡毛蒜皮的交通违章？”

“我只是希望他倒霉，”他说，“就这么简单。”

第12章

戴博尔德坚持开车送我回家。我说我搭地铁就行，他说别开玩笑了，这会儿已经过了十二点，而我的情况不适合乘坐公共交通工具。

“你会昏过去的，”他说，“流浪汉会偷走你脚上的鞋子。”

他说得有道理。事实上，回曼哈顿的路上我打起了瞌睡，直到他在第九大道57街路口停车，我才醒来。我感谢他送我一程，问他要不要喝一杯再回去。

“哈，够了就是够了，”他说，“我没法像以前那样熬夜了。”

“说起来，今晚我也到此为止了。”我说。

但我没有。我目送他离开，朝我住的旅馆走了两步，然后转身拐弯去了阿姆斯特朗那儿。店里没几个人。我走进去，比利朝我挥手。

我走向吧台。她坐在吧台尽头，一个人，盯着面前吧台上的酒杯。卡罗琳·齐特汉姆。那晚我去过她家后，这还是我第一次见到她。

就在我思考该不该说些什么的时候，她抬起头，对上了我的视线。她的脸上结满了坚冰般的古老创痛。她眨了一两次眼睛才认出我来，这时她的面颊上有条肌肉动了动，泪水开始在眼角蓄积。她用手背擦掉眼泪。她先前哭过；吧台上有一块揉皱的纸巾，睫毛膏把纸巾染得黑乎乎的。

“我的波本酒友，”她说，“比利，这位先生是个绅士。能给我的绅士朋友倒一杯上等的波本吗？”

比利望向我，我点点头。他倒了两盎司波本，又给我一杯黑咖啡。

“我叫你我的绅士朋友，”卡罗琳·齐特汉姆说，“但其中有一丝无心的言外之意。”她把每个音节都发得特别清楚，就是醉鬼那种蓄意的认真说话方式，“你是绅士，也是朋友，但你不是绅士朋友。而我的绅士朋友，刚好反过来，两者都不是。”

我喝了一口波本，倒了些酒在咖啡里。

“比利，”她说，“知道怎么能看出斯卡德先生是一位绅士吗？”

“他见到帽子总是脱掉他的女士。”

“他喝波本。”她说。

“所以他就是绅士了？”

“所以他就绝对不是喝苏格兰威士忌的王八蛋伪君子。”

她说话的嗓门不大，但字词间的锋刃足以打断店堂里的其他对话。只有三四张台子有人坐，坐在那儿的人们都选择了同一个时刻停止交谈。一时间，磁带机播放的音乐震耳欲聋。那是我知道的少数几部曲目之一，布兰登堡协奏曲中的一首。店里播放的次数太多，我都已经叫得出名字了。

然后比利说：“要是一个人喝爱尔兰威士忌呢，卡罗琳，那他是什么？”

“爱尔兰人呗。”她说。

“有道理。”

“我喝波本，”她说，把酒杯向前推了意味深长的一英寸，“该死的，所以我是淑女。”

他看看她，又看看我。我点点头，他耸耸肩，给她倒酒。

“算我的。”我说。

“谢谢，”她说，“谢谢你，马修。”她的眼泪又淌了出来，她从包里掏出纸巾。

她想谈汤米。他对她很好，她说。打电话，送花，但她就是不能在办公室附近弄出动静来，另外，他也许必须证明妻子被害的那天夜里自己在干什么，因此眼下必须和她维持良好的关系。

但他不能见她，因为会显得不对劲。他刚死了老婆，警方还指控他是妻子遇害案中的同谋，所以他不能见她。

“他送花都不带卡片，”她说，“他是用公用电话打给我的。浑蛋。”

“也许花店忘了把卡片放进去。”

“唉，马特。别帮他找借口。”

“他住在旅馆里，当然只能用公用电话。”

“他可以从房间打给我。他等于在说他不想通过旅馆总机打电话，万一被接线员听见了怎么办。送花不带卡片是因为他不希望留下任何手写的东西。昨天晚上他来了我住的公寓，但他不愿意被人看见和我在一起，他不肯和我一起出去，而且——唉，一个伪君子，喝苏格兰威士忌的王八蛋。”

比利把我拉到一旁。“我不想赶她出去，”他说，“这么好的一个女人，却喝了个烂醉。但我看不能让她继续喝了。你能送她回家吗？”

“没问题。”

但我拗不过她，只好让她又请了一轮酒。她坚持要请我喝。然后我拉着她出去，陪她拐弯去她住的公寓楼。快下雨了，你能闻到雨水的气味，我们走出阿姆斯特朗有空调的店堂，闷热和潮湿预示着夏季暴雨即将来临，她顿时就没那么精神了。她抓着我的胳膊，力气大得近乎绝望。走进电梯，她靠着内壁跌坐下去，抱住自己的双腿。

“唉，天哪。”她说。

我接过她的钥匙，打开门锁。我扶着她进门，她半坐半躺在沙发上。她睁着眼睛，但我不确定她能不能看见东西。我去了趟卫生间，回来时她的眼睛闭上了，她在轻轻地打鼾。

我帮她脱鞋，扶她坐在椅子上，折腾了好一会儿才把沙发拉开变成床。我扶她躺下。我觉得我应该帮她解开衣服，结果一上手就把她脱光了。从头到尾她始终毫无意识，我想到有个殡仪馆助理曾经给我讲过给尸体穿衣服和脱衣服的困难。那幅景象让我嗓子眼儿里直翻腾，我以为我要吐了，坐下来歇了一会儿，我的胃自己平静了下来。

我给她盖上被单，然后重新坐下。我还想做其他什么事情，但我想不起来是什么了。我努力回想，大概也打起了瞌睡。我猜我顶多睡着了几分钟，时间刚够我迷失在一个梦境里，但等我睁开眼睛，一眨眼的工夫，这个梦境就离我远去了。

我开门出去。门上有弹簧锁，内侧还有把防盗锁，用钥匙锁死后能保障安全性，但我能做的仅仅是关上门，门锁上了，应该够安全了。我乘电梯下楼，走出大门。

雨还没开始下。一名慢跑者经过第九大道的路口，不顾街上已经有了稀少的车流，执意跑向上城区。他的T恤被汗水染成灰色，他看上去随时都会力竭倒地。我想到杰克·戴博尔德以前的搭档奥班农，他练好了身体，却轰出了脑浆。

这时我想到了我在卡罗琳家本来想干什么。我打算拿走汤米给她的那把小手枪。她那么喝酒，那么陷入抑郁，床头柜抽屉里可不能放枪。

但门已经锁上了。再说她睡得天昏地暗，不会特地爬起来自杀。

我穿过马路。阿姆斯特朗酒吧的铁门拉下来了一大半，门口的白色球灯全都暗着，但我看见店里还有灯光。我走到门口，看见椅子搁在桌子上，多米尼加小子明早来的第一件事就是打扫卫生。刚开始我没看见比利，随后我看见他坐在吧台尽头的高脚凳上。门已经锁了，但他瞥见了我，过来开门放我进去。

我进去后他又锁上门，陪着我走到吧台前，自己钻进吧台里面。我没说话，他倒了一杯波本给我。我抓住酒杯，但没把它从台面上拿起来。

“咖啡没了。”他说。

“没事。我也不想喝了。”

“卡罗琳，她还好吧？”

“挺好，除了明早会宿醉。”

“我认识的几乎每个人明早都会宿醉，”他说，“我自己明早多半也会宿醉。要下大雨了，我还不如坐在家里吃一天阿司匹林呢。”

有人砰砰砸门。比利朝他摇摇头，挥手让他滚蛋。男人继续敲门，比利置若罔闻。

“他们没看见打烊了吗？”他抱怨道，“收好你的钱，马特。

我们打烊了，收银机也锁了，现在是私人聚会的时间。”他举起酒杯，对着灯光端详，“多美的色泽啊，”他说，“真是会说话，老卡罗琳。喝波本的是绅士，喝苏格兰的是——她说喝苏格兰的是什么来着？”

“好像是伪君子。”

“然后我喂她一个直球，对吧？喝爱尔兰威士忌的人是什么？爱尔兰人。”

“对，问得好。”

“除了爱尔兰人，他还是个醉鬼，不过是比较好的那种醉。我只会喝成全世界最好的那种醉。唉，我的天，马特，现在是一天里最好的时光。你可以守着你的莫里西酒吧。知道吗？这儿就像是你私人的深夜酒吧。店里空荡荡、暗沉沉的，音乐关了，椅子摆起来了，有一两个人和你做伴，剩下的整个世界都关门了。很不赖，对吧？”

“确实不赖。”

“是啊，不赖。”

他又给我倒了一杯酒。我都不记得上一杯是怎么喝掉的了。我说：“知道吗，我的难题是我没法回家。”

“托马斯·沃尔夫也说过，‘离了家就回不去了’[①]，这是所有人的难题。”

“不，我是说真的。我想回家，但脚总是往酒吧走。我跑了一趟布鲁克林，很晚才回来，我很累，都半睡半醒了，我开始往旅馆走，但一转身，反而来了这儿。然后我送她上床睡觉，我不得不拖着

---

① *You Can't Go Home Again*是美国作家托马斯·沃尔夫的一本小说。——编者注

身子从她家出来，否则就会一觉睡到天亮，但我不像一个精神正常的人类那样回家，而是又来了这儿，就像一只傻乎乎的归巢鸽子。”

“不，你是燕子，这儿是卡皮斯特拉诺[1]。”

“这就是我？我都不知道我究竟是什么了。”

“胡扯。你是人，一个普通人。你只是一条穷汉，不想在神圣的酒馆打烊后一个人待着。”

“哪儿？”我想笑，“你这儿是什么？神圣的酒馆？”

“你不知道那首歌？”

“什么歌？”

“范·洛克的歌。‘于是我们又享受了一夜的——’”他停下。“妈的，我唱不出来，我找不准调子。《最后的招待》，戴维·范·洛克。你不知道？”

“我不知道你在说什么。”

“唉，老天，”他说，“你必须听一听。老天在上，你必须听一听。我在和你说的就是这首歌，而且这都算是国歌了。过来。”

“过来干什么？”

“过来就是了。”他说。他把皮埃蒙特航空的飞行包放在吧台上，在底下的柜子里翻了一阵，取出两瓶没启封的酒，一瓶是他喜欢的十二年陈尊美醇爱尔兰威士忌，另一瓶是杰克·丹尼。“行吗？”他问我。

“什么行吗？”

“浇在你脑袋上杀虱子。我问的是喝这个行不行。你总是喝森

① 美国加州南部的小镇，每年3月燕子一定会飞到镇上的教堂。

林牌的，但我找不到没启封的，法律禁止携带启封的烈酒上街。”

“有这个法律？”

“应该有。我从不偷拿已经启封的酒。请问您能回答一个简单的问题吗？杰克·丹尼行不行？”

“当然可以了，但咱们这是要去哪儿？”

“我家，”他说，“非得让你听这张唱片不可。”

“酒保喝酒不要钱，”他说，“哪怕在家也一样。这是个附加福利。其他人有养老金和牙医保险，我们可以随便偷酒喝。马特，你会爱死这首歌的。”

我们在他的公寓里，这是个L形的大开间，铺着拼花地板，墙边有壁炉。他住在二十二层，窗户朝南。窗口能看见完整的帝国大厦，右边更远处还能看见世贸中心。

房间里没什么家具。休憩区有白云母的平板床和衣柜，房间中央有沙发和躺椅。书架上塞满了书和唱片，放不下的直接堆在地上。音响设备随便乱放，黑胶唱机搁在倒放的牛奶箱上，音箱直接摆在地上。

“被我放在哪儿了呢？”比利喃喃自语。

我走到窗口，俯瞰城市。我戴着手表，但存心不看它，因为我不想知道现在几点了。我猜是四点左右。雨还没开始下。

“找到了，”他说，举起一张唱片，“戴维·范·洛克。知道他吗？”

“从没听说过。”

“名字像德国佬，长得像爱尔兰人，但我发誓他的布鲁斯唱得就像黑人。他还是个牛逼的吉他手，但这首歌里什么都没弹。《最后的招待》他是露天唱的。”

“好的。”

“不对，不是露天唱。我忘记那个词了。无伴奏演唱叫什么来着？”

“有什么区别呢？”

“我怎么会忘记这种事呢？我的脑子像个筛子。你绝对会爱死这首歌的。”

“那也得让我先听听看。”

“清唱[①]。对，就是这个，清唱。我一不去主动想它，它就立刻跳出来了。禅式记忆。那瓶爱尔兰我放在哪儿了？”

“就在你背后。”

“多谢。杰克·丹尼你没问题吧？哦，酒瓶已经在你手里了。好，你听这首歌。哎呀，弄错轨道了。是专辑的最后一首歌。这是当然了，这首后面接什么都不对。听着。”

于是我们又享受了一夜的
诗歌与姿态
而每个人都知道他终会孤独
待到神圣的酒馆关门之后

旋律有点像爱尔兰民歌。歌手确实在无伴奏演唱，他嗓音粗哑，

① 比利记混了露天唱（al fresco）和清唱（a cappella）这两个词。

但出奇地温柔。

“你听这段。”比利说。

于是我们要喝这最后一杯了
敬各自的欢喜与悲伤
希望麻木的醉意能够持续
直到明天酒馆开门

“天哪。”比利说。

于是等我们踉踉跄跄回来
就像一群麻痹的舞者
每个人都知道他必将问出什么
每个人也都知道答案

我一只手拿着酒瓶，另一只手拿着酒杯。我把酒从瓶里倒进杯中。“下一段你要听好了。”比利说。

于是我们要喝这最后一杯了
酒切碎我们的头脑
让答案变得不再重要
问题也不复存在

比利在说什么，但我没听见。我只能听见这首歌。

昨天我的心碎了
明天它会自己补好
如果我出生时便已大醉一场
就不会知道什么是悲伤

"再放一遍。"我说。

"等一等，还没完呢。"

于是我们会喝这最后一轮
敬酒的话永远说不出来：
愿那颗足够睿智的心
知道它最好一直碎下去

他说："如何？"

"我想再听一遍。"

"'再弹一遍，山姆。你为她演奏了，那就也能为我演奏。既然她能接受，我就也能。'[1]是不是很了不起？"

"再放一遍，行吗？"

我们又听了好几遍。最后他取下唱片放回封套里，问我明不明白他为什么把我拖到他家，特地为我播放这首歌。我只是点头。

"好了，"他说，"要是你愿意，欢迎你在这儿凑合一晚上。沙发看上去不咋地，但睡起来挺舒服的。"

① 出自电影《卡萨布兰卡》。

“我还是回家去吧。”

“随你便。还没下雨吗？”他望向窗外，“还没，但随时都有可能开始下。”

“我愿意冒这个险。醒来时我希望能在自己的床上。”

“我必须尊重一个能考虑得那么远的男人。你上街没问题吧？好，没问题。来，我给你找个纸袋，杰克·丹尼你带回去好了。要么这个飞行包给你，人们会当你是机长的。”

“算了，比利，你留着吧。”

“我留着干什么？我又不喝波本。”

“唉，我喝够了。”

“你临睡前也许会想喝一杯。你明早也许会想喝点什么。老天在上，这就是个食品袋。你什么时候变得那么讲究，没法拎着个食品袋回家了？”

“有人说带着已经启封的酒瓶上街是犯法的。”

“别担心。初犯而已，肯定会判你缓刑的。喂，马特？谢谢你来做客。”

走回去的路上，歌词一直在我脑海里回荡，零散的句子反复重现。“如果我出生时便已大醉一场，就不会知道什么是悲伤。”我的天。

我回到我住的旅馆，直接上楼，没问前台有没有留言。我脱掉衣服扔在椅子上，对着酒瓶灌了一小口，然后上床。

就在我坠入梦乡的时候，雨开始下了。

第13章

雨下了一整个周末。星期五中午前后我睁开眼睛，雨点正在鞭打我的窗户，但吵醒我的肯定是电话。我坐在床沿上，决定不去接，电话铃又响了几声，对方终于放弃。

我的脑袋在剧痛，我的肠胃感觉像是挨了几下狠的。我重新躺下，觉得天旋地转，立刻爬起来。我走进卫生间，用半杯水吞了两粒阿司匹林，但药片立刻反了上来。

我记得比利硬塞给我的那瓶酒。我找了一圈，最后在飞行包里找到了它。夜里喝了最后一口之后，我不记得我把酒瓶放回包里了，但除了这个还有其他我想不起来的事情，比方说从他的公寓回我住处的大部分路程。这种短暂的断片并不怎么困扰我。你开车穿越全国的时候并不会记得每一块广告牌、每一英里公路。那你为什么要费神记住生命的每一分钟呢？

酒瓶空了三分之一，我有点吃惊。我记得听唱片的时候我只喝了一杯，回来关灯前喝了一小口。这会儿我不想喝酒，但想喝酒和需要酒精是两码事，此刻的情形该归为后者。我往玻璃杯里倒了一注酒，咽下去时浑身战栗。这杯酒同样没能留在胃里，但稳定了事态，因此下一杯就先留着了。然后我用另外半杯水吞下另外两粒阿司匹林，这次它们没反上来。

如果我出生时便已大醉一场……

我待在我住的房间里。坏天气给了我闭门不出的所有理由，但我其实并不需要借口。这次的宿醉很严重，我了解情况，知道该尊重它。要是我昨晚没喝过酒，今天感觉这么糟糕，我早就直接去医院了。但我没有，我待在房间里，把自己当病人对待，回想起来，说自己是病人恐怕不只是个比喻。

下午晚些时候，电话又响了。我可以请前台别转接我的电话，但我连开口说这句话的兴趣都没有。让铃声自生自灭似乎更简单。

傍晚时分，电话第三次响起，这次我接了。是斯基普·德沃。

"我在找你，"他说，"晚一点来坐坐吗？"

"这个天气我不想出门。"

"是啊，下得天崩地裂的。之前稍微小了点，这会儿又大起来了。天气预报员说这次有得下了。我们昨天见了那些人。"

"这么快？"

"不是戴黑帽子的，不是坏蛋。是律师和会计师。我们会计师管他的武器叫犹太左轮，你知道那是什么吗？"

"墨水笔。"

"你听过这个？总之他们说的全是我们已经知道的，太了不起了，尤其是考虑到提这个建议还要收我们的钱。我们必须付钱。"

"对，你也是这么认为的。"

“是啊，但不等于我喜欢付钱。我和电话里那个无名的家伙又聊了一次。我告诉电话汤米，我们需要这个周末来筹款。”

“你告诉蒂拉里了？”

“蒂拉里？你在说什么？”

“你刚才说——”

“哦，对，我都没注意到。不，不是蒂拉里，我只是随口说了个电话汤米，其实说泰迪或者随便哪个T字头都行。我忽然想不到了。来，说个T字头的名字。”

“非要我说？”

电话那头停顿片刻。“你好像不怎么来劲嘛。”他说。

“基根拖着我听唱片到天亮，”我说，“我还没恢复到百分之百呢。”

“他妈的基根，”他说，“我们都喝得很凶，但他迟早要喝死自己。”

“他确实喝个不停。”

“是啊。好吧，我就不烦你了。我想问的是你能把星期一留出来吗？从早到晚。因为我想定在星期一处理这事，既然只能如此，那就越快越好了。”

“你要我怎么帮你？”

“咱们见面再商量，安排妥当。可以吗？”

星期一我有什么事非做不可吗？我还在查汤米·蒂拉里的案子，但我不怎么在乎我该投入多少时间。我和杰克·戴博尔德的谈话证实了我的看法，那就是我在浪费我的时间和蒂拉里的钱，警方没有针对他立案，也不太可能立案。听完卡罗琳·齐特汉姆的怒斥，我不怎么乐意为汤米·蒂拉里累死累活了，收他的钱但只给他微不足道的回报也不再让我有负罪感。

下次和德鲁·卡普兰说话时，我有两件小事可以告诉他。查下去我还会再挖出一些细节来，但我未必非要在日落公园的酒吧和杂货铺里浪费太多时间。

我对斯基普说，好的，星期一我全天有空。

夜里晚些时候，我打电话给街对面的酒铺子，点了两夸脱瓶的早年时光，请送货小弟顺便跑一趟熟食店，帮我买六听啤酒和两个三明治。他们认识我，知道我会让送货小弟感到值得为我提供贴心服务，事实也确实如此。对我来说同样值得。

我没怎么碰烈酒，喝了一罐啤酒，逼着自己吃下半个三明治。我冲了个热水澡，效果很好，然后我吃完剩下的半个三明治，又喝了一罐啤酒。

我躺下睡觉，醒来后我打开电视，看亨弗莱·鲍嘉和艾达·卢皮诺演的《夜困摩天岭》——我觉得应该是。我的注意力没怎么放在电影上，只是用它做伴。我时不时走到窗口看下雨。我吃了半个剩下的三明治，又喝了些啤酒，对着波本的瓶子灌了一小口。电影结束，我关掉电视，吃了两粒阿司匹林，然后回到床上。

星期六我稍微能动一动了。醒来时我还是需要喝一杯，但我喝得很少，而且第一杯就留在了肚子里。我洗了澡，喝掉最后一罐啤酒，下楼去红色火焰吃早饭。鸡蛋我剩下一半，但土豆和双份黑麦吐司全吃掉了，还喝了好几杯咖啡。我看报，或者试图看报。我没怎么看明白我读到的文字。

吃过早饭，我在麦戈文那儿飞快地喝了一杯，然后拐过路口去圣保罗教堂，在柔和的寂静中坐了半小时左右。

然后我走回旅馆。

我在房间里看了一场棒球赛，看运动大世界频道转播的拳赛，然后是世界掰手腕冠军赛和几个女人表演单板滑水。她们做的动作显然非常难，但实在不怎么引人入胜。我关掉电视，开门出去。我在阿姆斯特朗那儿待了一阵，和几个人聊了聊，然后去乔伊·法雷尔店里吃了一碗三级警报辣酱，喝了两瓶卡尔佳·布兰卡啤酒。

我就着咖啡喝了一杯白兰地，然后回旅馆过夜。房间里有足够的波本能让我撑过星期天，不过我还是在路上买了些啤酒，因为啤酒快喝完了，星期天商铺要到中午才能卖酒。没人知道为什么。也许是教会在搞鬼，也许他们就希望信徒来礼拜时一个个都宿醉严重，也许正在遭受折磨的家伙更容易被说服去悔改。

我喝着酒看电视上的电影。我在电视机前睡着了，醒来时一部战争片放到一半，我洗澡刮脸，穿着内裤坐下，看完这部电影的结尾和下一部的开头，我喝着波本和啤酒，直到能够重新入眠。

等我再次醒来，已经是星期天下午了，雨还在下。

三点半左右，电话响了。铃响第三声，我拿起听筒说你好。

“马修？”说话的是个女人，有一瞬间我以为是安妮塔。然后她说：“前天我找过你，但没人接电话。”我听出了她的柏油脚跟[①]

① 北卡罗来纳州的别称。

口音。

“我想说声谢谢。”她说。

“没什么好谢的，卡罗琳。”

“我想谢谢你的绅士风度，”她说，然后轻轻一笑，“一位喝波本的绅士。我好像就这个话题唠叨了很久。”

“要是我没记错，你表现得口才相当好。”

“其他话题上也一样。我向比利道歉，因为我不怎么淑女，他向我保证说我挺好，但酒保总这么说，对吧？我想谢谢你送我回家。”停顿片刻，“呃，我们有没有——”

“没有。”

一声叹气。“唉，我很高兴，但只是因为我不希望做了却不记得。马修，希望我没有太失礼。”

“你真的挺好的。”

“我不可能真的挺好的。这个我还记得。马修，我说了些汤米的坏话。我说了些很难听的话，希望你明白，那只是喝多了的胡话。”

“我也没有别的想法。”

“他对我挺好，你知道的。他为人不错。他也会犯错。他有他的强项，但也有弱点。”

我当警察值班的时候，听过一个爱尔兰女人这么说喝酒，“哎，那是强者的弱点。”她说。

“他关心我，”卡罗琳说，“别太在意我之前的话。”

我说我从没怀疑过他会不关心她，另外我也不太清楚她说了什么没说什么，因为那天夜里我本人也喝得很凶。

星期天夜里，我走路去凯蒂小姐。正在下小雨，但没什么要紧的。

我已经在阿姆斯特朗那儿坐了一小会儿，凯蒂小姐店里弥漫着同一种周日晚间的气氛。笼罩在屈指可数的常客和附近居民头上的情绪刚好是“谢天谢地今天星期五”的反面。点唱机里有个姑娘在唱她得到了一双崭新的溜冰鞋。她的嗓子似乎总在音符之间游走，唱出来的声音永远不在调门上。

我不认识今天的酒保。我问斯基普在哪儿，他指了指里面的办公室。

斯基普在办公室里，他的搭档也在。约翰·卡萨比安有一张圆脸，戴钢丝框眼镜，圆圆的镜片放大了他深陷的黑眼睛。他和斯基普年龄相同或相仿，但显得比较年轻，像个严肃阴沉的学生。他的两条前臂都有文身，但他看上去完全不像会去文身的那种人。

一个文身是传统得俗气的蛇缠匕首。蛇正准备出击，匕首尖在滴血；另一个比较简单，甚至挺有品位：一条锁链缠绕着他的右手腕。“至少应该纹在另一个手腕上的，”他说，“至少能用手表盖住。”

我不知道他对这些文身的真实看法。他会表现得对它们不屑一顾，鄙视选择用这种方式给自己打上印记的那个年轻人，有时候他似乎发自肺腑地为它们感到难堪。但也有一些时候我能感觉到他为它们而自豪。

我和他并不是很熟。他的个性没斯基普那么张扬。他不喜欢流连于酒吧之间，他值白班，然后做采买工作。他也不是他搭档那样的酒鬼。他喜欢啤酒，但喝起来不如斯基普凶。

“马特，”他说，指了指一把椅子，“很高兴你能帮我们解决这事。”

“尽我所能吧。”

“明天晚上，”斯基普说，“我们待在这个房间里，八点整电话会响。”

“然后？”

“我们听指示。我应该准备一辆车。这是他们的命令之一。”

“你有车吗？”

“我当然有车，准备一下也没什么麻烦的。”

“约翰呢，有车吗？”

“我要从存车库里取出来，”约翰说，“你认为我们会需要两辆车？”

“不确定。他叫你们准备一辆车，我猜他也叫你们准备好钱——”

“对，说来奇怪，他居然还说了一声呢。”

“——但他没提到要你们把车开到什么地方去。”

“没说。”

我想了想。“我怕的是——”

“是掉进陷阱。”

“没错。”

“我也怕这个。就像是个坑，你掉进去，他们可以随便收拾你。被勒索就已经够倒霉了，但谁知道我们付了钱以后能不能拿到东西呢？最后有可能变成抢劫，顺便要了我们的小命。”

“他们为什么会这么做？”

“谁知道呢。‘死人是不会说话的。’不是有这句老话吗？”

“有这个可能，但杀人会引来警察。”我努力集中精神，但我的思路不如我希望的那么清晰。我问他们能不能来杯啤酒。

“哎呀，我的天，我的礼数都去哪儿了？你要什么，波本？一杯咖啡？”

“啤酒就可以了。”

斯基普出去拿啤酒。他离开后，他的搭档说：“太疯狂了。完全不真实，你明白我的意思吗？账本被盗，勒索，电话里的声音。这不是现实世界。”

“我能想象。”

“钱也没有现实感。我产生不了共鸣。那个数字——”

斯基普给我拿来一瓶嘉士伯和一个钟形杯。我喝了两口啤酒，皱着眉头想我应该想到的东西。斯基普点了支烟，把烟盒递给我，然后说：“不，你不要，你不抽烟。”他把烟盒放回口袋里。

我说：“应该不会是抢劫。但有一种可能性会让它是。”

“怎么说？”

“假如账本不在他们手上。”

“账本当然在他们手上了。账本不见了，然后有人打电话来。”

“也许有人知道账本不见了，但他并没有拿到账本。假如他不需要证明账本在他手上，那就有机会从你身上掏走几块钱了。”

“好个几块钱。”约翰·卡萨比安说。

斯基普说：“那账本在谁手上？联邦人员？你是说他们有可能早就拿到了账本，正在准备立案，而另一方面我们要向一个屁也没有的家伙付赎金？”他起身绕着办公桌走，“我他妈太喜欢这个点子了，”他说，“我喜欢得都要娶它了，我想和它生小孩。我的天。”

“只是一种可能性，但我认为咱们不得不防。”

“怎么防？明天的一切都安排好了。”

“等他打电话来，你要他念一页账本给你听。”

他盯着我。“你刚想到的？就刚才？你们别动。”卡萨比安问他要去哪儿，“再拿两瓶嘉士伯来，”他说，“他妈的啤酒激发灵感。他们应该用来当广告词的。”

他拿回来两瓶啤酒。他坐在办公桌沿上，两条腿晃来晃去，对着棕色的酒瓶直接喝。卡萨比安坐在椅子上，慢慢剥掉瓶身上的标签。他不急着喝酒。我们开我们的作战会议，尽可能制订各种计划。约翰和斯基普越聊越上瘾，我当然也很配合。

“我想叫上博比。”斯基普说。

“罗斯兰德？”

“他是我最好的朋友，他知道发生了什么。我知道万一狗屎撞上电风扇[①]，他做不了什么，但谁又能呢？我要带枪，但假如是陷阱，我猜他们会先开火，所以多一支枪真是对我有无数好处。你们有什么人想叫上的吗？”

卡萨比安摇摇头。“我考虑过我弟弟，”他说，“我首先想到的就是他，但泽克被卷进来有什么好处吗？”

“有任何人能得到好处吗？马特，你有什么朋友想叫上吗？”

“没有。”

“我在考虑比利·基根，”斯基普说，“你们觉得呢？”

“他是个好伙伴。”

① 美国俚语，表示麻烦大了。

“对，是啊。说到这个，谁会需要好伙伴呢？咱们需要的是重炮和空中支援。确定会面地点，瞄准他们的位置放一通迫击炮。约翰，给他说说玩迫击炮的老黑。”

“唉。”卡萨比安说。

“就说说嘛。”

“只是我偶然看见的。”

“他偶然看见的。你听听。”

“一个月还是多久以前，随便哪天吧，我在我女朋友家里，她住在西区80街上，我要帮她遛狗，于是走出公寓楼，看见马路斜对面有三个黑人。”

“于是他一转身就回去了。”斯基普打趣道。

“不，他们甚至都没朝我这儿看，”卡萨比安说，“他们穿迷彩服，怎么说呢，还有一个戴着军帽。他们看上去像士兵。”

“说说他们都干了什么。”

“嗯，我都不敢相信我亲眼见到的。”他说。他摘掉眼镜，按摩鼻梁。“他们看了一圈，就算看到了我，大概也觉得我不值得担心——”

“看人的眼光挺准。”斯基普插嘴道。

“——然后他们架起迫击炮，看架势就好像他们已经练过一千次了，其中一个人把炮弹放进去，然后他们朝哈得孙河射了一发，轻松自在，他们站在路口，河面的视角很开阔，我和他们一起看打得准不准，但他们还是当我不存在，他们互相点点头，拆开迫击炮收起来，一起走了。”

“我的天。”我说。

“事情发生得太快，”他说，“动静又太小，我都怀疑是不是我想象出来的了。但真的发生过。”

“开炮没弄出许多响动吗？”

“没，没多少声音。就是迫击炮发射的砰的一声，炮弹击中水面时也许爆炸了，但我没听见。”

“多半是空包弹，”斯基普说，“他们多半在，怎么说呢，试射，看弹道。”

“嗯，但为了什么呢？”

“唉，妈的，”他说，“谁知道在这座城市里你什么时候会需要迫击炮呢？”他抬起酒瓶喝了一大口，用脚跟砰砰敲打办公桌侧面。“我不确定，”他说，“我也在喝这东西，但思路没变得更畅通。马特，咱们说说钱吧。”

我以为他指的是赎金。但他在说我的费用，我一时间蒙了。我不知道该怎么定价，我说了些咱们是朋友什么的。

他说：“所以呢？你靠这个挣生活费，对吧？还是帮朋友们的忙？”

“对，但——”

“你在帮我们的忙。卡萨比安和我完全不知道我们在干什么。约翰，是不是这样？”

“完全正确。”

“博比来我不会给他一分钱，他不可能接受，基根来也不会是为了钱。但你是吃这碗饭的，职业人员必须收钱。蒂拉里出钱雇你的，对吧？”

“有区别的。”

“区别在哪儿？”

“你是我的朋友。”

“他不是？”

“不是一种朋友。事实上我越来越不喜欢他了。他——”

“他是个浑蛋，”斯基普说，“没什么好讨论的，没区别。”他拉开办公桌的抽屉，数钱，折钞票，递给我。“拿着，”他说，“二十五。不够就直说。”

“我说不准，”我慢吞吞地说，“二十五块似乎不多，但——”

“是两千五，白痴。”我们一起大笑，“‘二十五块似乎不多，’约翰尼[1]，咱们为什么要雇人说相声？说真的，马特，够了吗？”

“说真的，似乎有点多。”

“你知道他们勒索我们多少吗？”

我摇摇头。“你们都存心一个字也不提。”

“唉，你不会在死囚牢房里提起绳子，对吧？我们要给那些浑蛋五万块。”

“耶稣基督。”我说。

“我们已经念叨过他老兄的名字了，”卡萨比安说，“他会不会凑巧是你的朋友？明天记得带上他，他晚上应该没别的事情吧？”

① 约翰的昵称。——编者注

第14章

晚上我想早点休息。我回家，上床，凌晨四点左右，我知道我肯定睡不着了。手头有足够的波本能让我醉死过去，但我并不想喝酒。我不希望在宿醉未醒的时候和勒索犯打交道。

我爬起来，想坐一会儿，但我坐不住，电视上没我能看得下去的东西。我穿上衣服，出去散步，走在半路上，我才意识到我的脚在带我去莫里西酒吧。

三兄弟之一在楼下守门。他给了我一个灿烂的微笑，放我进去。来到楼上，另一个兄弟坐在对着门的高脚凳上。他的右手藏在屠夫围裙的底下，要是我没猜错，那里面有一把枪。自从蒂姆·帕特告诉我他们兄弟三个放出悬赏，我就没来过他们店里，但我听说三兄弟轮流执勤，用一把上了膛的枪迎接每一个人进门。至于那把枪的种类就众说纷纭了；不同的人有不同的说法，从左轮到自动手枪到短管霰弹枪，不一而足。要我说，发疯了才会在坐满自己客人的店堂里使用霰弹枪——无论枪管有没有锯短——但谁又敢说莫里西兄弟精神正常呢？

我走进酒吧，环顾店堂，蒂姆·帕特看见我，和我打招呼，我刚朝他走了一步，就听见斯基普·德沃喊我的名字，他坐在店门口的一张酒桌旁，身边是涂黑的窗户。他和博比·罗斯兰德坐在一起。我举起手，示意我马上就过来，博比把手拿到嘴边，警哨的凄厉尖啸穿透店堂，像枪声一样干脆利落地打断了所有交谈。斯基普和博比大笑，其他酒客意识到那是有人开玩笑，而不是警察来扫荡了，几个人向博比保证他确实是个浑蛋，大家就继续各聊各的了。我跟着蒂姆·帕特走到店堂最里面，在一张空桌子相对的两侧站住。

“自从咱们谈过以后就没再见过你，”他说，“有什么新消息吗？”

我说我没什么新消息能告诉他。“我只是来喝一杯的。”我说。

“你什么都没听说？”

“完全没有。我走了走，找人聊了聊。要是外面有风声，这会儿肯定传到我耳朵里了。蒂姆·帕特，我猜那应该是爱尔兰人的什么恩怨。”

“爱尔兰人的恩怨。”

“政治方面的。”我说。

“那我们就应该收到风声才对。会有爱吹牛的人说漏嘴。”他的指尖捋过胡须。“他们很清楚去哪儿拿钱，”他沉思道，“甚至没放过捐款瓶里的那几块钱。”

“所以我才认为——”

“假如是新教徒，我们肯定会收到风声。或者假如是我们自己的某个派系。”他微笑道，但毫无笑意，“我们有我们的派系摩擦，你也知道。不止一个声音想为伟大事业发言。”

“我听说过。”

“假如真是‘爱尔兰人的恩怨’，”他说，一字一顿地说出这个短句，“那就会发生其他的意外。但只发生了这一起。”

“据你所知。”我说。

“也是，”他说，“据我所知。”

我过去坐在斯基普和博比身边。博比穿着剪掉袖子的灰色套头衫，把一个蓝色塑料哨子用孩子们在夏令营用的那种塑料编织绳挂在脖子上。

“演员正在琢磨怎么进入角色呢。”斯基普说，用大拇指一指博比。

“是吗？”

“有人叫我去拍广告，”博比说，“我演篮球裁判，和一群小子在操场上。他们全都比我高一头，有一部分噱头就是这个。”

“所有人都比你高一头，”斯基普说，“他们这是要卖什么？因为假如是除臭剂，那你就该换件汗衫了。”

“是兄弟情。”博比说。

“兄弟情？”

“来自世界各地的小子，全都团结在兄弟情之下，在球场上奋力拼搏。是什么公益服务广告，在乔·富兰克林秀的休息时间播放。”

“那你有钱拿吗？”斯基普追问。

“哦，当然了。我猜经纪公司捐了时间，电视台免费播放，但演员有钱拿。”

“演员。”斯基普说。

“演员，正是在下。”博比说。

我点了杯酒。斯基普和博比继续喝他们手上的。斯基普点了支烟，烟雾悬浮在半空中。我的酒来了，我喝了一小口。

“还以为你会早早睡下呢。”斯基普说。我说我睡不着。“因为明天？”

我摇摇头。“只是还不困而已。坐立不安。”

“我也会这样。哎，演员，”他说，“你什么时候试镜？”

“应该是两点。”

“应该是？”

“有可能你去了还要坐着等很久。我应该两点到那儿。”

“你能及时结束来帮我们一把吗？”

“哦，没问题，”他说，“经纪公司那些人要赶五点四十八分的车去斯卡斯戴尔。几个老爸会去餐车喝一杯，然后回家看杰森和翠西今天在学校表现得好不好。”

“白痴，杰森和翠西正在放暑假呢。”

“那就是去看他们从夏令营寄回家的明信片。他们去了缅因州一个特别好的夏令营，工作人员已经写好了明信片，他们只需要签个名就行。”

我的儿子过一两周也要去参加夏令营了。一个儿子编过博比脖子上的那种系绳送给我。我放在什么地方了，塞在某个抽屉里还是哪儿。会不会留在赛奥西特了？假如我是个称职的父亲，我心想，一定会戴上那个鬼东西，再系个哨子什么的。

斯基普对博比说他需要睡个美容觉。

“我看着应该像个运动员。”博比说。

“要是我们不把你弄出去，你就会更像一摊烂泥。”斯基普看看香烟，把烟头扔进没喝完的酒里。“我可不想看见你这么做，”他对我说，“我不想看见你们中的任何一个人这么做。恶心的坏习惯。”

来到外面，天已经开始亮了。我们走得很慢，不怎么交谈。博比在我们前面蹦跳穿梭，拍着想象中的篮球，假动作闪过不存在的对手，冲向篮下投球。斯基普看看我，耸耸肩。“我还能怎么说呢？”他说，“这家伙是我朋友。我还有什么能说的呢？”

“你只是嫉妒，”博比说，“你有身高，但没灵活性。碰到厉害的小个子，能晃得你从袜子里飞出去。”

“我哀哭，因为我无鞋可穿，”斯基普严肃地说，“但这时我遇到了一个没袜子穿的男人。那是什么？”

我们北面半英里之外传来了爆炸声。

“卡萨比安说的迫击炮。”博比说。

“逃兵役的浑蛋，”斯基普说，“你连迫击炮和子宫套都分不清。不，我想说的不是子宫套。药剂师用的那东西叫什么来着？”

“你他妈到底在说什么？”

“捣药杵，”斯基普说，“你连迫击炮和捣药杵都分不清。迫击炮的声音不是那样的。”

“随便你。”

“听着更像爆破挖地基，”他说，“但时间太早了，谁敢在这个钟点搞爆破，会被附近居民弄死的。有句话我要说，雨停了我很高兴。”

“是啊，已经受够了，对吧？”

“咱们也需要下雨，”他说，“人们总这么说，对吧？每次雨下得没完没了，就会有人说我们有多么需要下雨。因为水库在干涸，要么是农民需要雨水之类的。”

“多么了不起的交谈，”博比说，“换个没这么世故的城市，你就绝对听不见这样的交谈了。”

“去你妈的。”斯基普说。他点了支烟，随即开始咳嗽，他控制住咳嗽，又吸了一口烟，这次不咳嗽了。就像早上的回魂酒，我心想。一旦你让一口酒安安稳稳地待在胃里，你就活过来了。

“大雨过后，空气总会比较好，”斯基普说，“我猜是下雨净化了空气。”

“洗干净了。”博比说。

“也许吧。”他前后左右看了看。“真不想这么说，”他说，“但今天应该是个美丽的日子。”

第15章

八点过六分，斯基普桌上的电话响了。比利·基根正在说去年他去冰岛西部度三周假期间遇到的一个姑娘。他一句话说到半截停下了。斯基普抬起手放在电话上，眼睛望向我，我伸手去拿文件柜上的分机。他点了一下头，脑袋飞快地上下摆动，我和他同时拿起听筒。

他说：“是我。”

一个男人的声音说：“德沃？”

“对。”

“钱准备好了吗？”

“全都准备好了。”

“那就拿支笔开始记吧。你开你的车，去——”

“等一等，”斯基普说，“首先你要证明你确实有你声称有的东西。”

“什么意思？”

“把6月第一周的账目念给我听。今年6月，1975年6月。”

电话那头暂停片刻。那个声音变得紧绷，说："老兄，你没资格命令我们。我们说青蛙，你就给我跳。"斯基普在椅子上稍微坐直了一点，向前俯身。我举起一只手，示意他别说他想说的话。

我说："我们想确认我们在和正主打交道。我们愿意买，但必须知道你们有东西可卖。只要能确定这个，咱们就可以谈下去了。"

"说话的不是德沃。你他妈是谁？"

"我是德沃先生的朋友。"

"朋友也得有个名字吧？"

"斯卡德。"

"斯卡德。你要我们念什么来着？"

斯基普重复了一遍该念什么。

"回头再说。"男人说，挂了电话。

斯基普望向我，听筒拿在手里。我放下我手里的听筒。他把听筒在两只手之间换来换去，像是拿着个烫手的山芋。我只好命令他挂上电话。

"他们为什么会那么做？"他好奇道。

"也许他们需要讨论一下，"我猜测道，"或者去拿账本，给你念你想听的内容。"

"也许他们根本就没有账本。"

"我不这么认为。否则他们会尝试拖延的。"

"挂电话难道不是最好的拖延手段吗？"他点了支烟，把烟盒塞回衬衫口袋里。他穿短袖叶绿色工作衬衫，胸袋上用黄线绣着德士古加油站的徽标。"为什么要挂电话呢？"他暴躁地问。

"也许他认为我们能追踪号码。"

"我们能做到吗？"

"就算你能说服警方和电话公司配合也很难做到，"我说，"对咱们来说更是连想都不要想。但他们未必知道这个。"

"逮住我们追踪电话了，"约翰·卡萨比安插嘴道，"我们忙了一个下午，安装第二部电话。"

他们几小时前才完成这项工作，从墙上的接线盒拉线，接上从卡萨比安女朋友家里拿来的电话分机，这样斯基普和我就可以同时接电话了。斯基普和约翰忙着做这事的时候，博比去为兄弟情广告的裁判角色试镜，比利·基根在找人替他在阿姆斯特朗那儿守吧台。我利用这段时间把两百五十块塞进一家教堂的捐款箱，点了两支蜡烛，打了个电话到布鲁克林，向德鲁·卡普兰毫无意义地汇报情况。这会儿我们五个人在凯蒂小姐的里屋等待电话再次响起。

"有点南方口音，"斯基普说，"你有没有注意到？"

"听上去是假的。"

"是吗？"

"他生气的时候，"我说，"或者假装生气的时候，随便哪样。就他说什么青蛙你就跳的那句。"

"那会儿生气的不止他一个。"

"我注意到了。但他火气刚上来的时候，口音不见了。等他开始说什么青蛙的时候，口音反而比先前更重了，就想让你觉得他是南方土佬。"

他皱起眉头，回顾记忆。"你说得对。"他恶狠狠地说。

"和之前打给你的是同一个人吗？"

"不确定。上次那个声音听上去也有点假，但和今晚听见的不一样。也许他这个人会说一千种口音，但没有一种装得像的。”

“他可以去配画外音，”博比说，“给兄弟情广告配。”

电话又响了。

这次我们懒得费工夫同时拿起听筒了，因为我已经亮明了身份。我把听筒拿到耳边，斯基普说：“所以？”先前听到过的声音问要他念什么。斯基普告诉他，声音开始念账目。斯基普把假账本摊开在桌上，对照那一页的内容。

半分钟过后，对方停下了，问我们满不满意。斯基普的脸色像是想挑这个词的毛病，但他没有，他耸耸肩，点点头，我说我们已经确定了，和我们打交道的就是正主。

“接下来你们这么做。”他说，我和斯基普都拿起铅笔，记下他给出的路线。

“两辆车，”斯基普说，“他们只知道我和马特要去，因此我俩开我的车。约翰，你开车带比利和博比。马特，你觉得如何，他们会跟踪我们吗？”

我摇摇头。“也许会有人在这儿看着我们离开，”我说，“约翰，你们三个可以现在先出发。方便开你的车吗？”

“停在两个街区外了。”

“你们三个开车从那儿出发。博比，你和比尔先走出去，然后在车附近等着。你们别一起走出去，免得有人在监视前门。你们两个先出去等着，约翰过三分钟去接他们，在车附近会合。”

“然后开车去——哪儿来着，艾蒙斯大道？”

“在羊头湾。知道地方吗？”

“大致知道。好像在布鲁克林的尾巴上。我去过那儿，坐渔船出过海，但开车的是其他人，我没怎么注意方向。”

“你可以走环形路，海岸公路。”

“好的。”

“不对，让我想一想，也许最好走海洋大道。你们应该会看见标记的。”

“等一等，”斯基普说，“我这儿有地图的，前两天还看见过。”

他找到一张哈格斯特朗出的布鲁克林街道地图，我们三个人研究了一会儿。博比·罗斯兰德从卡萨比安后面凑上来看。比利·基根拿起一瓶被人扔下的啤酒，他尝了一口，做了个鬼脸。我们制定出路线，斯基普叫约翰带上地图。

“这东西我永远也折不对。”卡萨比安说。

斯基普说：“谁在乎你怎么折地图了？”他从搭档手里抢过地图，顺着折线撕开，把八英寸方的一小块递给卡萨比安，剩下的地图随手扔在地上。“羊头湾在这儿，”他说，“你想知道从公路下来该怎么走对吧？那你需要布鲁克林其余的地方干什么？”

“天哪。”卡萨比安说。

“对不起，约翰尼。我他妈神神道道的。约翰尼，你有武器吗？”

“我什么都不想带。”

斯基普拉开办公桌抽屉，取出一把蓝钢自动手枪放在桌上。“藏在吧台里面的，”他对我说，“说不定哪天晚上数营业额的时候就想崩了自己呢。约翰，你不想拿上？”卡萨比安摇摇头，“马特？”

“我看我用不上。”

“你不想带枪？”

“还是免了吧。”

他拿起枪，想找个地方收起来。这是一把点四五，有点像部队里配发给军官的那种枪。很大，很沉重，别称宽容枪——后坐力能弥补差劲的瞄准，击中肩部就能撂倒一个人。

“够沉的。”斯基普说。他把枪插进牛仔裤的裤腰，皱眉看着自己的模样。他从腰间扯出衬衫，垂下来盖住枪。这种衬衫不适合把下摆放在裤子外，因此看上去很不对劲。“我的天，”他抱怨道，“我该把这东西放在哪儿？”

“你会想到办法的，”卡萨比安对他说，“现在咱们该出发了。马特，你说呢？”

我同意他的看法。基根和罗斯兰德先出去了，我们又过了一遍计划。他们开车去羊头湾，在餐馆的街对面停车，但不能正对着餐馆。他们应该守在那儿，关掉发动机和车灯，他们要监视那地方，在我们赶到后替我们盯着点。

“别勉强做任何事，”我对卡萨比安说，“假如看见什么可疑的，仔细观察就好。记下车牌号码，诸如此类的细节。”

“我该想办法跟踪他们吗？”

“你怎么知道你在跟踪谁？”他耸耸肩，“竖起耳朵听，”我说，“他们多半就在周围，留神盯着点。”

“明白了。”

他离开后，斯基普拿出公文箱放在桌面上，弹开锁扣。箱子里装满了用纸带扎紧的一沓沓旧钞。“五万块看上去就是这样，”他说，“看上去并不太壮观，对吧？”

“只是绿纸片。”

“你看着它就毫无反应吗？”

“真的没什么。”

“我也是。”他把点四五压在钞票上，然后关上箱盖。箱子关不紧。他重新摆了摆钞票，给手枪筑个小窝，这次他关上了。

“上车就拿出来，”他说，“我不想像《正午》里的加里·库珀那样走在路上。”他把衬衫下摆掖回裤腰里。出去上车的路上，他说：“你会觉得人们在盯着我看吧。我打扮得像个机修工，却像个银行家一样拎着皮包。该死的纽约佬，我穿上大猩猩服，也不会有人看我第二眼。记得提醒我，咱们一上车我就把枪从箱子里拿出来。”

“好的。”

“他们要花样朝咱们开枪就已经够糟糕了。万一用的还是我的枪，那就更加糟糕了。”

他的车在55街的一个存车库里。他给了服务生一块钱，开车拐过路口，在消防龙头前停下。他打开公文箱，取出手枪，检查弹夹，把枪放在我和他之间的座位上，他想了想，又拿起枪插在坐垫和靠背之间的缝隙里。

这是一辆两年前的雪佛兰英帕拉，长车身，低底盘，弹簧很松。车是白色的，内饰是米色与白色，看上去自从离开底特律起就没进过洗车房。烟灰缸里的烟头满了出来，脚下全是垃圾。

“这车就像我的人生，”他说，我们在第十大道吃了个红灯，“舒舒服服的一团糟。咱们怎么着？也走咱们给卡萨比安指的那条路？”

“不。”

“你知道更好的路线？”

“不是更好，只是另一条。咱们先走西区公路，但别走环路，而是从小路穿过布鲁克林。”

“这么走比较慢吧？”

“肯定的。让他们在咱们之前赶到。”

“听你的。有什么特别的理由吗？”

“这么走更容易发现有没有人跟踪。”

“你认为有人跟踪？”

“这会儿我认为还没这个必要，因为他们知道咱们要去哪儿。但没人知道在和咱们打交道的是一个人还是一支军队。”

“有道理。”

“下个路口右转，到56街上公路。”

“收到。要点什么吗，马特？”

“什么意思？”

“要喝一口吗？打开手套箱，应该有酒。”

手套箱里有一品脱黑白狗苏格兰威士忌。事实上这不是个品脱瓶，而是个腾瓶[①]。我记得这个酒瓶，绿色玻璃，略有弧度，就像口袋酒壶，可以服服帖帖地揣在身上。

“我不知道你怎么样，”他说，“但我有点兴奋。我不想变得太懈怠，但喝两口，磨掉点棱角也不坏。”

“就喝一小口。”我赞同道，拧开瓶盖。

① 十分之一加仑（378毫升）的酒瓶，品脱瓶是500毫升。

我们走西区公路到运河街，过曼哈顿大桥进入布鲁克林，我们沿着弗拉特布什大道一直开，直到过了海洋大道。我们一路吃红灯，我好几次注意到他盯着手套箱看。但他没说什么，所以除了先前每人喝的一小口之外，我们没再去碰那瓶黑白狗。

他那一侧的车窗摇到了底，他开车时把右胳膊肘伸到窗外，左手的手指搁在车顶上，时不时敲出个节拍来。我们时而聊几句，时而默默前进。

某个时候，他说："马特，我想知道到底是谁干的。肯定是内贼，你说呢？有人瞥见机会，一把抓住，有人看过一眼账本，知道他见到了什么。是为我工作过的什么人，但他到底是怎么进来的呢？要是我开除了某个浑球，喝醉酒的酒保或发神经的女招待，他们怎么能溜进我的办公室，拿上我的账本再溜出去呢？你能想通吗？"

"斯基普，你的办公室没那么难进。一个人只要熟悉布局，就能假装去上厕所，然后钻进你的办公室，不会惊动任何人。"

"应该吧。他们没顺便在我抽屉里撒泡尿就算我运气好了。"他从胸袋的烟盒里抽出一支烟，在方向盘上顿了顿，"我欠约翰尼五千块。"他说。

"怎么欠的？"

"赎金。他筹了三万块，我筹了两万块。他的保险箱比我的满。说不定他另外还存了五万块呢，但也可能三万就已经榨干他了。"他刹车，让一辆无牌出租车在我们前面变道，"你看那个浑球，"他毫无火气地说，"是到处都有人这么开车，还是只在布鲁克林这么开？我发誓只要一过河，你开车的劲头就不一样了。我在说什么来着？"

"卡萨比安多出了钱。"

“对。所以他每周都会多分走几百块，直到补全五千块的差额。马特，我在银行保险箱里存了两万块现金，现在全都装在箱子里准备送出去，再过几分钟它们就不属于我了。一点真实感都没有。你明白我的意思吗？”

“应该明白。”

“我不是说它们仅仅是纸片。它们不只是纸片，假如仅仅是纸片，人们就不会为它们发疯发狂了。锁在银行保险箱里时，它们不是真的钱，但等我送出去，它们就再也不可能是真的了。马特，我必须知道是谁在这么搞我。”

“也许咱们会查出来的。”

“我他妈必须知道。我信任卡萨比安，明白吗？要是不信任搭档，做这种生意你就只有死路一条。两个人合伙开酒吧，但每时每刻都互相提防，用不了六个月，他们就会变成一对疯子。酒吧不可能开起来，那地方的气氛连包厘街的流浪汉都受不了。另外，就算一天二十三个小时里你看住了搭档，剩下的一个小时他也能把你偷个精光。老天在上，卡萨比安负责采购。你知道酒吧采购能动多少手脚吗？”

“斯基普，你的重点是什么？”

“我的重点是我脑袋里有个声音在说，也许约翰尼能靠这个办法敲走我两万块，但是，马特，实在说不通啊。他必须和搭档分钱，他必须把自己的一大笔钱搭进去，再说他为什么非要用这个办法抢我的钱？先不说我确实信任他，我没有任何理由不信任他，他一向对我如实相告，要是他想搞我，有一千条路可走，不但更轻松，挣的钱也更多，我甚至都不会知道自己被他掏了腰包。但这个声音还是说个不停，我敢打赌他脑袋里也有这么个声音，因为先前我注意到他看我的眼神都不太一样了，我看他的眼神多半也不太对，谁他妈需要这个呢？我是说这比我们被敲了竹杠还糟糕。这种事会让我们的店在一夜之间关门。”

“前面好像就是海洋大道了。”

“是吗？感觉怎么像只开了六天六夜就到了？海洋大道左转？”

“右转。”

“你确定？”

“百分之百。”

“我到了布鲁克林就迷路，”他说，“我发誓这地方就是迷失的十支派[①]的定居点。他们找不到回家的路了，于是破土动工造房子。埋排污管，拉电线，舒舒服服地过起了小日子。”

艾蒙斯大道上的餐馆以经营海鲜为主。其中有一家叫伦迪餐厅，店堂宽敞得像谷仓，老饕会坐在巨大的桌子前享用无与伦比的海味大餐。我们要去的地方在两个街区外的路口上。它名叫卡洛生蚝馆，红色霓虹灯一亮一灭，一只生蚝一开一闭。

卡萨比安的车停在马路另一侧，离餐馆差几个门牌号。我们开到他旁边停下。博比坐在前排，比利·基根单独坐后排，卡萨比安自然坐在驾驶座上。博比说：“你们也太慢了。就算他们在搞什么勾当，从这儿也看不见。”

斯基普点点头。我们向前又开了半个街区，他在消防龙头旁停车。“这儿不会被交警拖车吧，”他说，“会吗？”

① 指公元前722年以色列北部王国中沦陷于亚述国的十个支派。

“应该不会。”

“就等你这句话了。”他说。他熄灭引擎，我们交换一个眼神，他的视线飘向手套箱。

他说：“你看见基根了吗？他一个人坐在后排。”

“嗯哼。”

“我跟你打赌，他们出发后他没少喝酒。”

“应该吧。”

“现在别碰，对吧？等庆功再喝。”

“没错。”

他把枪插进裤腰，拉下衬衫遮住。“说不定是这儿的风格呢，”他说，打开车门，拎起公文箱，“羊头湾，衬衫下摆飘飞之乡。马特，你紧张吗？”

“有点。”

“那就好。总算有人做伴。”

我们穿过宽阔的街道，走向餐馆。夜色温柔，你能闻到咸水的气味。我有一瞬间想到手枪是不是应该让我拿着。不知道他有没有用过这玩意儿，还是说他带枪只是求心安。不知道他擅不擅长用手枪。他参过军不假，但不等于他是手枪射击的高手。

我倒是很擅长用手枪。当然，跳弹除外。

“你看标牌，”他说，“生蚝一开一闭，真他妈下流。这家店好像空荡荡的。”

“今天星期一，再说时间也晚了。”

“在这附近不到上午十点不叫晚。你发现了吗？枪能有一吨重。我的裤子都快被拉到膝盖底下去了。”

“不如把枪留在车上吧？”

“开什么玩笑？‘大兵，这是你的枪。它能救你的命。’我没事，马特。我只是太紧张了。”

“好吧。”

他先走到门口，为我拉开门。这家店也就是个名字好听的苍蝇馆子而已，家具全都是丽光板和不锈钢的，我们左手边是一张长餐台，右手边是卡座，再往里是几张餐桌。店门口不远的卡座里坐着四个十五六岁的少年，正在用手抓盘子里的炸薯条吃。往里面一点，一个女人在读一本包着图书馆塑料封套的精装书，她头发花白，双手带着许多个戒指。

柜台里面的男人又高又胖，连一根头发都没有。我猜他的脑袋肯定刮成了光头。汗珠挂在他额头上，汗水浸透了衬衫。店里挺凉快，空调开到最大。餐台前有两名顾客，一个是弯腰驼背的男人，他穿着短袖衬衫，看着像个失意的会计；另一个是个呆头鹅似的年轻女人，她双腿粗壮，皮肤很差。女招待在餐台的尾巴上抽烟休息。

我们在餐台前坐下，点了咖啡。旁边的高脚凳上搁着一份下午版的《邮报》。斯基普拿起报纸翻看。

他点了支烟，每隔几秒钟就瞥一眼店门。我们各喝各的咖啡。他拿起菜单，扫了一眼菜名。“他们供应一百万种东西，”他说，“你随便说一个，多半就在上面。我为什么在看菜单？我又不想吃东西。”

他又点了支烟，把烟盒放在餐台上。我拿了支烟放在嘴里。他挑了挑眉毛，但没说话，只是为我点烟。我抽了两三口，然后摁灭烟头。

我肯定听见了电话铃响，但没多注意，直到女招待走过去接电话，又走回来问弯腰驼背的男人他是不是亚瑟·德沃。他像是被这个念头吓了一大跳。斯基普过去接电话，我跟着他。

他拿起听筒，听了一会儿，然后示意要纸笔。我掏出记事本，他说我写。

店堂前面一阵哄堂大笑。四个少年在互相扔炸薯条。大块头趴在丽光板柜台上对他们吼了句什么。我转开视线，集中精神记录斯基普说的内容。

第16章

斯基普说："十八大道奥文顿大道路口。知道地方吗？"

"应该吧。我知道奥文顿大道，那里穿过湾脊，但十八大道在湾脊西面。我猜那儿应该在本森赫斯特，华盛顿公墓南边一点点。"

"一个人怎么可能知道这些狗屁？你说十八大道？大道的编号一直排到了十八？"

"好像一直排到了二十八，但二十八大道只有两个街区长。从克洛普西大道到斯蒂外尔大道。"

"那又是哪儿？"

"科尼岛。离这儿不算太远。"

他挥挥手，让布鲁克林和它所有的陌生街道滚蛋。"你知道咱们要去哪儿，"他说，"咱们还可以问卡萨比安要地图。哦，妈的。那地方在不在他们手里的那一小块地图上？"

"多半不在。"

"妈的。你说我刚才为什么要撕地图呢？我的天。"

我们已经离开了餐厅。我们站在店门口，背对闪烁的霓虹灯。斯基普说：“马特，我没招儿了。他们为什么叫咱们来这儿，然后又打电话叫咱们去教堂？”

“这样他们就可以先观察一下我们了。顺便扰乱我们的联络线。”

“你认为有人正在观察咱们？我该怎么让约翰尼跟着咱们？他们是不是应该跟着咱们走？”

“他们似乎应该回家去。”

“为什么？”

“因为他们跟着咱们会被发现的，咱们去告诉他们发生了什么，他们也一样会被发现。”

“你认为咱们被监视了？”

“有可能。他们这么安排，这就是个好理由。”

“妈的，”他说，“我不能打发约翰尼回家去。既然我怀疑他，那么他多半也怀疑我，我不能……要么所有人挤一辆车？”

“分两辆会比较好。”

“你刚刚才说两辆车行不通。”

“咱们这么试试看。”我说，抓住他的胳膊，拉着他走。我们没有走向卡萨比安开的那辆车，而是径直坐进斯基普的英帕拉。他在我的指示下发动引擎，闪了几次车灯，然后开到路口右转，开了一个街区后靠边停下。

几分钟后，卡萨比安的车在我们旁边停下。

“你说得对。”斯基普对我说。他对其他人说：“你们比我想象中聪明。我们接了个电话，他们叫我们去寻宝，但宝贝在我们手上。

他们要我们去一家教堂，在十八大道和什么大道的路口。”

“奥文顿。”我说。

没人知道奥文顿大道在哪儿。“跟着我们开，”我说，“保持半个到一个街区的距离，看见我们停车，你们绕着街区开一圈，然后在我们背后停下。”

“万一我们跟丢了呢？”博比问。

“回家去。”

“什么？”

“跟着走就是了，”我说，“不会跟丢的。”

我们走科尼岛大道和国王大街，开上海湾公路后迷失了方向，过了几个街区我才找到感觉。我们穿过一条数字编号的街道，拐上十八大道，在奥文顿大道的路口找到了那家教堂。在湾脊区，奥文顿大道与湾脊大道平行，在它南边隔着一个街区。但来到汉密尔顿堡公路附近，尽管奥文顿大道依然与湾脊大道平行，但不知怎的变成了在北面隔着一个街区，代替了先前的68街。你再熟悉这片区域也没用，这种事情就是会逼得你发疯，而布鲁克林充满了类似的怪事。

教堂正对面有一块禁止停车的区域，斯基普开着雪佛兰停了进去。他关灯熄火。我们默默地坐在车里，等着卡萨比安的车开过来，超过我们，在前面的路口拐弯。

“他不会没看见我们吧？”斯基普怀疑道。我说他们肯定看见了，所以才会在路口拐弯。“大概吧。”他说。

我扭头看后车窗。过了几分钟，我看见了他们的车灯。他们在半个街区外找到一个停车位，车灯随即熄灭。

附近的建筑物以第二次世界大战前的大型框架式房屋为主，门前都有草坪和树木。斯基普说：“这儿都不像纽约了，懂我的意思吧？这儿像个什么普通地方，和全国的其他地方一样。”

“布鲁克林有很多这样的地方。”

“皇后区也是。当然不是我长大的地方，但到处都能见到。知道这儿让我想起什么吗？里士满希尔。知道里士满希尔吗？”

“恐怕不知道。”

“田径队去那儿参加过一次比赛，我们败得那叫一个落花流水。那儿的屋子和这儿的很像。”他把烟头扔出车窗，“咱们这就去办事吧，”他说，“如何？”

“我不喜欢这样。”我说。

“你不喜欢这样？从账本消失开始我就没喜欢过。”

“之前的餐馆是个公共场所，”我打开记事本，念我写下来的话，“教堂左侧应该有一段楼梯通往地下室。门应该开着。但我没看见任何灯光，你看见了吗？”

“没有。”

“看上去特别容易被打闷棍。斯基普，我认为你最好待在这儿。”

“你觉得你一个人去比较安全？”

我摇摇头。“我觉得咱们暂时分开就都比较安全。你拿着钱。我下去看看他们为咱们准备了什么样的欢迎仪式。要是我觉得双方可以安全交接，我就让他们亮三次灯。”

“什么灯？”

“反正是你能看见的灯。”我隔着他指给他看，“那些是地下室的窗户。里面肯定有灯，你肯定能看见。”

“所以你亮三次灯，我就带钱过去。要是你觉得不妥当呢？”

“我会说我必须去接你，等我出来，咱们就开车回曼哈顿。”

“那也得咱们能找到路。”他皱起眉头，“万一——算了。”

“万一什么？”

“我想说万一你不出来。”

“你迟早会找到路回家的。”

“好笑。你在干什么？”

我打开了车顶灯的盖子，正在拧灯泡。“万一他们在监视，”我说，“我不希望他们知道我开门下车。”

“这个人什么都想到了。还好你不是波兰人，否则我们就要在你按住灯泡的时候让十五个人转动车子了[①]。马特，要枪吗？”

“我看还是不用了。”

“‘赤手空拳，他孤身一人对抗一支军队。’你他妈就拿上吧。”

“给我。”

“灌一口提提神？”

我伸手去开手套箱。

下车后我猫着腰，让车挡在我和教堂地下室的窗户之间。我走了半个街区来到另一辆车旁边，向他们解释目前的情况。我让卡萨比安留在车上，看见斯基普进教堂就发动引擎。我让另外两个人步行绕过这个街区去教堂。要是对方走边门，翻围墙，或穿后院离开教堂，博比和比利也许能看见他们。我知道他们未必能做什么，但也许能有一

① 美国人嘲笑波兰人的笑话：三个人换灯泡，一个人登上高台插入灯泡，另外两个人旋转第一个人所站的高台。——编者注

个人记下车牌号码什么的。

我回到英帕拉上，告诉斯基普我做了什么。我把灯泡拧回去，这次我开车门时灯亮了，照亮了车内的情况。我关上车门，穿过街道。

枪插在我的裤腰上，枪托露在外面，我一伸手就能拔出来。我更愿意把枪放在大腿侧面的枪套里，但我没得选。枪妨碍我走路，来到教堂侧面的暗处后，我拔出枪，拿着枪向前走，但我同样不喜欢这样，于是又把枪插回原处。

那段楼梯很陡。台阶是水泥砌的，生锈的铁栏杆松松垮垮地插在砖墙里。有一两个铆钉显然已经不顶用了。我走下台阶，感觉自己消失在了黑暗中。最底下有一扇门。我摸索着找到门把手，犹豫片刻，竖起耳朵仔细听，想捕捉到里面的响动。

什么都没有。

我转动门把手，轻轻地向内推开一条缝，只够确定门没锁。然后我关上门，敲了敲。

毫无反应。

我又敲了敲。这次我听见里面有响动了，一个声音喊了句什么，我没听清。我再次转动门把手，推门进去。

我在一片漆黑的楼梯间里待了一会儿，这成了我的优势。微弱的光线从门前的窗户照进地下室，我的瞳孔已经放得足够大，因此能利用这点光线。我所在的房间足有五十英尺宽、三十英尺长，凌乱地摆着椅子和桌子。我随手关上门，走进一面墙边的暗处。

一个声音说："德沃？"

"斯卡德。"我说。

"德沃呢？"

“车里。”

“无所谓。”另一个声音说。我听不出哪一个是我在电话上听过的，但电话上的声音经过了伪装，而此刻的两个声音说不定同样经过了伪装。他们听着不像纽约人，但也不像其他任何特定地方的人。

前一个人说：“斯卡德，你带钱了吗？”

“钱在车里。”

“德沃身上？”

“德沃身上。”我证实道。

还是只有两个人说话。一个在房间最里面，另一个在他右手边。我能靠声音判断他们所在的位置，但黑暗包裹着他们，其中之一听上去像是隔着什么东西在说话，估计是翻倒的桌子之类的东西。要是他们走到我能看见他们的地方来，我就可以拔出枪逼他们就范了，有必要的话还可以开枪。但另一方面，更有可能的是他们已经用枪指着我了，还没等我从裤腰上拔出枪，他们就可以撂倒我。就算我先动手干掉他们两个，也许还有另外两个枪手躲在暗处，我还没意识到他们的存在，他们就已经把我打成了筛子。

还有，我并不想朝任何人开枪。我只想用钱交换账本，然后以最快速度离开。

“叫你的朋友拿钱过来。”一个声音说。我觉得他应该就是打电话的那个人，声音里掺上点柔和的南方口音就更像了。“除非他希望我们把账本送给税务局。”

“他不希望，”我说，“但他也不想走进一条黑胡同。”

“继续说。”

“首先，开灯。我们不想关着灯做生意。”

他们压低声音商量，然后有人走来走去。一个人拨动墙上的开关，天花板中央的日光灯亮了，两根灯管先后亮起。灯光有点闪烁，就是日光灯管快报废时的那种闪烁。

我使劲眨眼，借着闪烁的灯光尽量观察环境。刚开始我以为他们是嬉皮士或什么古怪的山中野人。然后我意识到他们化了妆。

他们有两个人，个子比我矮，体型瘦削。两人都戴着络腮胡和完全盖住额头的假发套，发套不但遮住了头发，甚至掩盖了头部的形状。压低的发际线和胡子的上沿之间，两人都用椭圆形的面具盖住了眼睛和上半截鼻子。开灯的那个人比较高，戴着铬黄色假发和黑色面具；另一个的半个身子躲在一张桌子和堆在桌上的几把椅子背后，他戴深棕色假发和白色面具。两人都贴着黑胡子，矮个子手里拿着枪。

有了灯光，我觉得我们三个人都感到很不安全，简直就像赤身裸体。我知道我有这种感觉，看他们紧张的姿态，他们也一样。拿枪的人没用枪指着我，但枪也没完全指着其他方向。黑暗保护了我们三个人，但现在我们赶走了它。

“问题在于咱们彼此害怕，”我对他说，“你们害怕我们会抢走账本，不给你们钱。我们害怕你们会抢走钱，什么都不给我们，然后再次用账本勒索我们，或者拿去卖给别人。”

高个子摇头道：“这是桩一锤子的买卖。”

“对双方都是。我们只付一次钱，到此为止。要是你们抄了账本，请处理掉。”

“没抄。”

“很好，”我说，“账本在这儿吗？”戴深色假发的矮个子把一个海军蓝的洗衣袋踢到房间中央。他的搭档拎起来给我看，然后放回地上。我说里面有可能是任何东西，包括脏衣服，他们应该给我看袋子里是什么。

“等我们见到钱，”高个子说，“账本随便你们看。”

“我不想验货。只要从袋子里拿出来就行，我立刻叫我的朋友送钱来。”

两人对视。拿枪的男人耸耸肩。他用枪指着我，另一个家伙解开洗衣袋的拉绳，取出一本活页装订的会计账册，很像我在斯基普桌上见过的假账本。

“很好，”我说，“开灯、关灯三次。”

“你给谁打信号？”

“海岸警卫队。”

两人交换眼神，站在灯开关旁边的男人把它拨上去扳下来三次。日光灯以不规则的节奏明灭闪烁。我们三个人尴尬地站在那儿，等待的时间过得格外漫长。不知道斯基普有没有看见信号，不知道他会不会在车里一个人待得太久，此刻忽然慌了手脚。

然后我听见他走下台阶，来到门口。我叫他进来。门开了，他走进地下室，左手拎着公文箱。

他先看我，随后看清了另外两个人的假胡子、假发套和假面具。

“我的天。”他说。

我说：“双方各出一个人交换东西，另一个人掩护。这样谁也不能抢谁的，账本和钱同时换手。”

站在灯开关旁的高个子说：“你听着像个老手。”

“我花了些时间思考。斯基普，我给你掩护。你拎着箱子过来，放在我旁边。很好。现在你和咱们的一个朋友搬张桌子放在房间中央，清理一下周围的家具。”

他们两个人对视一眼，不出所料，高个子把洗衣袋踢到搭档身旁，自己走了过来。他问我要他干什么，我请他和斯基普一起摆家具。

“真不知道工会会怎么说。”他说。络腮胡遮住了他的嘴，面具挡住他的眼圈，但我能感觉到他在笑。

他和斯基普在我的指挥下把一张桌子放在房间中央，几乎就在日光灯底下。桌子长八英尺、宽四英尺，将地下室分成敌我两块空间。

我单膝跪地，躲在一堆椅子背后。房间另一头，拿枪的男人也用类似的方法藏了起来。我请斯基普回来拿装钱的箱子，请黄假发高个子去拿账本。两人小心翼翼地拿着各自的筹码走到长桌的一头。斯基普先放下箱子，按下按钮，弹开搭扣。戴黄色假发的男人把账本从洗衣袋里掏出来，慢慢放在桌上，然后退开，双手悬在半空中。

我请双方各后退几步，然后交换场地。斯基普打开厚实的账册，确定那就是他要的东西。他的对手打开公文箱，取出一沓用纸条捆好的钞票。他用拇指过了一遍，放下这一沓，又拿起另一沓。

“账本没问题。”斯基普大声说。他合上沉重的册子，放进洗衣袋，拿起来，准备走向我。

拿枪的男人说：“等一等。”

“等什么？”

“待着别动，让他数钱。”

“我站在这儿等他数完五万块？不开玩笑？”

“快点数，”拿枪的男人对搭档说，“确定都是钱。我们可不想拎着一包裁整齐的报纸回家。”

“我真会那么做，”斯基普说，“我真会拎着一箱大富翁玩具钱走进来，让你用枪指着我。拜托，别拿那东西指着我，害得我很紧张。”

没人回答他。斯基普留在原地，用脚掌保持平衡。我后背抽筋，跪在地上的那一侧膝盖开始叫苦。时间似乎停顿了，黄假发翻看一沓又一沓钞票，确定没有一沓是碎报纸或一块钱。他应该已经使出了浑身解数，但似乎过了很久才终于满意，他合上箱子，扣好搭扣。

“好了，”我说，“现在你们二位——”

斯基普说：“等一等。我们拿到了洗衣袋，他们拿到了公文箱，对吧？”

“所以？”

“所以似乎不太公平。那个箱子值百来块，用了还不到两年，一个洗衣袋能值多少？顶多两块，对吧？”

“德沃，你到底想说什么？”

“你们可以再加点添头，”他说，声音变得阴冷，“你们可以说说是谁摆了我一道。”

两人恶狠狠地瞪他。

“我不认识你们，”他说，“你们两个我一个都不认识。你们拿了我的钱，没问题，也许你们的小妹需要动手术。我是说，每个人都要讨生活，对吧？”

没人回答。

“但有人摆了我一道，我认识的一个人，一个了解我的人。告诉我是谁。就这么简单。”

一阵漫长的沉默。然后戴深棕色假发的男人说：“想也别想。”

语气淡然，不容争辩。斯基普的肩膀听天由命地沉了下去。

“总得试试看。”他说。

他和黄假发从桌子前后退，一个拎着公文箱，一个拿着洗衣袋。我发号施令，让斯基普从他进来的那扇门走，毫不意外地看见对方钻进房间最里面一道挂着帘子的拱门里。斯基普打开门，正要出去，深棕色假发忽然说：“等一等。”

他的长管手枪转过来对着斯基普，有一瞬间我以为他要开枪了。我用双手握着点四五，抬起枪口瞄准他。然后他的枪转到另一侧，他举起枪，说：“我们先走。你们在这儿待十分钟。听明白了？”

“好。”我说。

他对着天花板连开两枪。头顶上的日光灯管爆炸了，房间陷入黑暗。枪声很响，灯管爆炸的声音更响，但不知为何，巨响和黑暗都没有让我感到惊慌。我看着他钻进拱门，他是黑影中的其中一道，点四五继续瞄准着他，我的手指扣在扳机上。

我们没有乖乖地等满十分钟，而是以最快速度离开，斯基普提着洗衣袋里的账本，我的一只手依然紧攥着枪。我们正要过街跑向雪佛兰，卡萨比安就已经踩下油门，呼啸着开了过来，他在我们身旁停下，刹车发出凄厉的嘎吱声。我们跳上后座，叫他绕过这个街区，我们还没说完，车就已经开动了。

我们左拐再左拐。开上十七大道，看见博比・罗斯兰德一只手扶着一棵树，喘得上气不接下气。街对面，比利・基根慢吞吞地朝我们走了几步，然后停下，拢着手划火柴点烟。

博比说：“唉，我的天，我已经废了。他们从那条车道跑出来，肯定是他们，他们拎着装钱的箱子。我和他们隔着四幢屋子，我看见他们，但不想立刻跑过来拦他们，明白吗？我觉得他们有一个人拿着枪。”

“你没听见枪声？”

他没听见，另外两个人也没听见。我并不吃惊。深色假发用的是小口径手枪，枪声在封闭空间里很响，但传不了多远。

“他们跳上这辆车，”博比说，指着那辆车原先停的位置，“他们开得太快了，轮胎留下一道印子。他们一上车我就跑了过来，心想应该能看见车牌号，但我没追上，灯光又很烂，所以——”他耸耸肩，“没看见。”他说。

斯基普说：“至少你试过了。”

“我真的已经废了，”博比说，拍了拍腹部，“腿软，呼吸跟不上，眼神也不行。我没法满场跑来跑去，给真正的篮球比赛当裁判。我他妈要死了。”

“你可以吹哨子嘛。”斯基普说。

“妈的，要是我带了，说不定真会吹。他们难道会乖乖地停车投降？”

“他们多半会朝你开枪，”我说，“别管车牌号了。”

“至少我试过了，”他望向比利，“基根在那儿，离他们更近，他连动都没动。像公牛费迪南似的坐在树下闻鲜花。”

“闻狗屎，”基根说，“只能身边有什么就用什么。”

“你不是有你的迷你酒瓶吗？”

“那是用来吊命的。”基根说。

我问博比有没有看清车的型号。他抿紧嘴唇，吐了一口气，摇摇头。“深色轿车，款式比较新，”他说，“不过如今的车子看上去都一个样。”

“这倒是真的。”卡萨比安说，斯基普表示同意。我正要提下一个问题，这时比利·基根说那是一辆水星侯爵轿车，三四年前的款式，黑色或海军蓝。

我们全都停下来看他。他存心装得面无表情，从胸前的口袋掏出一张纸，慢吞吞地展开。“LJK-914，”他读道，“听过吗？”我们全都继续盯着他，他说：“那是车牌号。纽约的号码。早些时候我无聊得要死，就抄下了所有车辆的型号和车牌。比起像条小猎狗似的追车子，这么做似乎比较简单。”

“浑蛋比利·基根。”斯基普敬佩地说，走过去拥抱他。

“所以各位先生，不要忙着评判一个喜欢喝口小酒的男人。”基根说。他从口袋里掏出一个微型酒瓶，连同瓶封拧开盖子，一仰脖喝掉了那一口威士忌。

“吊命而已，”他说，“没别的。”

第17章

博比怎么也翻不过这一篇了。比利的机敏似乎伤害了他的感情。“你为什么不说一声呢？”他问，“我可以和你一起抄车牌的，咱们可以记下更多的号码。”

基根耸耸肩。“我觉得我一个人知道就行了，”他说，“因为他们也许会跑过所有车辆，到杰罗姆大道跳上公共汽车，那样我岂不是会很没面子。”

“杰罗姆大道在布朗克斯。”有人说。比利说他知道杰罗姆大道在哪儿，他有个叔叔以前就住在杰罗姆大道上。我问那两个家伙从车道跑出来的时候有没有摘掉伪装。

“我说不准，”博比说，“他们应该是什么样子？他们戴着小小的面具。”他用双手的大拇指和食指做成两个圆圈，压在眼睛上模仿面具。

“他们有胡子吗？”

“他们当然有胡子了。否则呢？半路停下来刮脸吗？”

“胡子是假的。”斯基普说。

“哦。”

“他们戴着假发吗？一个深色，一个浅色？”

“好像是。我不知道那是假发。我——亚瑟，那地方没什么灯光。这儿和那儿有两盏路灯，但他们从车道冲出来，跑向他们的车，他们可没停下来召开记者发布会，摆个姿势拍照片。”

我说：“咱们还是先离开这儿吧。”

“为什么？我喜欢在布鲁克林正中间站一站，让我想起小时候待在路口晃膀子。你觉得会有警察来？”

“对，开过枪。没必要引人注意。”

“有道理。”

我们走向卡萨比安的车，上车后再次绕过这个街区。我们吃了个红灯，我告诉卡萨比安怎么回曼哈顿。我们拿到账本，我们付出赎金，我们全都活着，可以把这个故事讲给别人听——或者不讲。除此以外，我们还能为了醉鬼基根的足智多谋去干一杯。凡此种种，我们的心情由阴转晴，这会儿我能清楚地指出回城的路线了，而卡萨比安也能听进去了。

来到教堂附近，我们看见五六个人聚在教堂前，穿着内裤的人，青少年，站在那儿东张西望，像是在等人。我听见巡逻车的警笛声远远地传来。

我想叫卡萨比安直接开车回家，我们明天再来取斯基普的车。但斯基普的车停在消防龙头旁，警察来了会觉得它很碍眼。卡萨比安停车——他也许还没把人群和警笛声联系起来——斯基普和我下车。街对面有个秃头啤酒肚的男人上下打量我们。

我大声问他发生什么了。他问我是不是从分局来的。我摇摇头。

“有人闯进教堂，”他说，“多半是熊孩子。我们堵住了出入口，警察快到了。”

“熊孩子。”我语气沉重，他放声大笑。

“我觉得这会儿我比刚才在教堂地下室里还紧张，”斯基普说，我们已经开出去了几个街区，“我扛着一个洗衣袋站在那儿，像是刚搞完入室抢劫，而你腰上插着一把点四五。要是他们看见枪，我猜咱们的乐子就大了。”

“我都忘了我还带着枪。”

“而且咱们刚从一群醉鬼的车上下来。又是一个有利因素。”

“喝醉的只有基根一个。”

“而最聪明的却是他。想不通，对吧？说到喝酒——”

我从手套箱里取出那瓶苏格兰威士忌，拧开瓶盖递给他。他喝了一大口，把酒瓶还给我。我和他你一口我一口，直到喝完那瓶酒，最后斯基普说：“去他妈的布鲁克林。”他把空酒瓶扔出车窗。我不太喜欢他这么做——我们呼吸里有酒味，我们带着一把没登记过的枪，而且很难解释我们半夜三更在这儿干什么——但我没开口。

“他们相当职业，”斯基普说，“他们的伪装，所有的一切，都相当专业。他为什么开枪打灯？”

“拖慢咱们的速度。”

“有一瞬间我以为他要朝我开枪了。马特？”

“怎么？”

“你为什么没朝他开枪？”

“他瞄准你的时候？要是我感觉到他想开枪，我应该会的。我用枪指着他呢。但按照当时的局势，要是我先朝他开枪，他就会朝你开枪。”

“我说的是然后，他打灭灯之后。你的枪还是指着他的。他跑出去的时候你在瞄准他。”

我想了一会儿才回答。我说：“你决定付赎金，免得账本落在税务局手上。要是你卷入本森赫斯特一家教堂里的枪击案，你觉得会发生什么？”

“我的天，我脑子坏了。”

“另外，朝他开枪也拿不回你的钱。另一个人已经拿着钱从后门跑了。”

“我知道了。我的脑子真的坏了。但问题在于，我很可能会朝他开枪。不是因为应该这么做，而是那一刻我热血上头。”

“这个嘛，”我说，“你永远不会知道自己热血上头了会怎么做。”

下一个吃红灯的路口，我掏出记事本开始勾画。斯基普问我在画什么。

“耳朵。”我说。

“什么意思？”

“上警校的时候，有个教官告诉我们，每个人耳朵的形状各不相同，化妆和做整容手术的时候很少会考虑到它。那两个人脸上没什么可看的。我想在我忘干净前把他们的耳朵画出来。”

“你记得他们的耳朵长什么样？”

"嗯，我特地记了一下。"

"能有什么用处呢？"他抽了口烟，"我都不敢确定他们有没有耳朵。没被假发遮住吗？应该没有，否则你就不会在那儿画了。但你没法在档案里查他们的耳朵吧？还是可以？就像指纹？"

"我只是想找个办法辨认他们，"我说，"我觉得我记住了他们的声音，前提是他们今晚用的是本来的声音，我认为应该是的。至于身高，一个五英尺九或十英寸，另一个稍微矮一点，但也可能只是看上去比较矮，因为他站得比较靠后。"我摇摇头，看着记事本，"我不确定哪双耳朵属于哪个人了。我刚才应该立刻就画的。这种记忆消失得非常快。"

"你觉得很重要吗，马特？"

"他们的耳朵长什么样子？"我想了想，"多半不重要，"我承认道，"但另一方面，你在调查中做的至少九成事情都不会有任何用处。甚至九成五——你找人谈话，花时间查证事实。但只要你下了足够多的工夫，就总会有一条路能走通的。"

"你怀念吗？"

"怀念什么？当警察？偶尔吧。"

"我看得出你为什么会怀念这种生活，"他说，"总而言之，我说的不只是耳朵。我是说，现在想这些还有意义吗？他们搞了我们一把，拿着钱逃之夭夭了。你觉得车牌号能查出什么来吗？"

"不。我认为他们够精明，会偷一辆车来用。"

"我也这么觉得。刚才我不想说的，因为我想有个好心情，另外我不想抹黑比利的壮举，但他们费了那么大力气，又是化妆，又是差遣我们跑来跑去，最后才来到交易地点，我不认为区区一个车牌号就能绊住他们。”

“有时候也会发生。”

“大概吧。也许他们偷车来用对我们反而好。”

“这话怎么说？”

“也许他们会因为偷车被抓，某个眼尖的巡警凑巧记住了赃车表。他们是不是这么说的？”

“赃车单。但车被盗后要过一阵才能登记上去。”

“也许他们事先就策划好了。一周前偷了车，花点时间维修调整。否则还能控告他们什么罪名？破坏教堂？”

“噢，天哪！”我说。

“怎么了？”

“那所教堂。”

“教堂怎么了？”

“斯基普，停车。”

“嗯？”

“别问了，快停车。”

“你说真的？”他看看我，“你说真的。”他说，靠边停车。

我闭上眼睛，努力回忆各种细节。“那所教堂，”我说，“那是一所什么教堂，你注意到了吗？”

“教堂对我来说都是一个样。这座教堂——我说不准——红砖，石板？有他妈什么区别？”

“我说的是，它是新教还是天主教还是什么？”

“我怎么可能知道？”

“门口有牌子的。黑底白字，用玻璃罩着，告诉你什么时候举行什么仪式和布道的内容。”

“永远是同一套东西。搞清楚你都喜欢做哪些事情，然后禁止你去做。”

我闭上眼睛就能看见那个该死的东西，但就是看不清上面的文字。“你没留意？”

“那会儿我一肚子心事，马特。到底有他妈什么区别呢？”

“是天主教吗？”

“我不知道。关心这个干吗？马特，你这是要歇一会儿吗？”我闭着眼睛，正在和记忆搏斗，因此没有回答他，“街对面有一家酒铺子，尽管我不愿意把钱花在布鲁克林，但觉得自己还是想去一趟。没问题吧？”

“去吧。”

“你可以假装那是弥撒用的圣酒。”他说。

他拿着用棕色纸袋装的一品脱教师威士忌回来。他破开瓶封，拧开盖子，没从纸袋里拿出酒瓶，对着瓶口直接喝了一口。我接过来想了一会儿，然后也喝了一口。

“现在可以走了。”我说。

“去哪儿？”

“家。回曼哈顿。”

“不需要回去做个九日连祷什么的？”

“教堂是路德教的。”

“所以咱们就可以回曼哈顿了？”

“对。”

他发动引擎，从路边起步。他伸出手，我把酒瓶给他，他喝了一口，然后还给我。

他说："不是我想刨根问底，斯卡德侦探，但——"

"但刚才到底是怎么一回事？"

"对。"

"说起来有点傻的，"我说，"是蒂拉里几天前告诉我的一件事。我都不确定是不是真的，但应该就发生在本森赫斯特的一所教堂里。"

"一所天主教教堂。"

"应该是。"我说，我把汤米讲的故事说给他听，两个小子偷了一所教堂，一个黑帮头头的母亲刚好会去这所教堂，结果那两个小子倒了大霉。

斯基普说："真的？是真事吗？"

"我不知道。汤米也不知道。传来传去的故事。"

"挂在肉钩上，被——"

"似乎挺符合图托的。他外号叫屠夫多米，他做的好像就是肉类批发业。"

"我的天。假如那是他的教堂——"

"他老妈的教堂。"

"随便了。你会被挂在酒瓶上，直到玻璃熔化？"

"抱歉。"

"假如那是他的教堂，或者他老妈的，或者随便谁的——"

"我可不希望他知道今晚开枪的时候咱们在哪儿。这和入室盗窃当然不是一码事，但他依然有可能会当作是个人恩怨。谁知道他会做出什么反应？”

“我的天。”

“但那肯定是一所新教教堂，而他母亲去的应该是天主教教堂。就算是天主教的，本森赫斯特也至少有四五所天主教教堂，甚至更多，我说不准。”

“有空了咱们去数一数。”他抽了口烟，使劲咳嗽，把烟头扔出车窗，“一个人为什么会做出那种事？”

“你是说——”

“我是说把两个小子吊起来收拾一顿，我说的就是这个。一个人为什么要这么做，就因为那两个小子从教堂偷了些什么玩意儿？”

“谁知道呢，”我说，“但我知道图托动手的时候在想什么。”

“想什么？”

“给他们一个教训呗。”

他想了想。“唉，肯定有用，”他说，“那两个小杂种再也不会去抢教堂了。”

第18章

我们回到家的时候，那瓶教师威士忌已经喝完了。我没喝多少。斯基普过一会儿就喝一口，直到最后把空瓶扔在后座上。我猜他只会在河那头乱扔垃圾。

聊完屠夫多米后，我们没怎么交谈。酒精对他产生了作用，他的车开得有点晃。他闯了两个红灯，有一次拐弯时过于疯狂，但我们没撞上任何东西或任何人。我们也没被交警拦下来。那年头在纽约市，你不轧死个把人就不会被判交通违章。

我们在凯蒂小姐门口停下，他向前一趴，胳膊肘放在方向盘上。“唉，酒吧还开着，”他说，“我找了个人看店，他偷的多半都能赶上本森赫斯特那俩小子了。进来坐坐，我想把账本收好。”

来到他的办公室，我说最好把账本锁进保险箱，他瞪了我一眼，开始转密码锁。“就放一晚上，”他说，“明天这鬼东西就分开进几个焚烧炉了。再也不记什么暗账了，那就等于敞开胸口等人来捅你。”

他把账本放进保险箱，正要关上沉重的柜门，我伸出手按住他的胳膊。“这东西也该放进去。”我说，把点四五还给他。

“算了吧，”他说，“这东西不放保险箱。你难道能对劫匪说‘请稍等我一分钟，我去开保险箱拿枪，然后再轰掉你的脑袋’？枪就放在吧台里面。”他接过枪，然后四下里看看，想找个东西盖住枪，好拿出去。桌上有个装过外卖咖啡和三明治的白纸袋，斯基普把枪放了进去。

“好了。”他说。他关上保险箱，转动号码盘，拉了拉把手，确定已经锁好了。“完美，”他说，“来，我请你喝一杯。”

我们回到店堂里，他钻到吧台里面，倒了两杯我们在车上喝的那种苏格兰威士忌。“你是不是想喝波本？”他说，“我忘了，买那瓶酒的时候也没想起来。”

“没关系。”

“你确定？”他走到一旁，把枪塞进吧台里的某个角落。他请来帮忙的酒保跟他过来，想和他谈点什么，两人走到角落里聊了几分钟。斯基普回来，喝完他那杯酒，说他去把车开回存车库，免得被警察拖走，几分钟就回来。要是我想一起去转一圈也行。

“你去吧，”我对他说，“我自己回家好了。”

“今晚想早点休息？”

“这主意不坏。”

“是啊。好吧，要是我回来时你已经走了，那就明天再见吧。”

我没有立刻回家。我先去逛了几家酒吧，但没去阿姆斯特朗。我不想和人聊天，我也不想喝醉。我不确定自己到底想要什么。

走出波莉笼子，我看见一辆车在57街上向西开，它很像汤米的那辆别克。我没看清楚驾驶座上的人。我跟着那辆车走，看见它在下一个街区中间找了个空位停车。司机下车锁门的时候，我离他比较近了，认出确实就是汤米。他穿夹克衫，打领带，抱着两包东西。一个扇形的大概是花束。

我看着他走进卡罗琳住的公寓楼。

出于某些原因，我走过去，站在它街对面的人行道上。我找到她家的窗户，或者我觉得应该是她家的窗户。灯亮着。我站了一会儿，直到灯光熄灭。

我找了个投币电话打给查号台。接线员说我给她的地址确实有个卡罗琳·齐特汉姆，但号码不公开。我挂掉再打，这次换了个接线员，按照警察获取不公开号码的流程问她，我要到了号码，写在记事本上，同一页上还有我浪费时间画的耳朵。我觉得这两双耳朵没什么特征，混在人群里根本认不出来。

我投了一毛钱，拨这个号码。铃响了四五次，她拿起听筒说你好。我不知道自己到底想听见什么。我一言不发，她又说了一遍你好，然后挂断电话。

我的背阔肌和肩膀绷紧了。我想找个下等酒吧去打架。我想揍人。

愤怒因何而来？我想上楼，把他从她身上拽起来，一拳打在他脸上，但他倒是干了什么呢？几天前我对他生气，因为他对她不管不顾。现在我怒火万丈，因为他没有对她不管不顾。

是嫉妒吗？但为什么？我对她不感兴趣。

疯了。

我回去继续看她家的窗口。灯依然黑着。一辆救护车从罗斯福医院出来，沿着第九大道疾驰，警笛呜呜叫。一辆轿车在路口等绿灯，收音机里的摇滚乐开得震天响。轿车开走了，救护车的警笛声在远处渐渐消失，有一瞬间这座城市陷入死寂。寂静随即同样离我而去，从不彻底消失的各种背景杂音重新钻进我的耳朵。

基根为我播放的那首歌跃入脑海。不是整首歌。我唱不对旋律，歌词也只记得几小段，什么一夜的诗歌与姿态。行吧，叫这个名字也不错。还有知道你终会孤独，待到神圣的酒馆打烊之后。

回家路上我买了些啤酒。

第19章

第六分局在格林尼治村的西10街上，布利克街和哈得孙街之间。多年前我在那儿当差的时候，分局还在西面的查尔斯街上，是一座华美的建筑物。那幢楼后来改建成了合作公寓，命名为警官大厦。

分局的新楼是一座丑陋的现代风建筑物，绝对不会有人把它改建成公寓。星期二快到中午的时候，我来到分局，经过前台，径直走向艾迪·科勒的办公室。我不需要问路，我知道地方。

他从正在读的报告上抬起头，看见我后吃了一惊。“那扇门的问题，”他说，“就是任何人都能随便进来。”

“艾迪，你气色不错。”

“嗯，你明白的。我活得干干净净嘛。坐吧，马特。”

我坐下，我们聊了几句。艾迪和我是老交情了。寒暄过后，他说：“你只是凑巧逛到附近的，对吧？”

“我只是忽然想到你，觉得你需要一顶新帽子了。”

“这个天气？”

“巴拿马草帽也是帽子。很舒服的，能挡太阳。”

“还不如遮阳帽呢。但是在这附近，”他说，“有些姑娘会拿它开低级玩笑。”

我掏出记事本。“有个车牌号，”我说，“也许你能帮我查一查。”

“你是说打给车管所吗？”

“先查一查赃车单。”

“怎么了，肇事逃逸？你的客户想知道是谁撞了他，直接私了，而不是提起诉讼？”

“你的想象力真是丰富。”

“你有个车牌号，要我先查赃车单，你说我该怎么想？妈的，号码报给我。”

我念给他听。他记下来，从办公桌前起身。“等我一下。”他说。

他出去后，我看着我画的耳朵。耳朵看上去确实各不相同，但你必须受过训练才能注意到这种细节。

他没离开多久。他走回来，一屁股坐进旋转椅。“不在清单上。”他说。

“能找车管所查一下登记信息吗？”

“能，但没必要。赃车没那么快登上清单。所以我打了个电话，车确实丢了没错，下次更新清单就会登上去了。昨天夜里报警的，下午晚些时候或晚上早些时候被偷的。”

“我猜也是。”我说。

“73款水星，对吧？轿车，深蓝色？”

“没错。”

“你想知道的就是这个？”

“在哪儿被偷的？”

“布鲁克林某处。海洋大道，门牌号码很大，所以肯定相当远。”

“说得通。”

“是吗？”他说，“哪儿通了？”

我摇摇头。“没什么，”我说，“我以为这辆车也许很重要，但既然是赃车，那就是条死胡同了。”我掏出钱包，取出二十五块，警察黑话里的帽子一向是这个价。我把钱放在桌上。他用手盖住，但没拿起来。

“现在我有个问题了。”他说。

“嗯？”

“为什么？”

“私人事务，”我说，“我为某个人办事，我不能——”

他已经开始摇头。“你打个电话一分钱都不用花就能知道，为什么要花二十五块？老天在上，马特，你戴警徽那么多年，难道会不知道怎么找车管所拉清单？你打个电话，报个名字，你很清楚那一套的，对吧？”

“我以为那是辆赃车。”

“要是你想先查赃车，直接打到局里就行。你是警察，正在监视嫌犯，想怎么说都随便你，‘我看见一辆车，觉得有可能是赃车，能不能帮我查一下？’能省下你跑一趟的麻烦，更能省下买一顶帽子的钱。”

“那是冒充警务人员哎。”我说。

“咦，是吗？”他拍了拍钱，“严格来说，”他说，“这是贿赂警务人员。你倒是选了个好地方划界线。”

这段话聊得我很不安。不到十二小时之前我还冒充过警务人员，从查号台问到了卡罗琳·齐特汉姆不公开的号码。我说：“艾迪，也许我就是想你了。可以了吧？”

“也许吧。也许你的大脑开始生锈了。”

“有这个可能。”

“也许你该戒酒，重新加入正常人类的行列。有可能吗？”

我起身。“艾迪，很高兴见到你。”他还有话要说，但我没必要坐着听。

附近有一家圣维罗妮卡教堂，是一座高耸的红砖建筑物，在克里斯托弗街上，离河边不远。一个流浪汉瘫在台阶上，手里还攥着一个午夜列车的空酒瓶。一个念头跳进我的脑海，是艾迪赶在我来之前打电话安排他躺在那儿的，想用这个无情的例子向我说明我的命运。我不知道该大笑还是该发抖。

我爬上台阶，走进大门。恢宏的教堂里空荡荡的。我找了个座位坐下，闭上眼睛歇了一分钟。我想到我的两名委托人，汤米和斯基普，想到我为两个人办的事情都不算成功。汤米不需要我的帮助，也没得到我的帮助。至于斯基普，也许我帮他顺利完成了交易，但我也犯了错误。老天在上，我应该让比利和博比去抄车牌的，我不该让比利自己去想到这个主意的。

我很庆幸那辆车确实是偷来的。这样基根的线索就会掉进死胡同，我缺乏先见之明就显得没那么重要了。

愚蠢。不过至少我让他们守在那儿了，对吧？要是他们和卡萨比安一起待在街区的另一头，他们连那辆车都不可能看见，更别说车牌号了。

我走过去，往捐款箱里塞了一块钱，点了支蜡烛。一个女人跪在我左边几码外。她站起来，我发觉她是个变性人。她站直了比我还高两英寸。她的五官混合了拉丁裔和东方人的韵味，她的肩膀和上臂肌肉发达，胸部足有甜瓜那么大，撑满了圆点图案的吊带裙。

“呃，你好。”她说。

“你好。”

“你是来向圣维罗妮卡献蜡烛的吗？你了解她吗？”

“不了解。”

“我也一样。但我愿意当她是——”她撩开一缕落在额头上的头发，“——圣维罗妮卡·雷克[①]。”

从N号线列车的车站出来，几个街区外就是奥文顿大道和第十八大道路口的教堂。一个有点散漫的女人告诉我怎么去牧师的办公室，她穿军用衬衫和溅着油漆点的牛仔裤。办公桌前没人，房间里只有一个矮胖的年轻人，他有一张坦诚的脸，面颊上满是雀斑。他一只脚踩在一把椅子的扶手上，正在为一把吉他调音。

我问牧师在哪儿。

“我就是，”他说，直起腰，“有什么事吗？”

我说我知道昨晚有人在地下室搞了些小小的破坏，他对我咧嘴笑笑。“只是搞破坏？似乎有人开枪打坏了灯具，谈不上有什么损失。你想看看事情发生的地方？”

---

① 美国著名女电影演员，活跃于20世纪40年代。

我们没走我昨天走的那段楼梯，而是从室内的楼梯下去，穿过一条走廊，然后通过有门帘的拱门进入地下室，我们戴假发套和假胡子的朋友就是从这条路溜走的。地下室已经清理过了，椅子摞在一起，折叠桌收拢起来。阳光穿过窗户照进室内。

“灯就在那儿，”他指给我看，“地上有碎玻璃，但已经扫掉了。你应该看过警方的现场报告。”

我没回答他，只是扫视四周。

“你是警察，对吧？”

他不是在试探我，只是想求个安心。然而某些因素阻止了我。也许是我和艾迪·科勒谈话的尾巴。

“不，”我说，“我不是。”

“嗯？那你是为了——”

“昨晚我就在这儿。”

他看着我，等我说下去。我觉得他是个非常有耐心的年轻人。你能感觉到他想听你说出心中的话，在你觉得合适的时候。这种性格对神职人员来说大概很有用。

我说：“我以前是警察，现在是私家侦探。”严格地说，这并不准确，但离真相也不远了。“昨晚我在这儿，代表一名委托人，用金钱赎回委托人被扣的物品。”

“我明白了。”

“另一方，也就是偷走委托人物品的罪犯，选择这个地点完成交易。开枪的是他们。”

“我明白了，”他重复道，“有人……中枪吗？警察找过血迹。我知道不是所有伤口都会流血。”

“没人中枪。他们只开了两枪，都是对着天花板开的。”

他叹了口气：“那就好。那，您是——”

“斯卡德。马修·斯卡德。”

“我是纳尔逊·福尔曼。咱们刚才好像忘了自我介绍。”他抬起手摸了摸满是雀斑的额头，“我猜警察对这些一无所知。”

“对，他们不知道。”

“而你更希望他们不知道。”

“要是他们不知道，事情当然会简单得多。”

他想了想，点点头。“我看我也不会有机会和他们交流，”他说，“我猜他们不会再来一趟了，你说呢？这不是什么重大案件。”

“有人也许会跟进。但要是就此全无消息，你也别太吃惊。”

“他们会提交一份报告，”他说，“然后就结束了。”他又叹了口气，“好了，斯卡德先生，你冒着我可能去向警察报告的风险来找我，肯定是有什么理由的。你到底想知道什么？”

“我想知道他们是谁。”

“那些坏蛋？”他大笑，“抱歉，我不知道还能怎么称呼他们。假如我是警察，大概会叫他们嫌疑犯。”

“你可以叫他们罪人。”

“啊哈，但咱们谁不是罪人呢？”他对我微笑，“你不知道他们的身份？”

“不知道。他们乔装打扮，戴假发套和假胡子，所以我甚至不知道他们的长相。”

“我不知道我能怎么帮你。你不会认为他们和教堂有关系吧？”

“我几乎可以肯定没关系。但他们选了这个地方，福尔曼大人，而——”

“叫我纳尔逊。”

“——说明他们很熟悉教堂，尤其是这个房间。警察发现了强行闯入的迹象吗？”

“应该没有。”

“介意我看一眼那扇门吗？”我查看通往外部楼梯的门锁。就算它被动过手脚，我也没找到证据。我问他还有没有其他门能出去，他带我走了一圈，我们查看门锁，但没有一扇门有非法入侵的痕迹。

“警察说至少有一扇门忘了锁。”他说。

“假如仅仅是毁坏公物或蓄意破坏，那么这个猜测也符合逻辑。几个小子发现有人忘了锁门，于是进来瞎闹。但这个案子有预谋有计划。我不认为咱们的罪人会把希望寄托在有人忘记锁门上，还是说锁门在这儿是可做可不做的事情？”

他摇摇头。“不，我们一直会锁门的。必须如此，哪怕在这么一个体面的社区。昨晚警察来的时候有两扇门开着，这一扇和后门那扇。我们不可能同时忘记锁这两扇门。”

“假如有一扇忘了锁，没有钥匙也能在里面打开另一扇。”

“嗯，当然了。但——”

“应该有好几套钥匙在流转吧，大人。肯定有许多社会团体在使用教堂的场地。”

“那是当然，”他说，“我们觉得，在我们不需要这块场地的时候，让别人来充分利用也是我们的一个使命。另外，场租在我们的收入里占了相当大的比例。”

“因此地下室在夜间经常有人使用。”

“嗯，当然了。我想一想，每周四晚上是匿名戒酒会，星期二是酒精中毒者自助会，说起来也就是今天。星期五，星期五是谁来着？我在这儿任职的这几年里，这儿的使用率很高。我们有个小剧团要做排练，还有童子军的每月大会，所有成员齐聚一堂，还有——呃，所以你看，确实有很多团体能够进入教堂。”

“但星期一晚上没有活动。”

“对。以前每周一晚上有个女性意识觉醒团体在这儿碰头，三个月之前停了，她们好像换到某个人家里开会了。”他歪了歪头，“你的意思是说，呃，罪人有可能知道这地方昨晚没人。”

“我正在这么想。”

“但他们也可以打电话询问。任何人都能打个电话，假装对借用地下室感兴趣，询问什么时候空闲。”

“你们接到过类似的电话吗？”

“哦，经常接到，”他说，“多到我们都懒得记的地步了。”

“你为什么总往这儿跑？”这个女人想知道，“到处打听米老鼠。”

“谁？”

她哈哈一笑。“米盖里托·科鲁兹。知道吗，米盖里托就是西班牙语里的小迈克尔？小米奇。所以大家叫他米老鼠。至少我这么叫他。”

我们在第四大道的一家波多黎各酒吧里，酒吧夹在一家草药店和一家礼服出租店之间。走访过本森赫斯特的路德教堂后，我搭N号线回曼哈顿，本来想一直坐回家，但车开到日落公园的53街车站，我不由自主地站了起来，就在那儿下了车。今天我无事可做，斯基普的案子没什么符合逻辑的路可走，我觉得还不如浪费点儿时间，让汤米·蒂拉里的那笔钱花得值得呢。

再说也到吃午饭的时候了，来一盘炖黑豆配米饭听起来似乎挺不赖。

它的味道也很不赖。我就着一瓶冰啤酒吃完，然后点了果酱馅饼当甜点，又喝了两杯浓缩咖啡。意大利人给你用的杯子还没顶针大，但波多黎各人会给你倒满满一大杯。

然后我开始一家一家逛酒吧，只喝啤酒，而且喝得很慢，于是就遇到了这个想知道我为什么对米老鼠感兴趣的女人。她三十五岁左右，黑头发，黑眼睛，冷峻的面容刚好配得上她冷峻的嗓音。她的嗓音久经香烟烈酒和滚烫食物的磨砺，硬得能够切开玻璃。

她的眼睛很大，眼神柔和；从露在外面的部分来看，身体应该和眼神一样柔软。她从头到脚有很多明艳的色彩。她扎着亮粉色的头巾，穿一件电光蓝的罩衫，明黄色的裤子紧裹臀部，高跟鞋是荧光橙色的。罩衫松开了顶上的纽扣，我能看见她丰满胸部的隆起弧线。她的皮肤是古铜色的，但透着血色，像是在从内部发光。

我说："你认识米老鼠？"

"当然认识。每天都在动画片里看见他。一只特别好玩儿的老鼠。"

"我说的是米盖里托·科鲁兹。你认识那个米老鼠吗？"

"你是条子？"

"不是。"

"你看着像，动作像，提问就更像了。"

“我以前是。”

“偷东西被开除了？”她大笑，露出两颗金牙，“还是受贿？”

我摇摇头。“子弹打中了孩子。”我说。

她笑得更响了。“不可能，”她说，“不可能因为这个开除你。他们会提拔你，让你当警长。”

她说话没有海岛口音，她根本就是个布鲁克林姑娘。我又问她认不认识科鲁兹。

“怎么了？”

“算了。”

“嗯？”

“算了。”我说，转过去用半个肩膀背对她，继续喝我的啤酒。我猜她不会就此罢休。我从眼角偷看她。她在用麦管吸什么五颜六色的鸡尾酒，我看着她喝完最后一口。

“喂，”她说，“请我喝一杯？”

我扭头看她。她的黑眼睛毫不动摇。我朝酒保招招手，他是个阴沉的胖子，用厌恶一切的呆滞眼神望着这个世界。他给她调她在喝的天晓得什么酒，使用了架子上几乎所有的瓶子。他把酒杯放在她面前，然后看着我，我抬了抬酒杯，表示我这样就好。

“我和他挺熟。”她说。

“是吗？他有没有笑过？”

“不是这个他，我说的是米老鼠。”

“嗯哼。”

“嗯哼算什么意思？他是个小宝贝。等他长大了，然后来找我——只要他能长大。”

“跟我说说他。”

“有什么可说的？”她喝着酒说，“他成天显摆他有多凶狠多精明，结果惹上了麻烦。但他根本不凶狠，也不精明。”她的嘴唇变得柔和，“他长得倒是挺好看的，总是穿得很漂亮，头发总是梳得整整齐齐，脸也总是刮得干干净净。”她抬起手抚摩我的面颊，“很光滑，明白吗？他个子小小的，模样那么可爱，你忍不住要抬起胳膊拥抱他，紧紧地搂住他，带他回家。”

“但你从来没有过？”

她又哈哈一笑。“唉，老兄，我的麻烦已经够多了。”

“你觉得他是个麻烦？”

“要是我带他回家，”她说，“他会从早到晚想：‘我他妈该怎么说服这个女人，让我放她上街去拉客？’”

“他是皮条客？我怎么没听说过。”

“你以为皮条客永远戴紫帽子开大火箭[①]？别傻了。”她大笑，“米耗子倒是也做这个梦。有一次他勾搭了一个新姑娘，她刚从圣图尔斯来美国——圣图尔斯附近的一个村子，明白吗？她非常嫩，脑子本来就不怎么好使，明白吗？他说服她为他接客，明白吧，在她的公寓卖，一天接一两个男人，他去找嫖客，然后带给她。

“她做了两个星期，明白吗，然后就受够了，坐飞机回岛上去了。这就是皮条客米奇的故事。”

说完，她需要再来一杯了，而我也想加一瓶啤酒。她叫酒保给我们拿了一小包芭蕉片，她沿着侧缝撕开口袋，把芭蕉片倒在我和她之

① 指凯迪拉克的Eldorado，皮条客喜欢的车型之一。

间的吧台上。这东西吃起来像薯片加刨花除以二。

米老鼠的问题，她告诉我，在于他总是费尽心思想证明点什么。念高中的时候，为了证明他的凶狠，他和两个朋友去曼哈顿，在西村的穷街陋巷专找同性恋殴打。

她说："但他是鱼饵，明白吗？小个子，好相貌。等他们钓到了目标，发疯的却是他，险些宰了那家伙。和他一起去的人刚开始说他没心肝，后来说他没脑子。"她摇摇头，"所以我不可能带他回家，"她说，"他很可爱，但一关灯，可爱就看不见了，明白吗？我不认为搞他对我有什么好处。"她抬起手，用涂过的指甲抚摩我的下巴，"你不会希望一个男人太可爱，明白吗？"

这是前奏，但我知道我不想唱完整出戏。意识到这一点，不知从何而来的哀伤淹没了我。我没有任何东西可以给这个女人，她也没有任何东西可以给我。我甚至不想知道她叫什么；就算我们做过自我介绍，我也想不起来了。而我不认为我们做过自我介绍。我们提到过的名字只有米盖里托·科鲁兹和米老鼠。

我说起另一个名字，安海尔·埃雷拉。她不想谈埃雷拉。他挺好，她说。他不怎么可爱，可能也不怎么精明，但也许那样反而更好。不过她不想谈埃雷拉。

我说我得走了。我放了张钞票在吧台上，告诉酒保别忘了给她倒酒。她大笑，可能是在嘲笑我，也可能是在享受这个局面的乐趣，天晓得是哪一样。她的笑声像是有人把一口袋碎玻璃倒在楼梯上。笑声送我从门口出去。

第20章

回到我住的旅馆，前台有两条口信，一条是安妮塔留的，另一条是斯基普留的。我先打到赛奥西特，和安妮塔还有儿子们聊了聊。我和她谈钱，说我收到一笔酬劳，很快就会寄给她。我和我的儿子们谈棒球，谈他们很快要去的夏令营。

我打到凯蒂小姐找斯基普。接电话的不是他，我等他们去叫他。

“我想和你碰一碰，”他说，“今晚我看店。等我下班了你来一趟？”

“没问题。”

“现在几点？八点五十？我来了还不到两小时？感觉像过了五个小时。这样吧，马特，我两点左右打烊。到时候你过来，咱们喝两杯。”

我看了大都会队的比赛。他们在外地打球，好像是芝加哥。我眼睛盯着电视屏幕，但脑子就是没法集中精神。

昨晚买的啤酒还剩一罐。我喝着啤酒看比赛，但兴头还是起不来。比赛结束，新闻节目看到一半，我关掉电视，上床躺平。

我有一本平装本的《圣徒传》，我花了点时间查圣维罗妮卡。书上说无法完全确定她是否存在，传说中她居住在耶路撒冷，耶稣痛苦地爬上各各他山时，是她用一块布为他擦汗，他的面容因而保留在了那块布上。

我想象给她带来两千年名望的那个行为，忍不住笑了。我脑海中为耶稣擦拭眉头的女人有着维罗妮卡·雷克的面容和发型。

我到的时候凯蒂小姐已经打烊了，有一刻我以为斯基普心说去他妈的，径直回家去了。然后我发现尽管卷帘门被拉了下来，但没上挂锁，而且吧台里面亮着一个低瓦数的灯泡。我提起卷帘门一英尺左右，敲了敲大门，他过来为我开门，然后重新拉上卷帘门，转动门上的钥匙。

他显得很疲惫。他拍拍我的肩膀，说很高兴见到我，领着我走向吧台离门口比较远的那一头，问也没问就给我倒了一大杯野火鸡，然后给自己倒了满满一杯苏格兰威士忌。

“今天第一杯。”我说。

“是吗？了不起。不过今天才刚开始两小时十分钟。”

我摇摇头。“我今天起床后的第一杯。我喝了些啤酒，但也没喝太多。”我喝了两口波本威士忌。感觉很舒服。

“是啊，我也会这样，”他说，“有些日子我滴酒不沾。甚至会一连几天连啤酒都不碰。你明白这代表着什么吗？对你和我来说，喝酒是我们选择去做的一件事。我们有得选。”

“还有些早晨，我醒来时并不觉得这是我做过的最明智的选择。”

“我的天，太有道理了。但即便如此，我们还是有得选。你我和比利·基根那种人是有区别的。”

“你这么觉得？”

“你不觉得？马特，那家伙永远在喝酒。就拿昨晚来说吧。咱们其他人，好吧，咱们喝酒也很厉害，但昨晚都没怎么喝，对吧？因为有时候你可以喝，有时候就不合适了。没说错吧？”

“应该吧。”

“结束后就是另一码事了。结束后你想轻松一下，消除紧张。但老天在上，咱们还没到地方，基根就已经喝得上头了。”

“结果他成了大英雄。”

“是啊，没得说。对了，说到车牌号，你——”

“偷来的。”

“妈的。唉，早就想到了。”

“没错。”

他喝了两口酒。“基根，”他说，“非喝不可。但我不一样，我随时都可以不喝。我不戒酒，是因为我凑巧挺喜欢酒精对我的作用。但我随时都可以不喝，我觉得你也一样。”

“对，我也这么觉得。”

“你当然了。但基根，我就说不准了。我不喜欢随便说一个人是酒鬼，但——”

“这么说一个人就太难听了。”

“同意。我不是说他只是个酒鬼，老天做证，我喜欢这家伙，但我觉得他已经有问题了。”他直起腰，“去他妈的。他爱去包厘街当流浪汉就去吧，但我还是希望那辆车不是偷来的。走，去里屋，咱们坐下歇歇。”

来到办公室里，两瓶威士忌搁在我和他之间的写字台上，他躺在椅子里，跷起两只脚。“已经查过车牌号了，”他说，“所以你已经开始办这个案子了。”

我点点头。“我还去了一趟布鲁克林。”

“哪儿？不是昨晚咱们去的地方吧？”

“教堂。”

“你觉得你站在那儿能找到什么呢？难道他们会把钱包丢在地上？”

“你永远不可能猜到你会发现什么，斯基普。必须看了才会知道。”

“大概吧。我都不知道该从哪儿开始查。”

“随便哪儿都行。想到什么就查什么。”

“你查到什么了吗？”

“几件小事。”

“比方说？算了，我不想像监工似的盯着你办案。查到什么有用的了吗？”

“也许吧。有没有用往往要到以后才会知道。你往下查，无论发现什么都有用。比方说，光是知道车是被偷来的就已经说明一些问题了，哪怕我并不知道开车的是谁。”

“至少你能排除车主。现在你知道八百万人口里的一个没有嫌疑了。车主是谁？某个老太太，只在去玩游戏的时候开？”

“不知道，但车是在海洋大道被盗的，离他们一开始叫我们去的生蚝馆不远。”

“意思是他们住在布鲁克林？”

“也可能他们开自己的车去那儿，停车后偷了咱们看见的那辆车。也可能他们坐地铁或叫出租车去的。也可——”

“所以我们知道的并不多。”

“现在还不多。”

他往后一躺，双手枕在脑后。“博比又被那个广告叫去试镜了，”他说，“反歧视的篮球教练。他明天又要跑一趟。现在只剩下他和另外四个候选人，所以他们要再看一遍每个人。”

“应该是好事，对吧。”

“谁知道呢？你相信这么一个职业吗，东跑西颠，抢得头破血流，就为了在电视上露脸二十秒。知道换一个灯泡需要多少个演员吗？九个。一个爬上去换，另外八个站在梯子周围说：‘应该是我上去的！’”

“这个笑话不赖。”

“哈，不能抢别人的风头，笑话是那位演员说给我听的。”他喝了一口酒，躺回椅子里，“马特，昨晚真是奇怪，真他妈奇怪。”

“教堂地下室。”

他点点头。“他们的伪装。他们需要的效果是格鲁乔的假鼻子、小胡子和眼镜，你知道的，孩子们戴的那种玩意儿。因为他们戴的假发套和假胡子就是那样，看上去一丁点儿都不真实，但并不好笑。他们拿着枪，所以不可能好笑。”

“他们为什么要伪装？”

“这样咱们就认不出他们了。但一个人为什么要伪装呢？”

“因为你有可能认出他们？”

“我说不准，我又没见过他们不伪装的样子。咱俩这是在演什么，阿呆和阿瓜？”

“我认为他们不认识我们，”我说，“我进地下室的时候，他们中的一个喊了你的名字。底下很黑，但他们有时间让眼睛适应黑暗。你和我一点也不像。”

“我比较好看。”他抽着烟，吞云吐雾，“你想说什么？”

“我也不知道。我只是在想，既然我们不认识他们，他们为什么要费神伪装。”

“大概是让我们更难以找到他们吧。”

“大概吧。但他们为什么会认为我们会费神找他们呢？咱们又不能拿他们怎么样。双方做了个交易，现金换账本。说起来，账本你怎么处理的？”

“我说过的，烧掉了。你什么意思，咱们又不能拿他们怎么样？咱们可以把他们弄死在床上。”

“确实。”

“找到正确的那所教堂，在圣坛上拉屎，然后告诉多米尼克·图托是他们干的。这么一说，我都觉得这一招很好用了。陷害他们，帮他们在屠夫那儿挂个号。也许出于同一个原因，他们偷车时也做了伪装。因为他们是职业罪犯。”

“斯基普，你觉得他们眼熟吗？”

“你是说在假发套和假胡子背后？我不知道我居然能看穿那些玩意儿。我没听出他们的声音。”

“是啊。”

“他们确实有什么眼熟的地方，但我不知道究竟是什么。也许是他们的动作。对，就是这个。”

“我不明白你的意思。”

“动作非常干练。甚至可以说他们脚步轻盈。”他哈哈一笑，“打个电话给他们，问他们想不想去跳舞。”

我的杯子空了。我倒了些波本，坐回去，慢慢地小口喝。斯基普把烟头扔进咖啡杯，照例对我说他绝对不想看见我这么做。我向他保证他应该不会看到。他又点了支烟，我们在惬意的寂静中坐着。

过了一会儿，他说：“别管伪装了，有一点你能解释一下吗？说说他们为什么要打灭灯。”

“掩护他们离开。领先咱们一两步。”

“你觉得他们认为咱们会跑上去追他们？追赶武装匪徒，穿过后院和车道？”

“也许他们希望暗一点，觉得这样更方便逃跑。”我皱起眉头，“他只需要走一步，关上灯就行。知道开枪最不好的地方是什么吗？”

“当然，吓得我屁滚尿流。”

“会引来警察。职业罪犯很清楚一点，那就是不该做任何会引来警察的事情。你应该尽量避免引来警察。”

“也许他们觉得值得呗。就像在警告我们：‘别企图找回场子。’”

“也许吧。”

“增加一点戏剧性。”

“也许吧。”

“老天做证，已经够他妈有戏剧性了。枪口瞄准我的时候，我以为我要挨枪子儿了，我真这么以为。但他朝天花板开枪，我不知道我是该尿裤子还是该闭眼睛。到底是为什么呢？”

“天哪，我知道了。”我说。

“什么？”

“他用枪指着你，然后朝天花板开了两枪。”

“咱们是不是漏掉了什么？你以为咱们刚才一直在谈什么？”

我举起一只手。“你回想一下，”我说，“我以为他开枪是为了打灭灯管，所以我才遗漏了。”

“遗漏了什么？马特，我不——”

“最近你见过谁用枪指着什么人但最后没朝他开枪吗？最后朝天花板开了两枪？”

“老天。”

“想起来了？”

“老天啊！弗兰克和杰西。”

“你觉得对不对？”

“我不知道该怎么想。这个念头太疯狂了。他们说话根本不像爱尔兰人。”

“莫里西酒吧那次，咱们怎么知道他们是爱尔兰人？”

“我们并不知道，我只是想当然的。头巾蒙脸，抢走给北爱尔兰救济会的钱，整体感觉就是和政治有关。他们同样动作简洁，记得吗？他们的动作太精确了，连一步都不多走，从头到尾就好像有编舞师指导似的。”

“也许他们就是跳舞的。”

“对哦，”他说，“1975年的芭蕾亡命徒。这事儿太大了，我脑子还没转过来呢。两个小丑用红头巾蒙脸，抢了莫里西兄弟五万美元，然后他们勒索我和卡萨比安，要了——咦，同样的数字。微妙的模式开始浮现了哎。”

“我们不知道莫里西兄弟被抢了多少。”

“对，劫匪也不知道保险箱里会有多少，但模式就是模式。我愿意相信。他们的耳朵呢？昨晚你画了他们的耳朵。是弗兰克和杰西的耳朵吗？”他忍不住笑了，“我都不敢相信我在这么说。‘是弗兰克和杰西的耳朵吗’这句像是从外语翻译过来的话，像吗？”

“斯基普，我根本没注意他们的耳朵。”

“我以为你们侦探永远在工作呢。”

“就算当时我脑子还在转，也忙着去琢磨该怎么逃出火力范围了。弗兰克和杰西，他们是白人。昨天夜里那两个也是白人。”

“你看见他们的眼睛了吗？”

“我没注意颜色。”

“我离他们比较近，看清了和我交易的那家伙的眼睛。但就算我看见了，也没怎么注意。不过注意到了也没什么区别。莫里西酒吧的两个抢匪开过口吗？”

“好像没有。”

他闭上眼睛。“让我回忆一下。我觉得整件事就像在演哑剧。两声枪响，然后寂静，直到他们出门下楼梯。”

“我记忆中也是这样的。”

他起身在房间里踱来踱去。“太疯狂了，”他说，“哎，不过这下咱们不用在我的胸膛里找毒蛇了，这不是一个里应外合的案子。

和咱们打交道的是一个胆大包天的两人团伙，专找地狱厨房的酒吧下手。你觉得不会是附近的爱尔兰帮派吧，他们自称什么来着——”

“西区帮。不，否则我们会听到风声，或者莫里西会听到。要是他们和劫案有关系，莫里西放出的悬赏能在一天之内把他们熏出来。”我拿起酒杯，一口喝光。天哪，这会儿的酒真他妈好喝。我们拿住他们了，我知道我们拿住了。关于那两个匪徒，这会儿我知道的事情并不比一小时之前多，但我知道我肯定能逮住他们。

“所以他们才乔装打扮，”我说，“不，他们本来就会遮住脸，但这才是他们不希望被我们看清楚的原因。他们犯了个错误。咱们一定能抓住他们。”

“我的天，马特，你看看你。就像消防局的一条老狗听见警报响了。你怎么抓他们？你还不知道他们是谁呢。”

“我知道他们是弗兰克和杰西。”

“所以呢？莫里西想找弗兰克和杰西已经有段时间了，事实上他还想请你去找他们呢。这会儿你兴奋个什么劲？”

我给自己倒了仅仅一小口量的野火鸡。我说：“你在一辆车上安装了发信器，你想跟踪这辆车，那么你就要用两辆车。一辆车做不到，但两辆车可以三角定位信号，确定它的方位。”

“我是不是漏掉了什么？”

“不完全是一码事，但也差不多了。咱们在莫里西酒吧见过他们，咱们在本森赫斯特的教堂地下室见过他们。这是两个参考点。现在咱们可以三角定位他们的信号，确定他们的方位了。朝天花板放两枪，那他妈是他们的招牌。他们给自己立这么一个招牌，你都觉得他们是不是自己想被抓了。”

“是啊，我为他们感到惋惜，”他说，“我打赌他们都吓得尿裤子了。他们这个月刚刚挣了十万美元，没料想马特·‘斗牛犬’·斯卡德已经盯上了他们，两个倒霉的杂种，连花掉一毛钱的机会都找不到。”

第21章

电话吵醒了我。我坐起来，阳光照得我直眨眼。电话响个不停。

我拿起听筒。汤米·蒂拉里说："马特，那个警察来了。他来我这儿了，你能相信吗？"

"你在哪儿？"

"办公室，我在办公室。你认识他。至少他说他认识你。一个警探，一个非常让人讨厌的家伙。"

"汤米，我不知道你在说谁。"

"我忘记他叫什么了。他说——"

"他说什么？"

"他说你们俩一起去过我家。"

"杰克·戴博尔德。"

"就是他。所以他没问题吧？你们一起去过我家？"

我揉着太阳穴，拿起手表看了看。十点刚过几分钟。我努力回忆我是几点躺下睡觉的。

“我们不是一起去的，”我说，“我在你家查看现场，然后他冒了出来。几年前我和他算是挺熟。”

没用。我记得我向斯基普保证弗兰克和杰西蹦跶不了几天了，然后就什么也想不起来了。也许我立刻回家了，也许我和他一直喝到天亮。我怎么可能知道。

“马特？他去骚扰卡罗琳了。”

“骚扰她？”

我的门从里面锁上了。这是个好兆头，既然我能记得锁门，那么我醉得就不算太厉害。但另一方面，我的裤子搭在椅背上。要是裤子挂在衣橱里，那情况就更好了。不过话又说回来，起码裤子既没有被揉成一团扔在地上，也没有依然穿在我身上。了不起的侦探，仔细梳理线索，企图搞清楚昨晚他喝到了什么程度。

“对，骚扰她。给她打了几次电话，去了一趟她家。旁敲侧击，你明白的，就好像她在替我打掩护。马特，他这么做让卡罗琳很难受，而且害得我在办公室没法做人。”

“我能想象。”

“马特，我猜你和他是老交情了。你觉得你能说服他放过我吗？”

“我的天，汤米，怎么可能呢？这是在调查谋杀案，警察不会为了卖老朋友一个人情就高抬贵手的。”

“唉，马特，我没说要他做什么出格的事情。别误会我的意思。但调查谋杀案是一码事，骚扰就是另一码事了，你说对不对？”他没给我机会开口，“问题在于，他认准了就是我干的。他一门心思觉得我是人渣，我只希望你能，怎么说呢，和他谈谈。告诉他我是好人。”

我回忆我是怎么和杰克谈汤米的。我想不起来，但也不认为我的话能当作什么品德证明。

“还有，向德鲁报告一下情况，就当帮我一个忙了，可以吗？他昨天还问过我有没有你的消息，你有没有查到什么。马特，我知道你在为我奔忙，但最好也让他知道一下。别把他撇开，明白我的意思吗？”

“当然，汤米。”

他挂了电话，我用一杯自来水吃了两粒阿司匹林。洗完澡，脸刮到一半，我意识到我刚刚算是答应了去说服杰克·戴博尔德放过汤米。我第一次意识到这个浑蛋有多么擅长说服别人买他兜售的东西，无论是房地产、辛迪加债券还是别的什么鬼玩意儿。正如人们说的，他在电话上真的非常有说服力。

外面是个大晴天，阳光实在没必要这么明媚的。我在麦戈文待了一会儿，飞快地喝了一杯回魂酒。我在路口的流浪女人那儿买了报纸，我扔给她一块钱，连珠炮般的祝福声欢送我走远。嗯哼，我愿意接受她的祝福。我用得上我能得到的一切帮助。

我在红色火焰喝咖啡吃英式麦芬蛋糕。我想不起来我是怎么离开斯基普那儿的了，这让我感到很烦恼。我对自己说情况不可能太糟糕，因为今天的宿醉没那么严重，但两者之间并不存在必然联系。有时候我狂喝滥饮一夜，缺少了好大一段记忆，醒来时却头脑清醒，体能充沛。但有时候我一个晚上下来都没觉得喝醉，没发生任何不愉快的事情，没有断片，宿醉却严重得一整天都没法下床。

算了。别管了。

我又要了一杯咖啡，回想我关于三角定位所谓“弗兰克和杰西”的那番慷慨陈词。我记得我当时感觉到的信心，思考后来得出了什么结论。也许我有过一个计划，也许我灵机一动，知道了该怎么找到他们。我翻开记事本，希望我写下了在脑海里闪过但后来忘了个干净的念头。可惜我没这个运气。自从我离开日落公园的那家酒吧，我就没再记过任何东西。

但我看见了那条笔记，米老鼠以及他在西村殴打同性恋的青少年时代。有很多蓝领阶层的孩子拿这个当消遣，以为他们在替天行道，顺便证明自己的男子汉气概，却没有意识到他们在扼杀他们甚至不敢去了解的一部分自我。有时候他们发挥过度，打残或杀死同性恋男人。我办过这一类案件，逮捕过几个人，每次那些小子都会震惊地发现他们居然真的惹了麻烦，我们警察竟然不是站在他们那一边的，他们真的有可能因为他们的所作所为受到惩罚。

我正要收起笔记本，忽然想到一件事，走到投币电话旁，塞了个硬币进去。我查到德鲁·卡普兰的号码，拨过去。我想到向我讲述米老鼠往事的那个女人，庆幸自己不需要在这么一个上午见到她颜色艳丽的衣物。

接电话的姑娘帮我转接卡普兰，我说：“我是斯卡德。不知道有没有用，但我又搞到了一点证据，能证明咱们的小朋友不是唱诗班的孩子。”

从酒吧出来，我走了很长一段路。我沿着第九大道向南走，路过凯蒂小姐时和约翰·卡萨比安打了个招呼，但没待太久。我走进42街的一所教堂，然后继续往下城区走，经过港务局巴士总站的后门，穿过地狱厨房和切尔西来到格林尼治村。我穿过肉制品加工区，在华盛顿街和第十三大道路口的一家屠夫酒吧待了一会儿，我周围的人都系着血糊糊的围裙，他们先用注杯灌下烈酒，然后用小杯啤酒清喉咙。我回到外面，看着挂在肉钩上的牛羊尸体，苍蝇在中午的阳光下绕着它们嗡嗡飞舞。

我又走了一阵，然后钻进简街和第四大道路口的拐角小酒馆躲太阳，顺便喝杯酒，后来我在哈得孙街上的曲奇酒吧又喝了一杯。来到白马客栈，我找了张桌子坐下，吃汉堡包喝啤酒。

在这段时间里，我的脑袋一直转个不停。

老天在上，真不知道大家——包括我在内——怎么会没想通。有时候去看电影，电影里的角色会解释他是怎么想通的，他把线索拼凑到一起，直到答案最终出现，听他解释的时候，我觉得一切都合情合理。

然而在我自己的工作中，这种事情几乎不会发生。我还在警队里的时候，大多数案子会在一两天内得到解决（前提是案子真能朝那个方向发展）。要么是我完全不知道答案，直到某个关键信息突然自己冒出来，要么是我从一开始就知道是谁干的，从头到尾要做的只是找到足够的证据送他上法庭。有极少量的案子是我真的一步一步找到答案的，然而具体过程我当时不甚明白，现在也还是想不通。我摆出我掌握的情况，然后盯着它们看，一直看一直看，忽然间我有了个新的视角，答案自己跳进我的手心。

你有没有玩过拼图游戏？有时候你会一时间卡在那儿，一次又一次拿起一块块拼图，这么放不对，那么放也不对，直到你拿起一块你早就用大拇指和食指拈起来一百次的拼图，你左转右转这里那里试过无数遍的那一块。这次它干净利落地放进了位置上，你发誓你一分钟前还试过这个地方。它丝毫不差，明显得你该从一开始就知道它是属于那儿的。

我坐在白马客栈的一张桌子前，有人把他的姓名缩写刻在了台面上，这是一张深棕色的桌子，有些地方的清漆已经磨薄了。我吃完了汉堡包，我喝完了啤酒，我正在喝咖啡，咖啡里体贴地掺了一注波本。支离破碎的文字和画面在我脑海里旋转。我听见纳尔逊·福尔曼说形形色色的人都有教堂地下室的钥匙；我看见比利·基根从封套里取出唱片放在唱机上；我望着博比·罗斯兰德把蓝色警哨塞进嘴里；我见到戴黄色假发的罪人——弗兰克或杰西——不情愿地答应搬动家具；我和护士弗兰一起观看《非凡狱友》，陪她和她的朋友们去凯蒂小姐。

前一秒我还不知道答案，后一秒我就知道了。

我不敢说是我做的什么事情导致了这个结果。我不是自己想通的。我不停地捡起一块块拼图，我不停地把它们在手里转来转去，忽然间我看清了整个画面，拼图一块接一块地自己落到位置上，毫不费力，正确无误。

昨晚我喝断片后，思绪会不会像珀涅罗珀[①]拆布似的散开，我会不会已经想到了这些？我觉得恐怕不会，但断片的麻烦也正是如此，你永远没法确定究竟发生过什么。然而我依然有那种感觉。答案冒出来的时候我觉得它无比明显——就像玩拼图游戏，一块块拼图归位

① 《荷马史诗》中奥德修斯的妻子，在丈夫奥德修斯参加特洛伊战争时，为了拒绝追求者，借口要为公公准备殓衣，不能改嫁。她早上织布，晚上拆布，直到丈夫回家。

之后，你都不敢相信你居然一开始会没看透。答案太显而易见了，我觉得我就像是发现了什么自己早就知道的事实。

我打给纳尔逊·福尔曼。他没有我想了解的信息，但他的秘书给了我一个号码，我找到了一个女人，她有能力解答我的部分疑问。

我正要打给艾迪·科勒，忽然意识到我离第六分局只有几个街区了。我走过去，在他的办公桌前找到他，说既然我上次问的事情不值得买顶帽子给他，那就给他一个机会让他弥补吧。他打了两个电话，甚至都没离开座位，走出警察局的时候，我的记事本上多了几条笔记。

我钻进路口的电话亭打我的电话，然后走到哈得孙街，叫了辆出租车去上城。我在十一大道51街路口下车，径直走向河边。我在莫里西酒吧门口停下，但没有敲门或按铃，而是花了一点时间读楼下剧团的海报。《非凡狱友》的短暂演出已经结束。明晚要开约翰·B.凯恩的一个剧，名叫《克莱尔来客》。海报上有扮演主角的演员的照片。他有一头钢丝般的红发和一张苦恼而沉郁的脸。

我试了试剧场的门，门锁着。我敲了敲门，没人回应，我又敲了几下。最后门终于开了。

一个二十五六岁的女人仰头看着我，她的个头特别矮。“抱歉，”她说，“明天下午才开始卖票。我们这会儿缺人手，而且正在最后彩排——”

我说我不是来买票的。“只想占用你几分钟时间。”我说。

“人人都想占用我几分钟，你叫我上哪儿去搞时间？”她轻飘飘地说出这句话，像是在念为她写的剧本。“不好意思，”她换上比较正经的语气，“只能换个时间了。”

“不行，必须是现在。”

“我的天，你要干什么？你不是警察吧？我们怎么了，忘记交保护费了？”

“我为楼上的朋友做事，”我打个手势，“他要你们配合我。”

“莫里西先生？”

“不信就打给蒂姆·帕特问问他。我叫斯卡德。”

剧场深处有个男人用浓厚的爱尔兰腔喊道：“玛丽·简，老天在上，你怎么还不回来？”

她翻个白眼，叹口气，为我拉开门。

走出爱尔兰剧场后，我打电话到斯基普的公寓，然后打到他的酒吧。卡萨比安叫我去健身房试试。

我先去阿姆斯特朗那儿碰运气。他不在，也没来过，但丹尼斯说另外有人来过。“有位老兄在找你。”他说。

“谁？”

“他没留名字。”

“他长什么样？”

他思考了一下我这个问题。“假如你要他去演警匪戏，”他说，“肯定不会选他演歹徒。”

“他留口信了吗？”

“没。也没留小费。”

我去斯基普去的健身房，那地方在百老汇大街的一家熟食店楼上，是个宽敞的开放式空间。那儿曾经开过保龄球馆，一两年前倒闭了，这家健身房也有那种熬不到租期结束的气氛。两个男人在练哑铃。一个黑人浑身是汗，躺在长凳上举哑铃，他的白人搭档守着他。右手边有个男人光脚站着，正在用双拳操练沙袋。

我看见斯基普在器械上练下拉。他穿着灰色运动裤，光着上身，练得大汗淋漓，后背、肩膀和上臂的肌肉舒张收缩。我站在几码外看着他，直到他练完一组。我叫他，他扭头看见我，露出惊讶的笑容，然后又做了一组下拉，这才起身过来和我握手。

他说："怎么了？怎么会来这儿找我？"

"你搭档叫我来这儿试试。"

"嗯，你来得正好，我可以休息一下。我去拿烟。"

健身房有个吸烟区，几把扶手椅围着一台饮水机。他点了支烟，说："锻炼很有帮助。我醒来的时候一个头两个大。咱们昨晚好好闹了一把，对吧？你顺利到家了吗？"

"怎么，我喝了个烂醉？"

"再烂也没我烂。你感觉挺好的。听你说话的语气，弗兰克和杰西已经把奶子放在榨汁机里，就等你按电门了。"

"你觉得我有点过于乐观了？"

"哎呀，没关系的。"他抽着骆驼烟说，"我？我觉得自己又是个人了。让血液流动起来，汗水带走毒素，整个人都不一样了。马特，你练重量吗？"

"几十年没练过了。"

"但以前练？"

"对，一百年前我好像还喜欢打拳呢。"

"说真的？你还抡过拳头？"

“高中那会儿了。刚开始我在青年会健身房混时间，做举重，是训练。然后我打了几场PAL[①]比赛，发现我不喜欢被人打脸。另外我在绳圈里很笨，也能感觉得到自己很笨拙，我不喜欢那样。”

“于是你就去找了个能随身带枪的工作。”

“还有徽章和警棍。”

他大笑。“跑步的人和拳手，”他说，“看看他们现在成了什么。你来这儿找我肯定有什么事吧？”

“嗯哼。”

“所以？”

“我知道他们是谁了。”

“弗兰克和杰西？你在开玩笑。”

“不。”

“谁？还有你怎么知道的？还有——”

“我在想今晚咱们能不能叫齐所有人。打烊之后，如何？”

“所有人？什么意思？”

“那天晚上和咱们一起在布鲁克林乱跑的几个人。咱们需要人手，没必要把其他人卷进来。”

“咱们需要人手？咱们要去干什么？”

“今晚什么都不干，但我想开个作战会议。只要你觉得没问题。”

他把烟头戳在烟灰缸里。“我觉得没问题？”他说，“我当然没问题了。你想演什么，《神勇七蛟龙》？不，咱们只有五个人，神

① 指美国警察运动联盟（Police Athletic League），由美国各地警局出面训练年轻人从事运动。

勇七减二蛟龙。你、我、卡萨比安、基根和罗斯兰德。今天星期几，星期三？我找比利说两句好话，他一点半左右能打烊。我会打电话给博比，也会跟约翰说一声。你真的知道他们是谁了？”

“真的知道了。”

“我是说你具体知道还是——”

“一切，”我说。“姓名地址，前因后果。”

“一锅包圆了。所以他们是谁？”

“两点左右我来你办公室。”

“去你妈的。万一你没来就被公共汽车撞了呢？”

“那秘密就要和我一起下地狱了。”

“我去举杠铃了。你不想试试看举一组，活络活络筋骨？”

“算了，”我说，“我想去喝一杯。”

但我没去喝一杯。我到一家酒吧门口看了看，但里面人满为患，等我回到我住的旅馆，杰克·戴博尔德坐在大堂里的一把椅子上。

我说：“我猜就是你。”

“怎么，酒保形容了我的长相？”

“他是菲律宾人。他说有个老胖子不给小费。”

“谁在酒吧给小费？”

“每个人。”

“你说真的？我坐下吃饭会给小费，站在吧台前喝杯酒给什么小费？没人给这种小费的。”

“开什么玩笑。你都在哪儿喝酒？巧言石？白玫瑰？”

他看着我。“你现在的情绪很有意思，”他说，“饱满，热情。”

“对，一件事刚好办到一半。”

“嗯？”

“你知道线索归位、真相大白是什么感觉对吧？今天下午我就是这个感觉。”

“咱们说的不是一个案子对吧？”

我看着他。“你什么都没说呢，”我说，“你在办什么案子——哦，汤米，我的天。不，我说的不是那个。那个案子没什么可破的。”

“我知道。”

我记得我这一天是怎么开始的。“今天上午他给我打过电话，”我说，“来告你的状。”

“是吗。”

“他说你在骚扰他。”

“没错，骚扰得我心花怒放。”

“我应该为他的品德做个证明，告诉你他真的是好人。”

“是吗。好吧，他真的是好人吗？”

“不，他是个浑蛋。但也许我有偏见。”

“好得很。他毕竟是你的客户。”

“对。”我们说着这些话，他从椅子上起来，我和他来到了旅馆门口的人行道上。一名出租车司机和花店送货车的司机正在路边争吵。

我说：“杰克，你今天为什么来找我？”

“凑巧在附近，忽然想你了。”

“嗯哼。”

“唉，妈的，”他说，“我在想你会不会查到了什么。”

“蒂拉里的案子？他没什么东西可以让我查，就算我查到了，他也是我的客户。”

“我是说那两个西班牙裔小子，”他叹了口气，“因为我开始担心我们会输掉这个官司了。”

“你说真的？他们不是承认入室盗窃了吗？”

“对，要是他们认这个罪，案子就结束了。但地检署想起诉他们谋杀，等到上了法庭，我都能看见我们输掉整个案子了。”

“你在他们的住处找到了失窃物品，序列号对得上，现场有他们的指纹，你还有——”

“唉，妈的，”他说，“你知道上了法庭会发生什么。忽然间失窃物品不再是证据了，因为搜查过程有什么法律瑕疵，警察得到的授权只是去找失窃的计算器，却找到了失窃的打字机，就是这种狗屁事。至于指纹，哈，那小子几个月前为蒂拉里搬过垃圾，所以有指纹也没什么好奇怪的吧？我都能看见一个精明的律师把我们稳赢的案子踢得全是漏洞了。然后我就想，你看，万一你挖到了什么宝贝，那我当然想了解一下。再说把科鲁兹和埃雷拉关起来对你的客户有好处，对吧？”

“应该是吧。但我真的没查到什么啊。”

“一丁点儿都没查到？”

“据我所知，确实没有。”

最后我带他去阿姆斯特朗那儿，给两人各买了两杯酒。我给了丹尼斯一大笔小费，就是为了享受看见杰克反应的乐趣。然后我回到旅馆，请前台凌晨一点打电话叫醒我，为了保险起见，我还上了闹钟。

洗完澡，我坐在床沿上看窗外的城市。天空慢慢暗下来，变成稍纵即逝的钴蓝色。

我躺下，伸展身体，并不指望真能睡着。再回过神来，电话在响，我刚接完挂上，闹钟就也响了。我穿上衣服，往脸上泼了点凉水，然后出门去挣钱。

第22章

我到的时候，他们还在等基根。斯基普把一个文件柜布置成吧台，摆上了四五瓶酒、几种调酒料和一桶冰块。地上放着一个泡沫塑料保温箱，里面装满了冰啤酒。我问有没有没喝完的咖啡。卡萨比安说厨房里也许还有，他拿着装满咖啡的保温壶、咖啡杯、炼乳和糖回来。我给自己倒了一杯黑咖啡，这次我没加烈酒。

我刚喝了一口咖啡，就听见有人敲大门。斯基普去应门，带着比利回来。“迟到的比利·基根。”博比说，卡萨比安给比利倒了一杯他经常在阿姆斯特朗喝的十二年陈爱尔兰威士忌。

他们胡闹了好一会儿，互相揶揄取笑。他们忽然同时安静下来，没等他们又开始聊天，我起身说：“有件事我想和你们所有人谈一谈。”

“生命保险，”博比·罗斯兰德说，“我是说，你们几位考虑过吗？我是说，真的考虑过吗？”

我说：“斯基普和我昨晚谈了很久，我们得出了一个结论。戴假发套和假胡子的那两个家伙，我们意识到我们见过他们。两周前，就是他们抢了莫里西的深夜酒吧。”

“他们用头巾蒙脸，”博比说，“昨晚的人戴了假发套、假胡子和假面具，你们怎么分得出来？”

“就是他们，”斯基普说，“相信我。朝天花板开两枪，还记得吗？”

“我不知道你在说什么。”博比说。

比利说：“博比和我只在星期一晚上远远地见过他们，约翰你根本没看见他们，对吧？对，肯定没看见，你在街区那一头呢。莫里西被抢的那天晚上你在吗？我好像没在那儿见过你。”

卡萨比安说他从不去莫里西那儿。

“那我们三个就一问三不知了，”比利继续道，“你们说是同样两个人，我说没问题。就这些吗？是不是我听漏了什么，因为咱们还是不知道他们是谁。”

“不，我们知道。”

所有人都看着我。

我说：“昨晚我特别得意，我对斯基普说咱们拿住他们了，一旦我们知道两个案子都是他们犯的，查到他们的身份就只是时间问题了。现在看来，这都是喝多了野火鸡的胡话，但其中也有一定分量的事实，而今天我走了大运。我知道他们是谁了。斯基普和我昨晚没说错，两个案子是同样两个人犯的，我知道他们是谁。”

“所以下一步咱们怎么办？”博比追问我，“咱们现在干什么？”

“这个等下再说，”我说，“首先我想说说他们是谁。”

“洗耳恭听。”

“他们是加里·阿特伍德和李·戴维·卡特勒，”我说，“斯基普叫他们弗兰克和杰西，就像詹姆斯兄弟，血缘关系这方面他倒是说对了。阿特伍德和卡特勒是表兄弟。阿特伍德住在东村，在B大道和C大道之间的第九街的字母城。卡特勒和女朋友同居，她是教师，住在华盛顿高地。她叫丽塔·多尼吉安。”

“亚美尼亚人，”基根说，“约翰，她肯定是你的什么表妹。剧情越来越复杂了。”

“你怎么找到他们的？”卡萨比安讶异道，“他们做过这种案子？所以他们有前科？”

“我不认为他们有前科，”我说，“我还没查过，但似乎并不重要。他们多半有权益卡。”

“什么卡？”

“演员权益协会的会员卡，”我说，“他们是演员。”

斯基普说：“你开玩笑的吧。”

“不。”

“活见鬼了。说得通。他妈的说得通。”

“你明白了？”

“我当然明白了，”他说，“能解释他们的口音，能解释他们抢莫里西的时候为什么像爱尔兰人。他们没发出任何声音，没做任何与爱尔兰有关的事情，但你就觉得他们是爱尔兰人，因为他们在表演。”他扭头瞪着博比·罗斯兰德，“演员，”他说，“我被他妈的演员抢了。”

“是两个演员抢了你，”博比说，“不是整个行当。”

“演员，”斯基普说，“约翰，咱们付了五万块给两个演员。”

"他们的枪里是真子弹。"基根提醒他。

"演员，"斯基普说，"咱们应该付道具假钱的。"

我拿起保温壶，又倒了些咖啡。我说："我不知道我为什么会想到这个。念头忽然自己冒出来了。但一旦想通这一点，我就明白很多其他细节是怎么回事了。一个是总体印象，他们身上有什么地方不对劲，我们觉察到的是他们在演戏。与昨晚演给我们看的那一场相比，莫里西酒吧那次是完全不同的表演。但一旦我们知道背后是同样两个人，他们神态之间的区别就变得很做作了。"

"但我不明白为什么他们就是演员了，"博比说，"这只能说明他们是假货。"

"还有其他原因，"我说，"他们的动作，看上去像是职业性有意识地关注自己举手投足的那种人。斯基普，你评论他们兴许是跳舞的，说他们的动作就好像经过编排。还有他们说的一句话，太出戏了，因此只可能是在演戏——也许不符合他在扮演的角色，但符合这个人的性格。"

斯基普说："哪句话？我当场听见了吗？"

"教堂地下室。你和黄假发搬开碍事的家具的时候。"

"我记得。他说什么了？"

"说什么不知道工会会不会同意。"

"对，我记得他说这句。挺奇怪的，但我没多留意。"

"我也一样，但给我留下了印象。另外，他说这句话的时候，声音也不一样。"

他闭上眼睛，仔细回想。"你说得对。"他说。

博比说："为什么这就肯定他是演员了呢？只能证明他是某个工

会的成员。”

“后台人员工会是个非常强大的组织，”我说，“他们会确保演员不能搬动布景，或者做有可能需要雇用后台人员来完成的工作。只有演员才会这么说，而他的语气符合这个解释。”

“那你是怎么找到这两个人的呢？”卡萨比安问，“你只确定了他们是演员，离知道他们的姓名和地址还有十万八千里呢。”

“耳朵。”斯基普说。

所有人都望向他。

“他画下了他们的耳朵，”他指着我说，“在他的笔记本上。一个人身上最难伪装的地方就是耳朵。别看我，是老马这么说的[①]。他画了他们的耳朵。”

“然后呢？”博比追问道，“登广告公开试镜，看每一个人的耳朵？”

“你可以翻相册，”斯基普说，“看演员的宣传照，寻找对得上的那双耳朵。”

“给护照拍照片的时候，”比利·基根说，“必须露出两只耳朵。”

“否则？”

“否则就不发你护照呗。”

“可怜的凡·高[②]，”斯基普说，“没有国家的人。”

“你到底是怎么找到他们的？”卡萨比安还是想知道，“不可

① 原意为“从马嘴中得来”，指可靠的信息来源。——编者注

② 画家凡·高曾割下过自己的一小块耳朵。——编者注

能是耳朵吧。”

“对，当然不是。”我说。

“车牌号，”比利说，“你们都忘记车牌号了？”

“车牌号查下来属于一辆赃车，”我说，“我想到他们是演员之后，就又去教堂查了查。我知道他们不可能是随便选中那家教堂，然后破门闯入地下室的。他们知道怎么进去，用的多半是钥匙。按照牧师的说法，有好几个社会团体使用地下室，有许多把钥匙在流通。他顺口提到的团体之一是个业余剧团，他们用地下室做试演和彩排。”

“啊哈。”有人说。

“我打电话给教堂，问到和那个剧团有关系的一个人。我联系上那个人，说我想找一个演员，他在过去几个月里与这个剧团合作过。我给出体貌特征，说可能有两个人符合描述。请记住，他们除了身高相差两英寸，其他方面都很接近。”

“然后你就知道了名字？”

“他给了我几个名字，其中之一是李·戴维·卡特勒。”

“然后就对上了。”斯基普说。

“哪儿对上了？”卡萨比安说，“这个名字是第一次出现，没错吧？还是我听漏了什么？”

“不，你说得对，”我对他说，“此刻卡特勒还只是我笔记本上的几个名字之一。然后我必须对比另一起案件里的另外几个名字。”

“什么另一起案件？哦，对，莫里西酒吧。怎么对比？莫里西这个老板不可能雇失业演员当招待和酒保。他自己的亲戚就够用了。”

我说：“斯基普，他们的底楼是什么？”

“噢。”他说。

比利·基根说：“爱尔兰剧团。叫驴子表演社还是什么鬼名字。”

“今天下午我去了一趟，”我说，“他们在为新剧做最后彩排，但我报上蒂姆·帕特的名字，占用了一位年轻女士几分钟的时间。他们在大堂里贴了海报，卡司的每个演员都有宣传照。好像叫什么大头照。她给我看他们去年排的所有剧的每个卡司。他们一个剧演不了几场，所以他们排了好几个剧。”

“然后？”

“李·戴维·卡特勒参演了《唐尼布鲁克》，布莱恩·弗里尔的一个剧本，从5月最后一周演到6月第一周。我先认出他的照片，然后才看见底下的名字。我也认出了他表兄弟的照片。他们不乔装打扮的时候，血缘关系更加明显。事实上，你不可能看错。也许这还帮他们争取到了角色呢，因为他们并不是这个剧团的常驻成员。他们在戏里演两兄弟，因此长得像自然是个优势。”

“李·戴维·卡特勒，”斯基普说，“另一个叫什么来着？什么阿特伍德。”

“加里·阿特伍德。”

“一对演员。”

“正确。”

他拿着香烟在手背上顿了顿，塞进嘴里点燃。“演员。他们在底楼排戏，忽然决定要往上爬了，是这样吗？在那儿排戏让他们想到了抢莫里西的点子。”

“很可能。”我喝了一大口咖啡。野火鸡的酒瓶就在文件柜上，它吸引着我的视线，但这会儿我不想被任何东西影响我敏锐的感知力。我很高兴我没在喝酒，也很高兴其他人都在喝。

我说：“排戏的那段时间里，他们肯定去楼上喝过一两次酒。他们听说了上锁的壁柜，也许还看见蒂姆·帕特放钱进去或拿钱出来。不管怎样，总之他们起了歹心，觉得抢那地方应该很容易得手。”

“但也得有命花钱。”

“也许他们不够了解莫里西兄弟，所以不害怕。有这个可能性。他们刚开始策划的时候多半只是在开玩笑，装模作样地演戏，扮成另一个爱尔兰派系的成员，从某个讲北爱问题[①]的老剧里蹦出来的一对沉默枪手。然后他们被可行性说服了，出去搞了几把枪，上演了这出戏。”

“就是这样。”

我耸耸肩。“可能他们以前也犯过案。没理由认为莫里西那儿是他们首次登台。”

“干这个肯定比替别人遛狗和待办公室打零工挣钱，”博比说，“演员也必须讨生活。我大概也该去搞个面具，再搞一把枪。”

“你偶尔替我看酒吧，”斯基普说，“同样是打劫，而且还不需要道具。”

“他们是怎么盯上我们的？”卡萨比安问，“他们在爱尔兰剧场排戏的时候，也来这儿喝过酒？”

“也许吧。”

“但无法解释他们为什么会知道账本，”他说，“斯基普，他

① 指从20世纪60年代到90年代发生在北爱尔兰的一系列暴力冲突。——编者注

们为咱们打过工？阿特伍德和卡特勒？咱们听过这两个名字吗？”

“好像没有。”

“我也没听过，”我说，“他们也许本来就了解这地方，但并不重要。几乎可以肯定他们没在这儿打过工，因为他们看见斯基普没认出他来。”

“有可能还是在演戏。”斯基普提醒我。

“有可能。但就像我说的，并不重要。他们有内线，替他们偷账本，教他们怎么勒索。”

“内线？”

我点点头。“咱们从一开始就猜到了，记得吗？斯基普，所以你才会雇我。一半是为了保证交易万无一失，另一半是在交易后搞清楚是谁摆了你一道。”

“对。”

“嗯，他们就是这么拿到账本的，从一开始就是这么选中你们的。据我所知，他们根本没进过凯蒂小姐，没这个必要，有人替他们安排好了一切。”

“通过一名内线。”

“没错。”

“你知道这个内线是谁？”

“嗯，”我说，“知道。”

房间里变得非常安静。我绕过写字台，拿起文件柜上的野火鸡。我往一个岩石杯里倒了几盎司酒，然后放下酒瓶。我拿起酒杯，但没去品尝威士忌。我不怎么想喝酒，也不怎么想拖延时间，积累紧张的气氛。

我说："内线在交易后也扮演了一个角色。他必须让阿特伍德和卡特勒知道我们掌握了他们的车牌号。"

博比说："车不是偷来的吗？"

"车报过警被偷，因此才会上赃车单。是星期一下午五点到七点之间，在海洋大道的一个地址被偷的。"

"所以？"

"警情里是这么说的，当时我也没多想。今天下午我做了一件我早该去做的事情，我问到了车主的名字。丽塔·多尼吉安。"

"阿特伍德的女朋友。"斯基普说。

"卡特勒的。不过也无所谓。"

"我听糊涂了，"卡萨比安说，"他偷了女朋友的车？我不明白。"

"是个人就能欺负亚美尼亚人。"基根说。

我说："他们开的是她的车，阿特伍德和卡特勒开走了丽塔·多尼吉安的车。交易后，他们的同谋打电话说车牌号被记下来了。于是他们打电话报警，说车被偷了，声称车是好几个小时前被偷走的，失窃前它停在海洋大道的某个地方。今天下午我深挖了一下，发现那起警情是临近午夜才打电话报告的。

"我说得有点混乱了。赃车单上没提那辆水星的车主是丽塔·多尼吉安，而是个爱尔兰名字，弗莱厄蒂还是法利，我忘记了，地址确实在海洋大道上。他们留了个电话号码，但我发现号码是错的，另外我在那个地址也没查到姓弗莱厄蒂或法利的。于是我打给车管所，根据车牌号反查，查到车主叫丽塔·多尼吉安，住址在卡夫里尼大街上，那地方在华盛顿高地，离海洋大道或布鲁克林的任何一个角落都远着呢。”

我喝了一口野火鸡。

“我打给丽塔·多尼吉安，”我说，“声称我是警察，在定期核验赃车单，确定哪些车已经找到，哪些车仍告失踪。哦，对，她说，他们很快就把车找回来了。她不认为车真的被偷走了。她丈夫多喝了几杯，忘记把车停在哪儿了，她去报警后没多久，他们就在几个街区外找到了车。我说我们肯定犯了个记录错误，因为车被列为在布鲁克林失窃，而她住在曼哈顿上城区。不，她说，他们去布鲁克林探望她丈夫的兄弟了。我说名字也记错了，我们记的是弗莱厄蒂，天晓得那是谁。不，她说，没记错，她丈夫的兄弟就叫这个。然后她有点慌张，解释说那其实是她丈夫的小舅子，她丈夫的妹妹嫁给了一个叫弗莱厄蒂的男人。”

“可怜的亚美尼亚姑娘，”基根说，“要被爱尔兰人毁了。约翰尼，你想一想。”

斯基普说：“她说的哪些是真的？”

“我问她是不是丽塔·多尼吉安，是不是有一辆车牌号为LJK-914的水星侯爵。两个问题她都说了是。这是她的最后一句真话。她撒了一连串谎，她知道自己在为他们打掩护，也知道自己没那么能说会道。她没结过婚。她想说卡特勒是她丈夫，但她称他多尼吉安先生，然而只有她父亲才是多尼吉安先生。我不想逼得太紧，以免她觉得我打电话不是为了例行查问。”

斯基普说：“交易后有人打电话给他们说我们掌握了车牌号。”

“正是如此。”

“所以谁知道呢？除了咱们五个，还有谁？基根，你会不会喝醉了告诉一屋子人你是大英雄，想到了抄下车牌号？有没有这种事？”

“我去忏悔了，”比利说，“我告诉了奥霍利亨神父。”

“去你的，我说正经的。”

“我没信任过那个贼眉鼠眼的家伙。”比利说。

约翰·卡萨比安轻声说：“斯基普，我不认为有人告诉过别人。我认为马特想说的就是这个。马特，是咱们当中的一个，对吧？”

斯基普说：“咱们当中的一个？就咱们几个之一？”

“马特，对不对？”

“对，”我说，“是博比。”

第23章

沉默持续了很久，所有人都盯着博比。斯基普忽然爆发出一阵狂笑，笑声在房间里回荡。

“马特，狗东西，”他说，“你骗过我了。你说得我都快相信了。”

“斯基普，是真的。”

“就因为我是演员？”博比朝我笑笑，“你觉得演员彼此都认识，就像比利说卡萨比安肯定认识那个教师？老天在上，这座城市的演员只怕比亚美尼亚人多。”

“两个饱受毁谤的群体，”基根吟诵道，“演员和亚美尼亚人，都早就习惯了饿肚子。”

“我根本没听说过这两个人，”博比说，“阿特伍德和卡特勒？是叫这个名字吗？两个人我都没听说过。”

我说：“博比，你洗不清的。你和加里·阿特伍德是纽约戏剧艺术学院的同班同学。去年你参加过第二大道加林达剧场的一场演出，李·戴维·卡特勒的履历里也有那场。”

“你说的是斯特林堡的那个什么剧？六个人对着一屋子空座位表演，连导演都不知道剧本在写什么的那场？哦，那就是卡特勒，演伯恩特的瘦子？你想说的就是这个？”

我没说话。

“是‘李’这个名字误导了我。人人都叫他戴夫。我好像记得他，但——”

“博比，混账东西，你撒谎！”

他扭头看着斯基普，说：“亚瑟，我撒谎？你觉得我在撒谎？”

“我他妈知道。我认识你，我从小到大一直认识你。你撒不撒谎我看得出来。”

“人形测谎仪，”他叹息道，“碰巧你说对了。”

“我不信。”

“唉，亚瑟，你做个决定吧。你这人真是太难伺候了。我到底撒谎还是没撒谎，你想信哪一个？”

“你抢了我的钱。你偷了账本，你出卖了我。你怎么能这么做？狗娘养的，你怎么能这么做？”

斯基普站了起来。博比依然坐在椅子上，手里拿着空酒杯。基根和约翰·卡萨比安一左一右站在博比两边，但他们都退开了，像是在腾地方给他们吵架。

我站在斯基普的右手边，我盯着博比。他没有立刻回答这个问题，像是这个问题值得他认真思考。

“唉，见鬼，”他最后说，“一个人为什么会做这种事呢？我需要钱呗。”

“他们给了你多少？”

“实话实说，也没多少。”

“到底多少？”

“我想分，多少呢，三分之一。他们嘲笑我。我说一万美元，他们说五千，最后定了七千。”他摊摊手，“我这人不擅长谈判。我是演员，不是商人。我懂什么讨价还价？”

“你为了七千美元出卖我。”

“听我说，我想要的比这个多。相信我。”

“狗杂种，别和我开玩笑。”

“那就有话直说啊，浑蛋东西。”

斯基普闭上眼睛。他额头上冒出汗珠，脖子上暴出青筋。他双手攥成拳头，放开，又攥紧。他呼哧呼哧地用嘴喘气，就像局间休息时的拳手。

他说：“你为什么需要钱？”

“呃，你看，我小妹要做手术，还有——”

“博比，别跟我装傻。我要宰了你，我发誓。”

“是吗？我需要钱，相信我。我要做手术。我的腿快断了。”

“你他妈到底在说什么？”

“我在说我借了五千美元投进可卡因生意，结果生意搞砸了，但五千美元还是要还，因为我不是从大通银行借的，我在那儿没有好朋友。借钱给我的是伍德赛德的一个人，他说我只需要用两条腿做抵押。”

“你为什么要去掺和可卡因生意？”

“想给自己挣点钱花呗。想从底下往上爬呗。”

“你说得像美国梦似的。”

“他妈的美国噩梦。交易的东西进了马桶，我还欠着那笔钱。每个星期光是付高利贷的利，我就必须凑出一百美元来。你知道那是怎么一回事。每周一百，付到世界末日，你还是欠那五千美元本钱，我本来就入不敷出了，更别说每个星期还要多搞一百美元。我欠了利钱，然后利滚利，卡特勒和阿特伍德分的那七千已经全没了。我给了吸血鬼六千，总算和他一刀两断，又还了另外几笔欠债，口袋里还剩下两百块。就剩下这么多了。”他耸耸肩，“来得快，去得也快。对吧？”

斯基普塞了支烟在嘴里，抖抖索索地想点火。他不小心弄掉了打火机，弯腰去捡，又不小心把它踢到了桌子底下。卡萨比安按住他的肩膀，让他镇定，然后擦了根火柴，帮他点烟。比利·基根爬到地上，替他找到打火机。

斯基普说：“你知道你害我损失了多少吗？”

“你两万，约翰三万。”

“我和他各两万五。我欠约翰尼五千，他知道我会还给他的。”

“随便你。”

“你为了搞到七千，害我们损失了五万。知道我在说什么吗？你为了还债，害我们损失了五万美元啊。”

“我说了我没有生意头脑。”

“博比，你根本就没有头脑。你缺钱，可以把你那两个朋友卖给蒂姆·帕特·莫里西，能得一万块呢。他许的赏金就有这么多，比他们分你的多三千呢。”

“我才不会告他们的密呢。”

“是啊，你当然不会了。但我和约翰，你就可以出卖我们了，对吧？”

博比耸耸肩。

斯基普把烟扔在地上，一脚踩灭。“你需要钱，”他说，“为什么不来找我借？你不能直接告诉我吗？你找吸血鬼之前可以先来找我。或者吸血鬼逼你还钱，你需要平账，也可以来找我的。”

“我不想找你要钱。”

“你不想找我要钱。抢我的钱没问题，但找我要钱就不行了。”

博比仰起头。“对，亚瑟，就是这样。我不想找你要钱。”

“我拒绝过你？”

“没有。”

“我羞辱过你？”

“对。”

“什么时候？”

“每时每刻。让演员演一会儿酒保吧；咱们让演员看着这儿，祈祷他别把整家店都送出去。我演戏就是个大笑话。我是你的小陀螺，你的小宠物。”

“你觉得我看待你演戏的态度不够认真？”

“你当然不认真了。”

“我都不敢相信我的耳朵了。你在第二大道演的那坨屎，狗屁斯特林堡，我带了多少个人去看？屋子里一共二十五个人，二十个是我带去的。”

“为了看你的小宠物。‘你演的那坨屎’，斯基普宝贝儿，这就是认真看待我演戏？这就是真正的支持？”

“我他妈没法相信，”斯基普说，“你恨我。”他环顾四周，“他恨我。”

博比只是盯着他。

“你做这些是为了报复我。就这么简单。”

“我是为了钱。”

“我他妈愿意给你钱！”

“我不想拿你给我的钱。”

“你不想拿我给你的钱。混账东西，那你的钱是从哪儿来的？上帝给你的？从天上掉下来的？”

“我觉得是我挣来的。”

“你怎么来的？”

博比耸耸肩：“我说过了，我觉得是我挣来的。我付出了努力。从我拿走账本的那天起，天晓得我在你身边出现了多少次。星期一晚上我坐在你的车上，我在交易现场，我无处不在。但你连一丁点儿都没怀疑过我。这可不是有史以来演得最差的戏。”

“你只是在演戏。”

“这么看也没什么不对。”

“那犹大也演得挺好。他得到了奥斯卡提名，可惜没法出席颁奖礼。”

“亚瑟，你演耶稣看上去不对劲。你不适合这个角色。”

斯基普恶狠狠地瞪着他。“我不明白，”他说，“你甚至不为自己感到羞愧。”

“那样你就高兴了吗？我表演一下羞愧？”

“你觉得没问题，对吧？送你的好朋友下地狱，害得他损失惨重？偷他的钱？”

“你从不偷盗，对吧，亚瑟？”

“你在说什么？”

“亚瑟，你那两万块是怎么来的？你干了什么，存下你的午饭钱？”

“我们揩油，这又不是什么秘密。你是说我偷政府的钱？你说吧，哪个做现金交易的人不揩油。”

“开店的钱又是从哪儿来的？你和约翰是怎么起步的？也是揩油揩来的吗？没有报税的小费？”

“所以呢？”

“狗屁！你在杰克·巴尔金的酒吧看店，你左手偷完了右手偷。你甚至把空瓶拿到杂货店去退押金。你偷了杰克那么多，他没倒闭都算是奇迹了。”

“他挣钱了。”

“对，你也一样。你偷你东家，约翰尼偷他工作的地方，然后你猜怎么着，你们俩居然有了足够的钱，能自己开店了。说什么美国梦，这就是美国梦。偷老板的钱，直到你能开张和他竞争。”

斯基普模模糊糊地说了句什么。

“你说什么？亚瑟，我没听见。”

“我说酒保都会偷钱。这是惯例。”

“所以就是清白钱了，对吧？”

“但我没摆巴尔金一道。我为他挣钱了。博比，你爱怎么歪曲就怎么歪曲，但你没法把我说成和你一样的人。”

“对，亚瑟，你小子是圣人。”

“老天，”斯基普说，“我不知道我该怎么做。我不知道我能怎么做。”

“我知道。你什么都不会做。”

“我什么？”

博比摇摇头。“你能怎么做？去吧台后面拿枪，回来崩了我？你不会那么做的。”

“我应该这么做的。”

“对，但不会。你想揍我？亚瑟，你都已经不暴怒了。你以为你应该暴怒，但你感觉不到。你没有任何感觉。”

“我——”

“听我说，我喝多了，”博比说，“要是没人反对，今晚我就早点结束了。听我说，朋友们，有朝一日我会还给你们的。整整五万块。等我成了大明星，明白吗？我是一把好手。”

“博比——”

“咱们回头见。”他说。

我们三个陪着斯基普拐过路口，和他道晚安，然后约翰·卡萨比安拦下出租车，往上城区方向去了，我和比利·基根站在路口，我对他说我犯了个错误，我不该告诉斯基普我查到了什么。

“不，”他说，“你必须告诉他。”

“现在他知道他最好的朋友恨死他了，”我扭头望向旺多姆公园大楼，“他住得比较高，”我说，“希望他别决定跳窗户。”

“他不是那种人。”

“应该不是。”

“你必须告诉他，”比利·基根说，“否则你能怎么做？让他继续认为博比是他的好朋友？这种无知不是福。你做的事情相当于替他挑破了疖子。这会儿疼得火烧火燎，但迟早会愈合。你放着不管，只会越来越糟。”

“大概吧。”

“保证是真的。要是博比逃过这一次，他还会动别的脑子。他会继续搞下去，直到斯基普发现，因为光是背叛斯基普还不够，博比还要想方设法让斯基普认识到他的错误。明白我的意思吗？”

“明白。”

“我没说错吧？”

“应该没。比利，我想听那首歌。”

“嗯？”

“神圣的酒馆，切碎我们的头脑。你为我放的那张唱片。”

“《最后的招待》。”

“不介意吧？”

“走，上楼去。咱们喝两杯。”

我们没喝多少。我和他去他的公寓，他为我放了五六遍那首歌。我们聊了几句，但大多数时间都在听唱片。我告辞时他又说我揭发博比·罗斯兰德是个正确的选择，我不确定他说得对不对。

第24章

第二天我睡了个懒觉。晚上我和丹尼男孩贝尔还有他的两个上城区朋友去皇后区的阳光花园体育馆。赛程表上有个中量级拳手，他来自贝德福德–斯特维森特，丹尼男孩的朋友在他身上有投资。他赢得很轻松，但我认为他表现得也没多好。

第二天是星期五，我正在阿姆斯特朗酒吧吃迟到的午餐，斯基普进来，陪我喝了瓶啤酒。他刚从健身房出来，渴得嗓子冒烟。

“我的天，今晚我特别有劲儿，”他说，“愤怒全都变成了肌肉。我能把屋顶给掀翻了。马特，我是不是太看不起他了？”

“什么意思？”

“他说的那些屁话，什么我拿他当我的宠物小演员。是真的吗？”

“我认为他只是在想办法说服他自己。”

“谁知道呢，”他说，“也许我就是他说的那种人。记得我替你清挂账的那次吗？你险些和我急眼。”

“所以？”

“也许我就是那么对他的。只是更加无微不至。”他点了支烟，使劲咳嗽。他恢复过来，说：“去他妈的，那家伙是个人渣，就这么简单。我打算就这么算了。”

“否则你还能怎么做？”

“我也想知道。等他有钱有名声了会还钱给我的，我喜欢这句话。咱们有办法能从另外两个浑蛋那儿把钱弄回来吗？我们已经知道他们是谁了。”

“你能拿什么威胁他们？”

“不知道。好像没什么。那天晚上你召集所有人开作战会议，其实只是在布置舞台，对吧？你希望揭发博比的时候大家都能在场。”

“似乎是个好主意。”

“对。但就作战会议而言，咱们还没想到该怎么报复那两个演员，把钱要回来——”

“我想不到该怎么做。”

“唉，我也一样。我能怎么做呢，去抢劫劫匪吗？真不是我的风格。而且重点在于那仅仅是钱。我是说其实也就那么一回事。钱存在银行里，也没给我带来什么好处，现在那笔钱没了，对我的生活有什么影响吗？明白我的意思吧？”

“大概明白。”

“真希望我能就这么算了，”他说，“因为这事在我脑袋里转啊转啊转个没完。我真希望我能忘个一干二净。”

周末我的两个儿子来陪我。这是在他们去夏令营前，我们能共度的最后一个周末了。星期六上午我去火车站接他们，星期天晚上送他们上火车。我记得我们看了一部电影，星期天上午好像在华尔街附近和富尔顿鱼市场闲逛，但那也许是另一个周末的事情。你在记忆里很难区分清楚。

星期天傍晚我待在格林尼治村，直到天亮才回到我住的旅馆。电话把我从恼人的梦境中惊醒，梦中我在训练克服恐高症；我从岌岌可危的鹰架向下爬，却怎么也回不到地面上。

我拿起听筒。一个暴躁的声音说："唉，我没想到会是这个结果，但至少不用担心会在法庭上输掉了。"

"你哪位？"

"杰克·戴博尔德。你怎么了？听着像是还没睡醒。"

"我刚起来，"我说，"你在说什么？"

"你没看报纸？"

"我在睡觉。发生——"

"知道现在几点了吗？都快中午了。你过的是皮条客的作息时间。"

"我的天。"我说。

"快去买报纸，"他说，"过一小时再打给你。"

《每日新闻》给了新闻一个头条："杀人嫌犯在牢房自缢"，详细报道在第三版。

米盖里托·科鲁兹把衣服撕成条，连在一起，把铸铁床架立起来，爬上去，把自制的绞索绕在屋顶下水管上，纵身一跳，去了另一个世界。

杰克·戴博尔德没再打电话来，但六点钟的晚间新闻讲述了其余的事情。得知朋友的死讯后，安海尔·埃雷拉放弃了原先的说法，承认他和科鲁兹单独策划并实施了蒂拉里家的盗窃案。米盖里托听见楼上有响动，拿了把厨刀上去一探究竟。他捅死那个女人，埃雷拉看得惊恐万状。埃雷拉声称米盖里托一向脾气不好，但他们是朋友，而且是表兄弟，他们编造先前的说法是为了保护米盖里托，但现在米盖里托已经死了，埃雷拉可以说出真正的事实了。

说来奇怪，我忽然想去日落公园走走。这个案子和我没关系了，涉案的所有人都能和它说再见了，但我觉得我似乎应该去第四大道的酒吧逛一圈，请女士们喝朗姆酒，吃袋装的芭蕉片。

我当然没去日落公园。我甚至没有认真考虑这个念头。我只是觉得那是我应该去做的一件事。

晚上我在阿姆斯特朗那儿。我喝得既不凶也不快，但喝个不停。十点半到十一点的时候，店门打开，我还没回头就知道来的是谁。汤米·蒂拉里，盛装打扮，刚做过发型，自从他妻子遇害后，这还是他第一次在阿姆斯特朗酒吧登场。

“哎，看是谁回来了。”他朗声道，露出他灿烂的笑容。人们围上去和他握手。比利在守吧台，他刚说本店请大家为咱们的英雄干一杯，汤米就坚持说这一杯由他来请。意思这一下可不便宜，店里这会儿有三四十个客人，但就算有三四百人，我觉得他也不会在乎。

我坐在位置上，让其他人围着他打转，但他穿过人群走向我，搂住我的肩膀。“这才是主角，”他大声说，“有史以来最优秀的磨鞋底侦探。这位先生的钱，”他对比利说，“今晚不好使。他不能买酒喝，连一杯咖啡都没法买，哪怕因为我来了就把厕所改成收费的，他也不能从自己的口袋里掏一毛钱。”

“厕所还是免费的，”比利说，“但你这话千万别让吉米听见了。”

“哦，你别说他没考虑过，”汤米说，“马特，我的好小子，我爱你。我处境艰难，整个世界眼看着要砸在我身上了，而你拯救了我。”

我到底做了什么？我没有吊死米盖里托·科鲁兹，也没有哄骗安海尔·埃雷拉认罪。我根本没见过这两个人。但我收了他的钱，这会儿我似乎还必须让他请我喝酒了。

我不知道我们在那儿待了多久。好玩的是，我的酒越喝越慢，汤米却越喝越快。我在思考他为什么没带上卡罗琳——案子已经彻底了结，我不认为他还会在乎别人的眼光了。我还在想她会不会忽然进来。这儿毕竟是她的活动范围，常客都知道她会一个人来喝酒。

过了一阵，汤米拉着我离开阿姆斯特朗那儿，看来意识到卡罗琳有可能会出现的人不止我一个。“现在是庆祝时间，”他对我说，“咱们没必要在一家店里待到生根。咱们应该出去，到处逛一逛。”

他开着他的里维埃拉，于是我和他一起去兜风。我们去了几家酒吧。有东区一家闹哄哄的希腊酒吧，招待一个比一个像黑帮杀手；有时髦的单身酒吧，其中有一家正是杰克·巴尔金开的，据说斯基普在那儿偷走了足够他开凯蒂小姐的钱；最后是格林尼治村一家黑洞洞的啤酒馆，待了一阵后，我意识到这儿让我想起日落公园的挪威酒吧——峡湾。那时候我很熟悉格林尼治村的酒吧，但这地方我没来过，而且后来也没再找到过。也许它根本不在格林尼治村，而是在切尔西的某处。他负责开车，我没怎么注意环境。

总之，无论那家啤酒馆在哪儿，它都比其他地方安静，我们有可能坐下来聊一聊了。我不由自主地问他我到底做了什么，值得他如此称赞。一个人自杀，另一个认罪，我在这两件事里扮演了什么角色呢？

“你给我的好东西。”他说。

“什么东西？我拿给你他的手指甲，你找人对他下了巫毒？”

“科鲁兹和同性恋。”

“他被控谋杀。难道他会因为害怕成年之前殴打同性恋的罪名成立去吊死自己？”

汤米喝了一口苏格兰威士忌。他说：“几天前，科鲁兹在食堂排队的时候，一个黑人找上他。大块头，整个儿一座黑铁塔。‘等你到了格林海文[①]，’他对科鲁兹说，‘那儿的每个弟兄都会拿你当女朋友。等你从那儿出去，医生得给你治治。’”

我没有说话。

“卡普兰，”他说，“找人谈了谈，那人又找人谈了谈，然后就成了。科鲁兹想了想他和几百个罪犯关在一起的后果，然后那个杀人的小杂种就在半空中蹬腿了。算他走得轻松。”

我连气都喘不上来了。汤米去吧台买酒，我努力调整呼吸。面前的那杯酒我还没碰过，但我还是让他再给我们买了一轮酒。

等他回来，我说：“埃雷拉。”

“换了套说法。完全认罪。”

“把杀人的事推到科鲁兹头上。”

---

① 纽约关押重罪犯的一所监狱。

"有什么不好的？反正科鲁兹也没法反驳了。也许就是科鲁兹干的，但上帝才知道究竟是谁，而且谁在乎呢？重点是你帮了我们的大忙。"

"也帮了科鲁兹，"我说，"帮他自我了断。"

"还帮了埃雷拉和他在波多黎各的孩子。德鲁找埃雷拉的律师谈，埃雷拉的律师找埃雷拉谈，带的话是你看，无论如何你都要因为入室盗窃坐牢了，甚至还有谋杀，但假如你的故事说得好，刑期会比说得不好要短。除此之外，善良的蒂拉里先生愿意高抬贵手，每个月寄一张漂亮的支票到圣图尔斯给你老婆孩子。"

吧台前，两个老人在重演路易斯对施梅林之战。第二场，路易斯打得德国冠军落花流水的那一场。一个老小子在半空中抡拳头，讲解当时的情形。

我说："你妻子是谁杀的？"

"他们中的某一个。要我打赌，我会押科鲁兹。他长着那种亮晶晶的小眼睛，你仔细看他，会明白他是个凶手。"

"你什么时候仔细看过他？"

"他们来我家的时候。第一次，清理地下室和阁楼的那次。我说过他们替我搬过垃圾，对吧？"

"你说过。"

"不是第二次，"他说，"他们彻底搬空了我家。"

他粲然一笑，但我只是盯着他，直到笑容变得犹疑。"来帮你清垃圾的是埃雷拉，"我说，"你没见过科鲁兹。"

"科鲁兹一起来的，帮了他一把。"

"你之前没提过。"

“肯定说过的，马特。也可能是忘记说了。再说又有什么区别呢？”

“科鲁兹不喜欢卖苦力，”我说，“他才不会陪埃雷拉去搬垃圾呢。你到底是在哪儿看过他眼睛的？”

“我的天哪。也许是看报纸上的照片，也许我只是觉得我见过他的眼睛。别管了，行不行？无论他有一双什么样的眼睛，反正现在什么都看不见了。”

“汤米，你妻子是谁杀的？”

“喂，没听见我说别管了吗？”

“回答我的问题。”

“我已经回答了。”

“是你，对不对？”

“你怎么了，发疯了吗？还有，嗓门别这么大，老天在上。周围人都听见了。”

“你杀了你妻子。”

“科鲁兹杀了她，埃雷拉发誓做证。对你来说还不够吗？你的警察朋友仔细查过我的不在场证明，像猴子摘虱子似的在里面找毛病。我不可能杀她。”

“不，你当然能。”

“什么？”

铺着针织垫子的椅子，窗外的猫头鹰头公园。灰尘的气味，在此之上是白色小花的隐约香味。

“铃兰。”我说。

“什么？”

“你就是这么杀人的。”

“你到底在说什么？”

“三楼，她姨妈住过的房间。我在那儿闻到了她的香水味。我以为只是我鼻孔里的余味，因为前一天晚上我去过她的卧室，其实不是的。她去过那个房间，我闻到的就是她留下的气味。所以那个房间才会吸引我，我觉察到了她的存在，那个房间想告诉我，但我没听懂。”

“我不知道你在说什么。马特，你知道你怎么了吗？你就是有点醉了。等你明天醒来——”

“下班后你离开办公室，赶回湾脊的家里，把你妻子藏在三楼。你是怎么做到的？给她下药？你多半给她的酒里下了迷魂药，也许把她绑在三楼的房间里。绑起来，塞住嘴，扔下她在那儿昏睡。然后你回到曼哈顿，出去和卡罗琳吃晚饭。”

“我不想听你胡扯了。”

“午夜前后，埃雷拉和科鲁兹来到你家，完全按照你的安排，他们以为要去偷一幢空屋子。你妻子被塞住嘴，藏在三楼的房间里，他们没理由会上去。你很可能锁上了门，以确保万无一失。他们偷完东西回家，觉得这是他们这辈子挣过的最安全最轻松的一笔黑钱。”

我拿起酒杯。然后我想起来酒是他买的，正要放下酒杯，我忽然觉得很可笑。正如钱不认识主人，威士忌也不会记得是谁付的账。

我喝了一口。

我说：“过了一两个小时，你跳上车，飞速赶回湾脊。也许你在你女朋友的酒里也下了药，免得她忽然醒来。你需要的仅仅是一个小时，顶多一个半小时，你的不在场证明里很容易就能找到九十分钟的额外时间。车程用不了多久，那个钟点不可能久。没人会看见你开车回家。你只需要爬上三楼，把你妻子搬下一层楼，然后捅死她，处理掉凶器，然后开车回曼哈顿。你就是这么杀人的，汤米，对不对？”

“你满嘴喷粪你知道吗？”

“告诉我，她不是你杀的。”

“我已经说过了。”

“再说一遍。”

“她不是我杀的，马特。我没杀任何人。”

“再说一遍。”

“你到底怎么了？她不是我杀的。天哪，还是你帮我证明的呢，现在你想反过来把罪名安在我头上了。我对天发誓，她不是我杀的。”

“我不相信你。”

吧台前有个男人在说洛基·马西安诺，他说那是有史以来最伟大的拳手。他打得不好看，他不玩花活儿，但有趣的是，比赛结束时，站着的永远是他，而不是他的对手。

“唉，天哪。”汤米说。

他闭上眼睛，用双手托着脑袋。他叹了口气，抬起头说：“知道吗，我有个好笑的毛病。在电话上，我这个销售员就像马西安诺打拳一样厉害。我是你能想象的最优秀的销售员。我发誓我能把沙子卖给阿拉伯人，能在冬天卖冰块，但面对面我就完全不行了。要不是有电话，我当销售员都活不下去。你觉得这是为什么？”

“你告诉我好了。”

“我发誓我不知道。我以前认为是我这张脸，眼角和嘴角，天晓得是什么。打电话我毫无问题。我和一个陌生人交谈，不知道他是谁，不知道他长什么样，他也看不见我，没什么困难的。但面对面，对着一个我认识的人，那就完全不一样了。”他看着我，不敢和我对视，“要是咱们在电话上谈，我说什么你都会相信。”

“有这个可能。”

“是他妈的肯定。我保证你会照单全收。马特，为了讨论方便，假设我真的杀了她。那是意外，是一时冲动，窃案害得我和她都头脑发热，我喝得半醉，结果——”

“从头到尾都是你策划的，汤米。事先有预谋，结果也成功了。”

“你说的整个故事，你描述的作案过程，没有任何证据。”

我没说话。

“另外，你帮了我，别忘记这一点。”

“我不会的。”

“再说无论有没有你，马特，这个案子都不会把我拖下水。案子不可能上法庭，就算上了，我也肯定会赢。你只是替所有人省掉了许多麻烦。还有，知道吗？”

“知道什么？”

“咱们今晚只是酒后瞎扯淡，你一瓶我一瓶，两瓶威士忌在交流。就这么简单。等到明天，咱们就会忘记今晚都说了什么。我没杀任何人，你没说我杀了人，天下太平，咱们还是好朋友。对吧？对吧？”

我只是看着他。

第25章

那是星期一晚上。我不记得我是什么时候找杰克·戴博尔德谈的了，应该不是星期二就是星期三。我先去了趟警局的大开间，后来在他家里找到了他。我们唇枪舌剑了几轮，然后我说："说起来，我想到他是怎么作案的了。"

"你神游到哪儿去了？两个人一个死了，另一个招了，案子已经是过去时了。"

"我知道，"我说，"但你听我说。"我向他解释汤米·蒂拉里如何能够杀死妻子，权当是做逻辑练习了。我来回讲了两三遍，他这才完全听懂，但即便是听懂了，他也没有为之倾倒。

"我说不准，"他说，"听上去太复杂了。你说她在阁楼上被关了多久，八个、十个小时？没人盯着她，这段时间也太久了。万一她醒过来，自己挣脱了呢？那他岂不就麻烦临头了吗？"

"不会被控谋杀。她可以指控他把她绑起来，但一个丈夫什么时候会因为这种事进监狱呢？"

“对，在杀死她之前，他并没有真正的风险，之后她反正是死人了。我明白你的意思了。即便如此，马特，听上去也很牵强，你不觉得吗？”

“嗯，我只是想到了一种可能性。”

“但在现实中永远不会发生。”

“我猜也是。”

“就算发生了，你也没法把他怎么样。你看看你跟我解释的时候有多费劲，而我是做这一行的。你试试看去给陪审团解释一下，还有一个浑蛋律师每隔三十秒就高喊反对打断你。陪审团喜欢什么？陪审团喜欢一个人长着油腻腻的头发和橄榄色的皮肤，手里拿着刀，衬衫上全是血，陪审团喜欢的就是这个。”

“是啊。”

“再说了，整件事已经是过去时了。知道我正在办什么案子吗？自治市公园的那一家人。你读到报道了吧？”

“那一家正统派犹太人？”

“正统派犹太人，一家三口，母亲、父亲、儿子，父亲留大胡子，孩子留鬓角辫，整整齐齐地坐在餐桌前，全都是后脑勺中枪。我正在办的就是这个。至于汤米·蒂拉里，这会儿我根本不在乎他是不是杀了知更鸟罗宾和肯尼迪兄弟。”

“好吧，只是我的一个想法。”我说。

“想法很不错，这个我承认。但不怎么实际，另外，就算被你说对了，谁又有那个时间呢？明白吗？”

我觉得现在可以一醉方休了。我的两个案子都破了，尽管结局都不令人满意。我的孩子们在去夏令营的路上。我的房租付过了，酒吧的挂账全清了，银行里还存了几美元。要我说，我现在大可以休息一周左右，流连于醉乡之中。

但我的身体似乎知道事情还没完，尽管我无论怎么说都没有保持清醒，但也没能全情投入我觉得自己完全有资格享受的狂欢。就这样，一两天过后，我坐在阿姆斯特朗店里的老座位上，慢慢品尝一杯加了波本的咖啡，这时斯基普·德沃走了进来。

他在门口朝我点点头，然后去吧台飞快地喝了一杯，就站在吧台前一仰脖子灌下去。然后他走到最里面我的桌子旁，拉开一把椅子，重重地坐了下去。

“给。”他说，把一个棕色牛皮纸信封放在我和他之间的桌上。信封不大，就是银行给你的那种信封。

我说：“这是什么？”

“给你的。”

我打开信封，里面装满了钱。我抽出一沓当扇子用。

“我的天，”他说，“别这样，难道你希望所有人都尾随你回家？放在口袋里，回家再数也不迟。”

“这是什么钱？”

“你的一份。快收起来，求你了。”

“我的一份什么？”

他叹了口气，对我很不耐烦。他正在抽烟，气呼呼地吸了一大口，扭过头去，免得把烟吐到我脸上。“一万美元里你的那一份，”他说，“分你一半。一万的一半是五千，信封里装的就是那五千美元，你行行好，赶紧收起来吧。”

“斯基普，这是我的一份什么？”

“赏金。”

“什么赏金？”

他用眼神挑衅我。“好，我有资格挽回点损失吧？我连一分钱都不欠那些浑蛋的，对吧？”

“我不知道你在说什么。”

“阿特伍德和卡特勒，”他说，“我向蒂姆·帕特·莫里西告发了他们，领了赏金。”

我看着他。

“我不能自己去找他们，叫他们把钱还给我。我连一毛钱都没法从该死的罗斯兰德那儿要回来，因为他已经全用掉了。我去找蒂姆·帕特，坐下来和他聊了天，问他和他的兄弟们还愿不愿意付赏金。他的眼睛亮得像两颗星星。我告诉他姓名和地址，我觉得他都想吻我了。”

我把棕色信封放回我和他之间的桌上。我把信封推给他，他又推回来。我说：“斯基普，这钱不属于我。”

“不，就属于你。我已经告诉蒂姆·帕特了，一半是你的，活儿都是你做的。收下吧。”

“我不要。我做的事情已经拿到报酬了。那条消息属于你，你花钱买的。你拿去卖给蒂姆·帕特，赏金也该你领。”

他吸一口烟。“我把一半拿给卡萨比安。我欠他的那五千块。他也不想要。我对他说，你听好了，你收下钱，咱们就两清了。他收下了。剩下一半是你的。”

“我不想要。”

“这是钱。钱有什么不对的？”

我不说话。

“听我一句，”他说，“你就拿着吧，可以吗？你不想留下，那就别留下。烧了，扔了，捐出去，你怎么处理我都无所谓。因为我没法留下，我做不到。你明白吗？”

“为什么不能？”

“唉，妈的，”他说，“唉，去他妈的。我不知道我为什么那么做。”

“你到底在说什么？”

“但再来一次我还是会那么做。疯狂就疯狂在这儿。我心里很难受，但要是再来一次，我他妈还是会那么做。”

“你做了什么？”

他看着我。“我给了蒂姆·帕特三个名字，”他说，“三个地址。”

他用大拇指和食指夹着烟头，盯着烟头看。“我绝对不想看见你这么做。”他说，把烟头扔进我的咖啡杯。然后他说：“唉，老天，我在干什么？你还有半杯咖啡没喝完呢。我以为那是我的杯子，但我根本没叫咖啡。我这是怎么了？对不起，我再给你点一杯。”

“别管咖啡了。”

“纯粹习惯成自然，我没过脑子，我——”

“斯基普，别管咖啡了。你坐下。”

“你确定你不要——”

“别管咖啡了。”

“好的，好吧。”他说。他又取出一支烟，在手腕背面顿了顿。

我说："你给了蒂姆·帕特三个名字。"

"对。"

"阿特伍德、卡特勒和——"

"和博比，"他说，"我把博比·罗斯兰德卖给了他。"

他把香烟放进嘴里，取出打火机点上。他在烟雾中眯起眼睛，他说："马特，我告发了他。我最好的朋友，虽说事实证明他并不是我的朋友，但我去告发了他。我告诉蒂姆·帕特，博比是内线，他安排了一切。"他看着我，"你觉得我很混账，对吧？"

"我什么都没想。"

"但我必须那么做。"

"随便你。"

"但你应该明白了，我没法留下这笔钱。"

"对，我觉得我明白了。"

"他可以蒙混过关的，你明白的。他很擅长从鱼钩上死里逃生。那天晚上，我的天，他从我酒吧办公室里大摇大摆地走出去，就好像那地方是他开的一样。一个演员，咱们看他这次怎么靠演戏脱身吧，你说呢？"

我不说话。

"有可能的。他能做到的。"

"有可能。"

他用手背擦擦眼睛。"我爱那家伙，"他说，"我以为，我以为他也爱我。"他深吸一口气，慢慢吐掉。"从今往后，"他说，"我不会爱任何人了。"他站起身，"不管怎么说，我想我给了他一个冒险的机会。也许他能逃掉的。"

“也许吧。”

但他没能逃掉。三个人没一个能逃掉。没到周末，三个人全都上了报纸，加里·迈克尔·阿特伍德、李·戴维·卡特勒、罗伯特·乔尔·罗斯兰德。尸体出现在本市的三个地点，脑袋戴着黑色头套，双手用电线绑在背后，他们都是后脑中枪，凶器是一把点二五口径的自动手枪。丽塔·多尼吉安死在卡特勒身旁，同样的黑色头套，同样的电线绑手，同样的后脑中枪。我猜她是碍了他们的事。

读到报道的时候，棕色信封里的钱还在我手上。我还没想好要怎么处理它。我不知道我有没有可能做出符合良知的选择，但第二天我去圣保罗教堂，把五百块什一税塞进济贫箱。毕竟有许多支蜡烛要我去点。我寄了些钱给安妮塔，存了些进银行，用来用去，这笔钱不再是用血换来的脏钱，而是变成了——怎么说呢——仅仅是钱。

我以为一切都结束了。但我一次又一次这么以为，事实一次又一次证明我猜错了。

电话是半夜打进来的。我已经睡了几个小时，但铃声吵醒了我，我摸索着拿起听筒。我过了好一会儿才认出电话另一头的是谁。

是卡罗琳·齐特汉姆。

“我必须打个电话给你，”她说，“因为你喝波本，也因为你是一位绅士。我有必要通知你一声。”

“怎么了？”

“咱们共同的朋友甩了我，”她说，“而且害得我被坦纳希尔公司开除了，这样他就不用在办公室成天看见我了。他不再需要我，于是就和我一刀两断了，知道吗，他是打电话甩了我的。”

“卡罗琳——”

“全都写在遗书里，”她说，“我会留下一份遗书。”

“喂，你先什么都别做。”我说。我已经跳下床，开始找衣服。“我这就过来。咱们坐下好好谈一谈。”

“马修，你没法阻止我。”

“我不会阻止你。咱们先聊一聊，然后你爱干什么就干什么。”

电话咔嗒一声挂断。

我套上衣服，以最快速度赶过去，希望是吃药自杀，需要一点时间才能见效。我打碎了楼下大门上的一小块玻璃，进去后用旧信用卡撬开她的弹簧锁。要是她插上了插销，那我就只能踹门了，还好她没有，所以比较简单。

门还没完全打开，我就闻到了硝烟味。房间里弥漫着呛人的硝烟味。她躺在沙发上，脑袋歪向侧面。枪还握在她手里，她的胳膊软绵绵地落在身旁，太阳穴上有个边缘被烧焦的黑窟窿。

确实有遗书，写在从活页本里撕下来的一张纸上，用一个美格波本威士忌的空瓶压着。空酒瓶旁边是个空酒杯。酒精影响了她的笔迹，也体现在自杀遗书阴郁的措辞里。

我读完了遗书。我呆站了几分钟，没犹豫太久，从厨房拿来一块洗碗布，擦干净酒瓶和酒杯。我拿了个配套的酒杯，洗净擦干，放在厨台上的碗碟沥水架上。

我把遗书放进口袋。我扳开她的手指，拿起那把小口径手枪，习惯性地试了试她的脉搏，然后用一个沙发垫裹住枪，以吸收枪声。

我朝她胸腔下的软组织开了一枪，又朝她张开的嘴里开了一枪。

我把枪放进口袋，离开了她家。

警察在殖民路上汤米·蒂拉里家里找到了那把枪，枪插在客厅沙发的靠垫之间。枪身上的指纹被擦得干干净净，但他们在枪里的弹夹上找到了一枚可辨认的指纹，检验后证实它属于汤米。

弹道分析也确证无误。子弹击中骨头有可能破碎，但有一枪打进她的躯干，没有碰到任何骨头，法医完整地取出了子弹。

消息见报后，我拿起电话打给德鲁·卡普兰。“我不明白，”我说，“他已经洗清了罪名，为什么非要跑去杀了那个姑娘？”

“你自己去问他吧，”卡普兰说，听上去不太高兴，“想听我的意见？他是个疯子。我以前真的没想到这个。我猜也许是他杀了他妻子，也许不是，反正送他上法庭不是我的任务，对吧？但我没想到这个浑蛋是个杀人狂魔。”

“那姑娘是他杀的，没有任何疑问吗？”

“就我所见，没有。枪已经是相当有力的证据了。有人说什么发现一个人拿着还在冒烟的枪，这把枪就塞在汤米家的沙发里。真是白痴。”

“有意思，他居然会留下凶器。”

“也许他还有其他想开枪打死的人。别想和疯子讲道理。有该死的枪当证据，还有一通电话线报，某人打电话报警说听见枪声，见到一个人跑出那幢楼，给出的描述比汤米的衣服还合他的身。事实上，描述里也包括他的衣着。说他穿的是他那件红色运动上衣，俗气的玩意儿，他穿上就像布鲁克林老派拉蒙剧院的领座员。”

“听上去很难给他开脱。”

"嗯，就让其他人去头疼吧，"卡普兰说，"我对他说这次我不适合为他辩护。说一千道一万，我和他的缘分算是到头了。"

前几天我读报看到安海尔·埃雷拉出狱，于是想到了前面说到的这一切。他被判五到十年有期徒刑，但服满了十年，因为他在高墙内和在外面一样，擅长惹是生非。

汤米·蒂拉里被判过失杀人，有人在他服刑两年三个月后用自制刀具捅死了他。当时我思考过会不会是埃雷拉的报复，但我恐怕永远也不会知道答案了。也许寄到圣图尔斯的支票忽然停了，埃雷拉误会了他的意图。也可能是汤米又对什么狠人说错了话，而且是面对面的时候，不是打电话。

发生了那么多变故，走了那么多人。

安塔列斯与斯派罗，路口的希腊酒吧，没了。现在那儿是韩国人开的水果店。波莉笼子现在是57号咖啡馆，从低俗变得雅致，红色植绒墙布和鹦鹉霓虹灯早就没了。红色火焰没了，还有蓝杰。麦戈文酒吧的原址现在是一家名叫戴斯蒙的牛排馆。赎回账本后过了一年半，凯蒂小姐关门大吉，约翰和斯基普卖掉租约，洗手退出。新店主开了一家名叫羔皮手套的同性恋酒吧，两年后同样歇业，然后再次转手。

我看着斯基普做下拉的健身房不到年底就倒闭了。场地后来租给一家现代舞工作室，两年前整幢楼被拆除，另一幢楼拔地而起。并排的两家法式餐厅之中，我请弗兰吃饭的那家没了，最近租给了一家时髦的印度餐厅。另一家法式餐厅还开着，我还是没进去吃过饭。

这么多变故。

杰克·戴博尔德去世了，心脏病突发。他去世后六个月我才听说，不过自从蒂拉里出事，我们就没什么联系了。

约翰·卡萨比安和斯基普卖掉凯蒂小姐后，卡萨比安离开了纽约。他在汉普顿开了一家类似的酒吧，我听说他结婚了。

莫里西酒吧在1977年关张。蒂姆·帕特被联邦政府指控走私军火，他弃保潜逃，和他的兄弟们一起消失。底层的剧场倒是还在运营，你说奇怪不奇怪。

斯基普死了。凯蒂小姐关门后，他算是游手好闲，一个人待在公寓里的时间越来越久。一天，他犯了急性胰腺炎，死在罗斯福医院的手术台上。

要是我没记错，比利·基根在1976年年初离开了阿姆斯特朗酒吧。他不仅离开了阿姆斯特朗，还离开了纽约。最后一次听说他的消息是他已经彻底戒酒，住在旧金山北面，靠制作蜡烛还是绢花还是什么怎么想都不可能的东西谋生。一个多月前，我在第五大道南头的一家书店里碰到了丹尼斯，他抱着一堆稀奇古怪的典籍，有瑜伽，有灵修，还有整体疗愈术。

几年前艾迪·科勒从纽约市警察局退休。他退休后的头两年，我收到了他的圣诞卡，来自佛罗里达锅柄地带的一座小渔村，去年我没收到他的消息，这多半只能说明他把我从名单上划掉了，别人寄卡片给你，你却不寄给他，就会发生这种事情。

我的天，这十年都去了哪儿？我的一个儿子在念大学了，另一个在当兵。我都说不上来我们上次一起去看棒球赛是什么时候，更别说博物馆了。

安妮塔再婚了。她还住在赛奥西特，不过我已经不寄钱给她了。

这么多变故，吞噬我的世界就像水滴石穿。老天在上，去年连我神圣的酒馆都关门了——假如你愿意这么称呼它的话。阿姆斯特朗酒吧的租约到期，吉米约定不再续签，老地方现在变成了又一家中餐馆。他在往西一个街区的57街路口重新开业，但那儿不在我如今的活动范围之内。

这个“不在”不止一种含义。因为我已经不喝酒了，一次坚持一天，因此酒馆和我也没了关系，无论它是神圣还是世俗。我花在点蜡烛上的时间越来越少，在教堂地下室里的时间越来越多，喝咖啡不加波本，而且是用泡沫塑料杯子喝。

所以当我回顾十年前的往事，我敢说换到现在，我的处理手法会不太一样，但现在一切都不一样了。一切。全都变了，彻底变了。我还住在那家旅馆，还走在那些街道上，还是偶尔去看拳赛或棒球赛，但十年前我总在喝酒，现在我滴酒不沾。对于我喝过的那些酒，我连一杯都不后悔，但我向上帝发誓，我绝对不会再喝了。

因为啊，你也明白，这就是我最近踏上的那条少有人走的路，于是一切都不一样了[①]。嗯，对，一切都不一样了。

① 出自美国诗人弗罗斯特《未选择的路》：森林里出现两条路，而我选择了少有人走的那条，从此我的人生完全不同。——编者注

ARMSTRONG

读客®
悬疑文库

认准读客悬疑，本本都是大师级。

专注出版英、美、日、意、法等世界各国各流派的顶尖悬疑作品。

为读者精挑细选，只出版两种作品：
经过时间洗练，经典中的经典；以及口碑爆表、有望成为经典的当代名作。

跟着读客悬疑文库，在大师级的悬疑作品中，
经历惊险反转的脑力激荡，一窥人性的善恶吧。